Ulla Schneider

Tropfen auf kalten Stein

SERIE PIPER

Zu diesem Buch

Mord hinter den Kulissen! Bei einer Laienaufführung in der Höhle von Balve wird Andrea, der attraktive Hauptdarsteller, mit einem Dolch erstochen. Doch wer soll den achtzehnjährigen Schüler umgebracht haben? Die engagierte Ärztin Leonie Piepenstock, genannt Leo, wird als Kennerin des Mordumfeldes im Verlauf der Ermittlungen vom sympathischen Hauptkommissar Plate aus Lüdenscheid zu Rate gezogen. Wenige Wochen später entdeckt man eine weitere Leiche: In einer nahegelegenen Tropfsteinhöhle wird der Konrektor des örtlichen Gymnasiums aufgefunden. In seiner Brust steckt die abgebrochene Spitze eines Stalagmiten und in seiner Jacketttasche ein Zettel mit dem geheimnisvollen Satz: »Wieder einer weniger.« Die Angst legt sich lähmend über die Kleinstadt im Sauerland, und Leo muß feststellen, daß sie selbst immer mehr in den Strudel der schrecklichen Ereignisse hineingezogen wird … Ein psychologisch dichter Debütroman mit einer ungewöhnlichen Heldin, fesselnd und unterhaltsam geschrieben.

Ulla Schneider, geboren 1951 in Lüdenscheid, war in Dortmund als Redakteurin bei einer Tageszeitung tätig. Nach einem einjährigen Aufenthalt in Südamerika studierte sie Kunst und Deutsch in Münster und arbeitete anschließend als Lehrerin in verschiedenen Bereichen, unter anderem als Museumspädagogin, Dozentin für Deutsch und als Kunsterzieherin. Sie hat einen Sohn und wohnt in Münster.

Ulla Schneider
Tropfen auf kalten Stein

Roman

Piper München Zürich

Originalausgabe
Februar 2003

Umschlag/Bildredaktion: Büro Hamburg
Isabel Bünermann, Julia Martinez/
Charlotte Wippermann, Katharina Oesten
Foto Umschlagvorderseite: Kristensen/laif
Gesamtherstellung: Clausen & Bosse, Leck
Printed in Germany ISBN 3-492-23692-8

www.piper.de

Qi bildet den menschlichen Körper,
so wie Wasser zu Eis wird.
Wenn das Eis schmilzt,
wird es wieder zu Wasser.
Wenn der Mensch stirbt,
wird er wieder zu Geist.

1

Der Regen strömte von einem bleigrauen Himmel herab. Die Pfützen in der festgestampften Erde auf dem Parkplatz vergrößerten sich stetig, so daß die Besucher noch einige Augenblicke zögernd in ihren Wagen saßen, ehe sie einen vorsichtigen Schritt nach draußen wagten.

In orangeroten Umhängen mit heruntergezogenen Kapuzen kamen die Ordner an die halb geöffneten Fensterscheiben, um feuchte Parkscheine auszuhändigen.

Leonie Piepenstock war auf einen der wenigen noch freien Parkplätze gefahren und suchte in ihrer Tasche nach Geld. Sie kannte den jungen Mann, der ihr mit einem freundlichen Lächeln einen Zettel durch das Fenster reichte. Er war ein Mitschüler ihrer Nichte Jennifer, die in dieser Saison unter die Schauspieler gegangen war.

»Sebastian?« fragte sie vorsichtshalber.

Er nickte und sagte: »Hoffentlich haben Sie eine Decke mit, oben ist es verdammt kalt.«

Das wußte Leo aus Erfahrung. Sie zog einen alten Schlafsack hervor und stopfte ihn unter ihren Mantel, damit er einigermaßen vor den Regenfluten geschützt war. Dann sprang sie über die nächste Pfütze und versuchte möglichst schnell den steilen Weg zur Höhle hinaufzulaufen.

Oben vor dem Eingang drängten sich bereits die Besucher, die möglichst rasch ins Trockene kommen wollten. Der Eingang der Höhle, sonst eine imposant gerundete Öffnung im Fels, war jetzt mit den Stahlrohren und Brettern der Zuschauertribüne zugebaut, die von innen zum Höhleneingang hin steil nach oben anstieg.

Der Betonboden war glitschig von der hereingetretenen Erde, und Leo ärgerte sich über ihre ungeeigneten Schuhe mit den glatten Sohlen, die bereits durchweicht waren und ihre Füße während der langen Aufführung in kalte Klumpen verwandeln würden.

Die Plätze waren numeriert, und sie landete ziemlich weit hinten, wahrscheinlich, weil sie ihre Karte so spät gekauft hatte. Sie versuchte ihren Schlafsack so über sich zu drapieren, daß er möglichst viele Körperteile bedeckte, und suchte nach ihrem Programmheft.

»Der arabische Prinz« stand in dieser Saison auf dem Programm, Jennifer würde eine der bezaubernden Haremsdamen spielen. Wahrscheinlich in Ermangelung reiferer Darstellerinnen hatte die Spielleitung auf vierzehnjährige Schülerinnen zurückgreifen müssen.

Die hölzernen Ränge füllten sich allmählich, im Publikum waren hauptsächlich Kinder und deren Eltern. Der Geräuschpegel stieg und erreichte langsam unangenehme Höhen. Leo konzentrierte sich auf die Hinterköpfe der vor ihr Sitzenden und versuchte sie zu identifizieren. Eigentlich hatte sie erwartet, jede Menge Bekannte zu treffen, aber es waren offenbar viele Zuschauer von außerhalb da. Die Balver Sommerspiele waren seit Jahren eine Attraktion, und die Reisebusse kamen aus dem gesamten Märkischen Kreis und sogar aus dem Ruhrgebiet, um sich die Aufführungen anzusehen.

Einige Reihen vor sich entdeckte Leo schließlich einen bekannten Hinterkopf. Er gehörte Richard Schwartpaul, der neben seiner Enkeltochter saß, die ihm gerade eine Ladung Popcorn in den Mund stopfte. Leo hatte ihn schon heute morgen in seiner Apotheke begrüßt, und er hatte ihr erzählt, daß er am Nachmittag in die Höhle gehen würde.

Sie kannte Richard seit ihrer Studienzeit. Er war der erste gewesen, der sie damals, als sie die Stelle in Balve angenommen hatte, auf einen Kaffee zu sich nach Hause eingeladen hatte. Leo erinnerte sich noch sehr gut an die gestärkte Leinendecke, die dünnen Tassen mit dem Goldrand und den koffeinfreien Kaffee, den seine Frau gekocht hatte. Dieser Besuch war einer der ersten Eindrücke in ihrer neuen Heimat gewesen.

Der dröhnende Lärm, der plötzlich aus den Lautsprechern ertönte, riß sie aus ihren Erinnerungen. Sie brauchte einige Sekunden, um die scheppernden Klänge als arabische Musik zu identifizieren. Dann pendelte sich die Lautstärke ein, und die Kinder im Zuschauerraum verstummten. Leo beobachtete fasziniert, wie in der kalten Sauerländer Höhle tatsächlich so etwas wie eine orientalische Atmosphäre entstand. Die schroffen Felswände erstrahlten in bengalisch grünem und rotem Licht, Halbmonde wurden an die Höhlendecke projiziert, Minarette und ein üppiger Sultanspalast verdeckten den dunklen hinteren Teil der Grotte.

In einer finster geschminkten Räubergestalt erkannte Leo ihren Friseur, dessen Sauerländer Tonfall unverkennbar war. Sie blätterte im Programmheft und fand noch andere bekannte Namen. Amüsiert identifizierte sie den unbeweglichen Wächter des Palastes mit seinen gelben Pluderhosen und dem blitzenden Dolch als den Besitzer der größten Backwarenfabrik der Gegend. Der Leiter der Volksbank hatte die Rolle eines ziemlich albernen Eunuchen übernommen, was Leo sehr mutig fand.

Ihre Nichte Jennifer trat mit vier weiteren Haremsdamen auf, die vorschriftsmäßig Bauch und Hüften schwenkten, so wie sie es im Volkshochschulkurs gelernt hatten. Neben ihren üppigen Mittänzerinnen sah Jenny klein und dünn aus, aber sie bewegte sich gelenkig in ihrem durchsichtigen pinkfarbenen Rock, unter dem sie eine Jogginghose trug. Leo betrachtete sie gerührt und dachte an das stille Mädchen, dem sie zum sechsten Geburtstag Ballettschuhe geschenkt hatte, weil dies ihr sehnlichster Wunsch gewesen war. Jennifer war darin in der Wohnung herumstolziert und hatte sich als Ballerina gefühlt. Irgendwie hatte sie es nie geschafft, eine Tanzschule zu finden, dann waren die Schuhe zu klein geworden, in eine Schublade gewandert, wo sie vergessen wurden.

Dann erschien der arabische Prinz.

»Er ist einfach voll süß«, so hatte Jennys umfassende Charakterisierung des jungen Schauspielers gelautet. Schon nach zehn Sekunden war Leo ihrer Meinung. Dem orientalisch kostümierten jungen Mann, der eigentlich Andrea Merschmann hieß (seine Mutter ist Italienerin, hatte Jennifer seinen für deutsche Ohren weiblich klingenden Vornamen erklärt), war vom ersten Augenblick an die Gunst des Publikums sicher.

Leo beugte sich auf der unbequemen Holzbank weiter vor. Das hatte sie nicht erwartet. Andrea war ein eleganter und liebenswürdiger Prinz, bereit und fähig, jedes Herz zu brechen. Dabei wurden ihm nicht einmal seine spitzen Schuhe und seine unförmige Pluderhose zum Hindernis. Mühelos betörte er eine Haremsdame nach der anderen, und jedem war klar, daß ihm auch die Prinzessin bei der ersten Begegnung bedingungslos verfallen würde, ganz gleich, mit welch geschraubten Worten der Prinz sich ihr näherte.

Andrea wollte nur die Hauptrolle und nichts anderes spielen, hatte Jenny ihr erzählt. Damals hatte Leo das arrogant gefunden. Jetzt mußte sie zugeben, daß Andrea Merschmann di Antonio sein Talent, zumindest aber seine Ausstrahlung, richtig eingeschätzt hatte. Leo fühlte, wie sich ihre Füße unter der Schlafsackhülle langsam erwärmten, und begann die Aufführung zu genießen.

Als ein muskulöser Geist mit kahlem Kopf und Ohrringen als riesige Diaprojektion auf der Felswand erschien, wurden die Kinder einen Moment still vor Staunen. Dann verschwand der Geist erwartungsgemäß in einer kleinen Kupferkanne, und aus dem Lautsprecher ertönte die Ankündigung, daß nun eine Viertelstunde Pause sei.

Die Holzbänke leerten sich, und auch Leo legte den Schlafsack beiseite und ging nach draußen. Vor der Höhle gab es einen Stand mit Getränken und Süßigkeiten. Es regnete noch immer. Leo stellte sich unter das Dach des Verkaufsstandes und hielt Ausschau nach Bekannten, doch heute schien der Tag der Touristen zu sein. Auch Richard Schwartpaul war nirgendwo zu sehen.

Dann fühlte sie eine Hand auf ihrer Schulter. Sie drehte sich um und sah in das Gesicht von Paul Reininghaus, das zur Hälfte von einer Kapuze verdeckt war. »Soll ich dir ein Bier spendieren? Mit Alkohol läßt es sich besser ertragen.«

»Wieso ertragen?« Leo war ehrlich erstaunt über diese abfällige Bemerkung. Immerhin war Paul zuständig für Licht und Ton der Aufführungen und opferte viel Freizeit für den Theaterverein. Im wirklichen Leben war er Lehrer für Deutsch und Biologie am Städtischen Gymnasium Balve, und außerdem war er einmal für kurze Zeit der Mann gewesen, von dem Leo geglaubt hatte, er sei der richtige für sie.

»Allmählich hasse ich diesen ständigen Lärm.« Paul

schob die tropfende Kapuze vom Kopf. Seine Haare standen in die Höhe, was nicht besonders vorteilhaft aussah. Dann holte er zwei Dosen Warsteiner, und sie standen dicht nebeneinander unter dem schützenden Dach des Verkaufsstandes. Der vertraute Geschmack des kühlen Bieres, der tropfende Regen und die Anwesenheit von Paul ließen plötzlich und unerwartet ein Gefühl von Geborgenheit in Leo aufsteigen. Sie konnte einen kleinen Seufzer nicht unterdrücken. Dabei wußte sie, daß dieses angenehme Gefühl nicht lange andauern würde.

Paul nahm ihren Arm. »Ich muß zurück an die Arbeit. Wie wär's mit einem richtigen Pils nach der Aufführung? Allerdings müßtest du eine Viertelstunde auf mich warten.«

Leo nickte. Natürlich würde sie auf ihn warten, auch länger als eine Viertelstunde. Aber diese Tatsache schien Paul einfach ignorieren zu wollen.

Der Platz vor der Höhle war plötzlich menschenleer, und Leo schlitterte hastig durch den glitschigen Gang zurück zu ihrem Platz. Die plötzlich einsetzende orientalische Musik übertönte nur mühsam den Lärm der jungen Zuschauer.

Leo freute sich schon auf den Auftritt des Prinzen, als die Musik plötzlich abbrach. Ein Scheinwerfer richtete sich auf die Bühne, und die Zuschauer verstummten. Der Anblick des Mannes im dunklen Anzug vor der orientalischen Kulisse war irritierend. Er hielt ein Mikrofon in der Hand und räusperte sich. Dann hörte man seine unbeholfene Stimme:

»Meine Damen und Herren, es tut mir leid, wir müssen die Aufführung abbrechen.« Er machte eine Pause und räusperte sich erneut. »Es ist ein Unglück geschehen. Es betrifft unseren Hauptdarsteller. Wir haben schon die Polizei benachrichtigt. Ich muß Sie leider bitten, die Höhle zu verlassen.«

Die Zuschauer verharrten schweigend auf ihren Sitzen, bis die ersten Kinder anfingen, laute Fragen zu stellen.

»Sie können ihr Eintrittsgeld an der Kasse zurückbekommen, oder wenden Sie sich bitte an den Theaterverein. Es tut mir leid.« Der Mann machte einen Schritt rückwärts und fügte noch schnell hinzu: »Wenn ein Arzt im Publikum sein sollte, möchte ich ihn bitten, hinter die Kulissen in die Garderobenräume zu kommen.«

Leo starrte auf die Bühne. Der grelle Scheinwerfer warf seinen Lichtkegel auf die Zwiebeltürme des arabischen Palastes. Sie stand langsam auf, rollte den Schlafsack zusammen und ging durch den langen, feuchten Gang auf die Bühne zu, in der Hoffnung, irgendwo zu den Kulissen zu gelangen.

Die schwarze Perücke war verrutscht und verdeckte halb das Gesicht des Toten. Hellbraune Haare quollen darunter hervor. Die Beine in den blauen Pluderhosen lagen abgeknickt über dem Rand eines großen geflochtenen Korbes, der Oberkörper war eingesunken in einer Wolke aus bauschigem Stoff. Schrillbunte Kostüme aus Tüll, Seide und Satin bedeckten die Brust des jungen Mannes, dessen Kopf auf einem dunkelroten Chiffonrock lag.

»Frau Doktor Piepenstock.« Die Gesichtsfarbe des Mannes im dunklen Anzug war ins Gelbliche umgeschlagen. »Bitte, vielleicht können Sie noch etwas tun. Wir haben ihn gerade gefunden.« Leo trat dicht neben den Kleiderkorb und sah auf die leblose Gestalt hinunter. Auch im Tod war Andrea Merschmann von einer zarten und gleichzeitig wilden Schönheit. Ein Prinz aus einer anderen Welt. Die geschminkten roten Lippen waren wie zu einem Lächeln verzerrt, die Augen sahen starr hinauf zur Höhlendecke.

Leo beugte sich vorsichtig über das makellose junge Gesicht und wartete wider besseres Wissen darauf, daß sie ein schwacher Atemzug des Prinzen streifen würde. Dann legte sie ihre Finger an die Halsarterie des Toten, doch sie spürte nichts.

»Wir haben die Polizei gerufen«, sagte der Mann hinter ihr. »Sie muß jeden Moment kommen. Er ist tot, nicht wahr? Das sieht man ja irgendwie sofort.«

Leo nickte.

»Ich kann nichts mehr für ihn tun.« Sie richtete sich auf. Der Körper des Toten schien noch tiefer in die bunten Kostüme eingesunken zu sein, und Leo sah, daß sich ein dunkelroter Fleck auf dem türkisgrünen Tüll ausgebreitet hatte.

Sie fühlte, wie ihr schwindelig wurde, und wandte sich rasch ab. Das Blut rauschte in ihren Ohren. Sie war Ärztin, aber sie konnte den Anblick des Todes nicht ertragen. Die Ungerechtigkeit, mit der er zuschlug. *Wer jung stirbt, den lieben die Götter.* Leo dachte an die Eltern des Jungen. Für sie mußte dieser Spruch der blanke Hohn sein.

Leo ging so schnell wie möglich Richtung Ausgang. Als sie die Tücher, die den Garderobenraum abtrennten, hastig zur Seite zerrte und nach draußen trat, standen dort schweigend die Mitglieder der Schauspieltruppe. Einige hielten sich umschlungen und weinten.

Auch ihre Nichte stand schluchzend an die dunkle Felsenwand gelehnt. Sie trug noch ihre Jogginghose und hielt krampfhaft einen zerdrückten Schleier in der Hand. Leo nahm das zitternde Mädchen in den Arm.

»Komm, ich bringe dich nach Hause«, sagte sie. Jennifer schüttelte den Kopf.

»Das geht nicht. Die Polizei will mit uns reden. Sagst du Mama Bescheid?«

Leo nickte und wischte ihrer Nichte mit dem Finger vorsichtig über die nasse Wange. Natürlich, die Polizei mußte den Täter ermitteln. Sie schauderte, gab Jennifer noch einen Kuß und ging, so schnell sie konnte, hinaus ins Freie. Draußen vor der Höhle holte sie tief Luft. Dann lief sie zum Parkplatz hinunter. In der Ferne hörte sie das Martinshorn eines Polizeiautos.

Wie in Trance fuhr sie nach Hause, die regennasse Hauptstraße entlang und dann die steile Bergstraße hinauf. Ein Mord in der Balver Höhle. Es war so unglaublich, daß sie es leise ein paarmal vor sich hinmurmelte.

Ihre Gedanken wanderten ziellos durch die Ereignisse und Eindrücke der letzten halben Stunde und blieben schließlich an einem silbernen Gegenstand hängen. Auf dem Boden des kahlen Raumes hatte ein langes Messer, vielleicht ein Säbel, gelegen. Es war eine Waffe gewesen, da war sie sich sicher, eine Waffe mit einem verschnörkelten glänzenden Griff, wie sie viele der männlichen Darsteller getragen hatten.

Aber konnte man mit einem solchen Theaterdolch jemanden erstechen? Leo schauderte. Aber vermutlich war das Material zu leicht und zu biegsam. Viel wahrscheinlicher war, daß der Dolch Andrea gehörte und er ihn beim vergeblichen Kampf gegen seinen Mörder verloren hatte.

Als Leo ihre Haustür aufschloß, hörte sie das freudige Winseln ihres Hundes. Er kam aus der Küche gestürzt, wo er wahrscheinlich wieder auf dem Tisch gelegen hatte, und sprang sie so ungestüm an, als wäre sie wochenlang nicht zu Hause gewesen. Das Begrüßungsritual zog sich hin, bis sie endlich zum Kühlschrank ging und ihn mit einer Scheibe Käse beruhigte. Dann sah er sie schwanzwedelnd an.

»Es ist etwas Schreckliches passiert«, sagte Leo. Sie kniete sich neben ihn und drückte einen Moment ihr Gesicht in das warme Fell des Tiers.

»Komm mit, wir müssen noch einen kleinen Rundgang durchs Haus machen.« Sie ging von einem Zimmer ins andere und prüfte, ob alle Fenster und Türen geschlossen waren. Im oberen Stockwerk versuchte sie die beiden Fensterläden zu schließen, aber die Verankerungen waren offenbar eingerostet, denn die Läden ließen sich nicht mehr vor die Scheiben ziehen.

Sie gab ihr Vorhaben auf und schob statt dessen unter viel Mühe den Riegel vor die Haustür. Auch diese Schutzvorrichtung hatte sie noch nie benutzt. Als ihr einfiel, daß Schakal noch mal vor die Tür mußte, öffnete sie das Küchenfenster und scheuchte den verwirrten Hund durch diesen ungewohnten Ausgang nach draußen. Sie wartete zwei Minuten, dann rief sie ihn zurück. Schakal war dank seiner langen dünnen Beine ein Weltmeister im Hochsprung.

Dann ging Leo zum Telefon und rief ihre Schwester an. Wie sie erwartet hatte, reagierte Ingeborg ziemlich emotionslos auf die schreckliche Nachricht. Mit ihrer kühlen Stimme erkundigte sie sich bei Leo, wie lange die Zeugen wohl verhört würden, denn sie wollte sich darauf einstellen, wann sie ihre Tochter abholen könne. Leo wußte es nicht und hatte außerdem nicht die leiseste Lust, noch weiter mit ihrer Schwester zu sprechen.

Nachdem sie das Gespräch ziemlich abrupt beendet und den Hörer aufgelegt hatte, nahm sie die Flasche mit spanischem Cognac vom Regal, kochte einen heißen Kakao und mischte beides im Verhältnis eins zu eins. Dann setzte sie sich im Wohnzimmer auf ihr geblümtes englisches Sofa und trank in kleinen Schlucken.

»Ich habe in diesem Haus noch nie Angst gehabt«, sagte sie laut zur gegenüberliegenden weißen Wand, »und das soll auch so bleiben.«

2

Der Morgen war frisch, die Luft vom vielen Regen sauber und klar, und nur einige milchige Nebelstreifen lagen noch über den Häusern. Leo öffnete die Küchenfenster und atmete tief die kühle Luft ein. Von hier aus konnte sie fast den ganzen Ort überblicken. Die viel zu große katholische Kirche ragte mit ihrer Kuppel über die ordentlichen Reihen der schiefergedeckten Häuser hinweg. Leo hatte Mühe zu begreifen, was gestern geschehen war. Es paßte nicht in diese stille, sichere, saubere Stadt.

Sie stellte die Kaffeemaschine an und öffnete den Kühlschrank. Er war so gut wie leer, und auch durch ihr intensives Hineinstarren füllte er sich nicht. Sie schloß ihn seufzend und holte die letzte Packung Knäckebrot aus dem Schrank.

Eine kalte Nase in der Kniekehle erinnerte sie daran, daß auch ihr Hund Hunger hatte, und sie tätschelte seinen harten Kopf. »Alte Töle«, sagte sie zärtlich. Leo hatte ihn von ihrem letzten Urlaub in Portugal mitgebracht, wo er auf einer Müllhalde gelebt hatte und ihr nach einem vorsichtigen Annäherungsversuch nicht mehr von der Seite gewichen war. Im Sauerland angekommen, hatte er große Mengen Futter in sich hineingeschlungen und war noch ein Stück gewachsen. Sie hatte ihn Schakal getauft, denn er sah aus, wie sich Leo einen Schakal vorstellte: hochbeinig und dünn, mit einer langen spitzen Schnauze und ebensolchen Ohren. Nur sein Fell verlieh ihm ein hundeähnliches Aussehen – es war grau und bestand aus mittellangen borstigen Haaren, die an einigen Stellen braune Flecken bildeten. Ihre respektlose Nichte erzählte jedem, ihre Tante habe eine Hyäne in ihrem Haus, die obendrein auch noch Schakal heiße. Was Leo aber nicht weiter störte. Eine Hyäne als Haustier hatte schließlich nicht jeder.

Sie blätterte in ihrem Terminkalender und stellte fest, daß sie heute nur einen einzigen Patienten hatte, zwei weitere hatten ihre Termine kurzfristig abgesagt. Es war ein elfjähriger Junge, der seit Jahren an Asthma litt. Die Akupunkturbehandlung sollte ein letzter Heilungsversuch sein. Es war sein erster Termin, und sie überlegte, ob sie ihn mit Nadeln oder besser mit dem Lasergerät behandeln sollte. Bei Kindern wendete sie oft das Laser-Verfahren an, da die meisten Angst vor den Nadelstichen hatten und ein Heilerfolg auf diese Weise schlecht zu erzielen war. Doch vielleicht war der Junge schon in der Lage, die Wirkungsweise der Akupunktur zu verstehen und sich mit dem kleinen Schmerz abzufinden.

Daniel hatte kurzgeschorene blonde Haare, die über der Stirn etwas länger waren und stoppelig in die Höhe standen. Außerdem stieß er beim Reden leicht mit der Zunge gegen seine Zähne und hatte ein reizendes Lächeln. Seine Mutter war eine große Frau mit einer lauten Stimme. Sie betrachtete ihre Umgebung, insbesondere aber die Behälter, in denen die Nadeln aufbewahrt wurden, voller Skepsis. Es war offensichtlich, daß sie sich in einer anderen Arztpraxis wohler gefühlt hätte.

Der Junge beantwortete ausführlich alle Fragen, die Leo

ihm stellte – er hatte darin Routine. Dabei sah er immer wieder zu dem Plastikmodell eines nackten Menschen hinüber, das mit Punkten und Linien übersät war und in der Nähe des Fensters auf einem antiken Holztisch stand.

Nach einer halben Stunde, in der Leo versuchte, sich nicht nur ein Bild über seine Krankheit, sondern auch über seine Lebensgewohnheiten und seinen seelischen Zustand zu machen, fühlte sie seinen Puls und betrachtete seine Zunge. Der Puls war unauffällig. Aber an der Zungenspitze, im Bereich des Lungen- und Herzsegmentes, konnte sie einen weißlichen Belag erkennen.

»Ich glaube, wir müssen deine Lunge etwas bei ihrer Arbeit unterstützen, damit du wieder richtig Luft holen kannst.«

Sie führte Daniel zu ihrem Akupunkturmodell, das nicht viel kleiner als ihr junger Patient war. Der Junge berührte vorsichtig das naturfarbene Plastikmaterial, und Leo erklärte ihm, daß er hier die Energiebahnen erkennen könne, die den Körper durchziehen. »Die bunten Punkte zeigen, die sogenannten Energiepunkte an. Diese Punkte kann man mit einer Nadel ein bißchen reizen, so daß die Energie wieder richtig fließen kann.«

Dann konnte die Behandlung beginnen. Leo drückte die erste Nadel aus ihrer sterilen Verpackung. Sie hatte sich für die kleinste Stärke entschieden, da sie Punkte an der Hand und am Ohr stechen wollte, wo besonders feine Nadeln erforderlich sind. Langsam tastete sie mit den Fingerspitzen über die glatte Haut des Jungen.

»Hier haben wir einen Punkt.« Sie setzte die dünne Edelstahlspitze auf eine Stelle zwischen Daumen und Zeigefinger, drückte kurz und fest durch die Haut und führte die Nadel langsam ein Stück tiefer in die unteren Gewebeschichten. Daniel blinzelte nur kurz. »Es kribbelt.«

»Dann ist es richtig.«

Leo erzählte dem Jungen noch etwas über die Wirkungsweise der Akupunktur, während sie sorgfältig nach den anderen Punkten suchte und noch vier weitere Nadeln setzte.

»Von den Nadeln fließt jetzt ein warmer Strom in deine Lunge und versorgt sie mit Energie. Bleib bitte ruhig liegen und konzentriere dich auf die Wärme. Ich komme in zwanzig Minuten zurück und nehme die Nadeln wieder heraus.« Leo lächelte den Jungen an und wurde dafür mit einem reizenden Gegenlächeln belohnt. Sie verließ das Behandlungszimmer. Nun wartete das Gespräch mit der Mutter auf sie.

Leo stellte zuerst eine Routinefrage. »Gibt es irgend etwas, was Ihren Sohn in letzter Zeit belastet hat?« Die Mutter überlegte nur kurz.

»Es könnte sein, daß es da ein Problem in der Schule gibt. Ich weiß nicht genau, was es ist, er erzählt sehr wenig zu Hause. Aber etwas bedrückt ihn. Neulich wollte er Geld von mir haben, fünfundzwanzig Euro. Angeblich für einen Atlas, der für Erdkunde angeschafft werden sollte. Aber es stimmte nicht, ich habe den Klassenlehrer angerufen.« Daniels Mutter machte nicht den Eindruck, als ob sie vor Problemen davonlaufen würde.

»Was haben Sie unternommen?«

»Ich habe Daniel natürlich zur Rede gestellt. Aber er hat nichts gesagt und dann geweint. Was eigentlich nicht seine Art ist. Und sein Asthma ist immer schlimmer geworden. Er hat manchmal so schwere Anfälle, daß ich Angst habe, er könnte ersticken.«

Leo stand auf und holte Kaffee. Sie wärmte ihre kalten Hände an der Tasse. »Sie haben sicher von Andrea Merschmanns Tod gehört?«

»Natürlich, Daniel geht ja auf die gleiche Schule. Außerdem stand es in jeder Zeitung.« Der Frau wurde plötzlich klar, warum Leo diese Frage gestellt hatte. »Sie meinen, es könnte da einen Zusammenhang geben?«

Leo zuckte mit den Schultern.

»Ich weiß nicht. Aber irgend etwas scheint an der Schule vor sich zu gehen, was Ihrem Sohn Angst macht.«

Die Frau schwieg, und Leo wußte auf einmal nicht mehr, was sie noch fragen sollte. Sie nannte der Mutter einen neuen Termin und ging in den Behandlungsraum, um Daniel von den Nadeln zu befreien. Der Junge beobachtete Leos Handgriffe neugierig. »Und das hilft wirklich?«

»Ich glaube, ja.« Außer wenn es etwas gibt, was dir so große Angst einflößt, daß alle Ärzte dieser Welt dir nicht helfen können, dachte Leo. »Aber du mußt ein bißchen Geduld haben«, sagte sie und gab Daniel die Hand. »Wir sehen uns nächste Woche wieder.«

Schakal zerrte an der Leine, und Leo stolperte hinter ihm den steilen Berg hinunter. Sie mußte ihn besser erziehen, das hatte sie sich schon oft vorgenommen, aber Erziehung war anstrengend, auch bei Hunden.

Unten im Ort führte ihr erster Weg in die Sparkasse an der Hauptstraße. Mit einem Seufzer betrachtete sie ihre Kontoauszüge. Seit sie die Stelle im Krankenhaus aufgegeben hatte und darauf angewiesen war, von den Honoraren ihrer Akupunktur-Patienten zu leben, hatte sie Mühe, finanziell über die Runden zu kommen. Wenn sie nicht während ihrer Zeit am Krankenhaus etwas Geld gespart und mit dem Rest ihrer unerwarteten Erbschaft in Aktien angelegt hätte, wäre sie nicht in der Lage gewesen, eine Praxis zu eröffnen. Sie hob hundert Euro ab, das mußte für den Rest der Woche reichen.

Dann ging sie weiter zur Bäckerei. Hinter der Theke stand Gülay Yilmaz und sah sehr dekorativ aus, wie sie in ihrem engen violetten Pullover schwungvoll die Brötchen in eine Tüte warf. Leo kannte die Familie Yilmaz, seit sie im Krankenhaus deren drei Söhne behandelt hatte, die sich beim Fußballspielen alle Zehen nacheinander gebrochen hatten. Gülay dagegen war immer gesund gewesen und hatte zu Hause ihre Brüder versorgt. Jetzt richtete sie ihre unglaublich schwarzen Augen auf Leo. »Frau Doktor, stimmt es, daß Sie ihn gesehen haben, als er schon tot war?«

Leo fühlte sich überrumpelt und antwortete mit einer Gegenfrage. »Hast du den Toten denn gekannt?« Gülay gab einen zischenden Laut von sich, wie ihn nur türkische Mädchen ausstoßen können. »Natürlich, ich wußte, wer er war. Jeder hat ihn irgendwie gekannt. Aber mein Freund ist ziemlich eifersüchtig. Ich hätte mich nicht mal mit ihm unterhalten dürfen!«

Leo ließ sich ein Doppelbackbrot und zwei Stücke Bienenstich einpacken und ärgerte sich über die hohen Brotpreise, während sie in ihrem Portemonnaie nach Geld suchte. Gülay sagte wie immer, Leo solle mal wieder bei ihrer Familie vorbeischauen, und Leo nickte zerstreut. Irgendwie war ihr im Augenblick nicht nach gutgemeinter, aber anstrengender Gastfreundschaft zumute.

Als sie auf die Straße trat, kam ihr ihre Freundin Bettina entgegen. Sie trug einen teuer aussehenden taillierten Stoffmantel, den sie auf keinen Fall in Balve oder Iserlohn gekauft haben konnte.

Sie tauschten Wangenküsse aus, und Bettina fragte: »Wollen wir einen Kaffee trinken?« Sie hakte Leo unter und zog sie wieder in Richtung Bäckerei. Leo sträubte sich.

»Ich habe gerade einen halben Liter Kaffee getrunken und außerdem überhaupt keine Zeit.« Das war eine Lüge, aber Leo fühlte sich Bettinas Luxusproblemen im Augenblick nicht gewachsen. Ihre reiche Freundin brachte es fertig, aus der Anschaffung einer falschen Matratze ein abendfüllendes Thema zu machen.

»Dann treffen wir uns heute abend«, drängte ihre Freundin. »Ich muß mit dir reden.« Sie faßte Leos Arm fester. »Und ich lade dich zum Essen ein.« Leo mußte lachen. Bettina wußte sehr gut, wie sie zu ködern war.

»Wo?«

»Im Drostenkeller.« Nicht schlecht, dachte Leo, aber sie kann es sich leisten. Bettina winkte ihr noch einmal zu und verschwand dann im Schmuck- und Uhrengeschäft.

Leo ging weiter die Straße hinunter. Sie grüßte zwei ehemalige Patienten und sah hinter einem silbernen Mercedes her. Am Steuer hatte sie ihren ehemaligen Kollegen Bernhard Stahlschmidt erkannt. Er arbeitete noch immer im Marienkrankenhaus, war inzwischen Oberarzt, und sie hatte gehört, daß er einer der aussichtsreichen Kandidaten für den Chefarztposten war.

Im Schreibwarengeschäft von Alfons Wagemut erkundigte sich Leo spontan nach einer günstigen Bahnverbindung nach München. Der Geschäftsinhaber, der auch Bahnkarten verkaufte, nachdem der alte Bahnhof geschlossen worden war, hackte nach einem knappen Begrüßungsnicken auf die Tastatur seines Computers ein. Alfons Wagemut wußte, daß Leo zu ihrem Sohn wollte, wenn sie eine Fahrkarte nach München kaufte. Er wußte auch, daß sie gerne ein Sonderangebot wahrnahm und daß ihr Auto zu altersschwach war, um diese Strecke noch zu bewältigen.

Leo betrachtete die tiefen Kerben im Gesicht des Ladenbesitzers und versuchte sich zu erinnern, wie Alfons Wagemut vor zwanzig Jahren ausgesehen hatte. Die Rundgänge durch die Kleinstadt mit ihren immer gleichen Menschen schienen die Zeit stillstehen zu lassen.

Der Computer summte. Sie zuckte zusammen, als sie merkte, daß sie eine Frage von Alfons Wagemut überhört haben mußte, denn er sah sie abwartend an. »Ich weiß noch nicht genau, wann ich fahre«, hörte sie sich sagen. Zu ihrer eigenen Überraschung war ihr plötzlich klar geworden, daß sie jetzt nicht nach München fahren konnte. Sie wollte den Ort nicht verlassen, nicht zu diesem Zeitpunkt. Es wäre eine Flucht gewesen, und sie wollte nicht fliehen. Und tief in ihrem Herzen mußte sie sich eingestehen, daß sie neugierig war auf das erste Abenteuer, das Balve ihr zu bieten hatte.

Statt dessen kaufte sie sich die WAZ, die Westfalenpost und den Süderländer Volksfreund in der Hoffnung, einige ausführliche Berichte über den Höhlenmord zu lesen. Alfons Wagemut versuchte, die Zeitungen zusammenzurollen. Seine Handbewegungen waren fahrig, und einige Reklameblätter rutschten heraus.

»Wer um Himmels willen bringt einen achtzehnjährigen Schüler um? Hier in Balve? Hier ist noch nie jemand umgebracht worden!«

Leo nickte. Der Mord schien noch nicht als Realität in das Bewußtsein der Bürger gedrungen zu sein. Es war so, als liefe ein Film ab, den alle mit Schaudern, aber auch mit Neugierde verfolgten. Alfons Wagemut rollte die Zeitungen wieder auseinander und glättete sie ungeschickt auf der Ladentheke.

»Wahrscheinlich hat er mit Drogen gehandelt. Das ist ja heutzutage so üblich. Und die Drogengangster schrecken vor nichts zurück. Die stehen doch schon auf den Schulhöfen.« Aus der Stimme des Ladenbesitzers sprach die ganze Verachtung seiner Generation über den lockeren Umgang der Jugendlichen mit Rauschmitteln, die in seinen Augen direkt in die Hölle führten.

Leo nickte wieder, wenn auch ohne rechte Überzeugung. Sie wußte nicht, wie weit der Drogenkonsum sich hier auf dem Land schon ausgebreitet hatte. Bisher hatte sie angenommen, daß dies eher ein Großstadtproblem sei. In ihrer Praxis jedenfalls hatte sie keinen einzigen Patienten, der mit Hilfe der Akupunktur seine Sucht bekämpfen wollte.

Sie trat aus dem Laden, überquerte die Hauptstraße und bog in die schmale Querstraße ein, in der das Postgebäude lag. Sie mußte einen Brief in die Volksrepublik China schicken, eine Bestellung für spezielle Akupunkturnadeln, die sie demnächst ausprobieren wollte. Hinter dem Schalter saß der Vater von Daniel Miedenhof und begrüßte sie mit dem gleichen reizenden Lächeln wie sein Sohn. Nachdenklich betrachtete er ihren Brief, und Leo ahnte, daß ihm der Umstand, daß sein Sohn sich bei ihr in einer Akupunkturbehandlung befand, genauso unbehaglich war wie seiner Frau. Aber er gab keinen Kommentar ab, klebte eine Menge Briefmarken auf den Umschlag und wünschte ihr noch einen schönen Tag.

Sie verließ das Postgebäude und ging noch einmal in Richtung Drostenplatz, wo sich der Supermarkt befand. Ihr war eingefallen, daß sie noch Hundefutter besorgen mußte. Auf dem Weg dorthin wurde Schakal noch in ein kurzes Scharmützel mit dem Jack-Russell-Terrier von ihrer Patientin Lisa Michels verwickelt. Es gab ein wildes Gebell und Durcheinander, ehe die Tiere voneinander abließen.

»Die beiden mögen sich einfach nicht«, sagte Leo und

hatte ein schlechtes Gewissen. Schließlich war ihr Hund eindeutig größer und müßte mehr Gelassenheit zeigen. Lisa Michels zuckte nur mit den Schultern. »Es sind eben beides Rüden«, meinte sie und zog ihren Hund zu sich heran, um ihn beruhigend zu tätscheln.

Leo wechselte noch ein paar Worte mit ihr und verabschiedete sich dann, immer noch mit einem mulmigen Gefühl. Schakal war alles andere als ein Unschuldslamm. Es war nicht das erste Mal, daß er in eine Beißerei verwickelt war. Gott sei Dank war bisher nie etwas Ernsthaftes passiert.

Als Leo an Richards Apotheke vorbeikam, warf sie einen Blick durch die Scheibe. Im Schaufenster lagen Schwimmflossen und Taucherbrillen, dazwischen Pillenschachteln und Sonnencremes. Richard bediente gerade eine kleine weißhaarige Frau, die ihm aufmerksam zuhörte. Er sah müde und alt aus. Leo zögerte. Sie hatte an die Scheibe klopfen und ihm zuwinken wollen, aber Richard sah nicht so aus, als ob ihn ein flüchtiger Gruß aufheitern könne.

Der Parkplatz hinter der Sparkasse war bis auf einen Platz voll besetzt, und Leo hatte Mühe, ihren sperrigen alten Variant in die schmale Parklücke zwischen zwei Geländewagen zu zwängen. Im Gegensatz zu ihrem Auto sahen sie aus, als seien sie gerade frisch aus der Waschanlage gekommen, was Leo besonders bei diesem Autotyp noch überflüssiger fand als sonst.

In der Abenddämmerung wirkte die hellgelbe Fassade des historischen Drostenhofes fast italienisch, und einen Moment gab sich Leo der Illusion hin, auf einer toskanischen Piazza zu sein. Dann hörte sie die laute Stimme von Bettina Lüsebrink mit ihrem sauerländischen Tonfall und wurde abrupt in die Wirklichkeit zurückgeholt. Das Restaurant befand sich im Kellergewölbe des Hauses, und der neue Besitzer hatte offenbar den Ehrgeiz, seinem Lokal ein weltstädtisches Flair zu verleihen. Eine junge Frau im dunklen Kostüm führte die beiden Frauen an einen sehr großen Tisch mit ebensolchen Platztellern. Leo und Bettina setzten sich und schoben die steifgefalteten Servietten beiseite, weil sie ihnen die Sicht versperrten.

Leider waren trotz des vollen Parkplatzes nur noch zwei weitere Tische besetzt. Leo war unbehaglich zumute. Sie haßte leere Lokale und hoffte inständig, daß sich dieser Zustand im Lauf des Abends noch ändern würde. Zu ihrer Verblüffung standen auf der Speisekarte auch so typische Sauerländer Gerichte wie Potthucke und Pfannegrütze, aber sie widerstand ihrem Drang nach Hausmannskost und bestellte Fisch. Das war in diesem Lokal einfach passender, und tatsächlich schmeckte das Essen, das der mit französischem Akzent sprechende Kellner elegant servierte, ganz ausgezeichnet.

Man konnte die Unterhaltung an den Nachbartischen beinahe wörtlich mitverfolgen. Natürlich drehten sich die Gespräche um den Mord in der Höhle. Und Leo stellte fest, daß auch sie sich jetzt gerne über dieses Thema unterhalten hätte. Sie hatte keine Lust auf Bettinas Eheprobleme, die darin bestanden, daß ihr Mann Werner, ein erfolgreicher Fabrikant von Eierkochern und Tauchsiedern für die Dritte Welt, sich kaum zu Hause blicken ließ. Leo war davon überzeugt, daß Werner tatsächlich so viele Geschäftstermine hatte, wie er Bettina erzählte, aber seine Frau war mißtrauisch. Vermutlich, weil der Verdacht, Werner könnte Affären mit anderen Frauen haben, Bettinas Alltag etwas spannender gestaltete. Trotz allem war sie Leos Freundin, denn sie war bei allen ihren persönlichen Macken ein witziger, herzlicher und großzügiger Mensch.

Leo hatte gerade die Gräte ihres Kabeljaus zufrieden an den Rand des Tellers geschoben, als sie von Bettinas Stimme überrascht wurde, die ernst und dunkel klang und ganz anders als sonst.

»Ich muß dir etwas erzählen. Es hat mit dem Mord zu tun.« Leo sah von ihrem Teller auf. Die Wangen ihrer Freundin waren gerötet, und feine Schweißtropfen lagen auf ihrem Nasenrücken.

»Ich habe ihn gekannt.« Leo hielt mitten in der Bewegung inne, mit der sie ihr Bierglas an den Mund führen wollte.

»Wen?«

»Andrea Merschmann di Antonio.«

In Leo stieg eine Ahnung hoch. Bettinas pathetische Ankündigung konnte eigentlich nur eins bedeuten.

»Was heißt das, du hast ihn gekannt? Wie gut hast du ihn gekannt?« Vorsichtig betupfte Bettina mit der Serviette ihre Nase.

»Ich hätte es niemandem erzählt, normalerweise. Aber jetzt weiß ich nicht ...« Sie verstummte und sah auf ihren Teller, wo noch ein Rest ihres Rinderfilets lag.

Bettina und Andrea hatten sich beim Seniorennachmittag in der Schule kennengelernt. Jedes Jahr organisierte das Städtische Gymnasium einen Nachmittag für die Senioren des Ortes. Es gab selbstgebackenen Kuchen, und die jüngeren Schüler tanzten über die Bühne und gaben sich Mühe, wie Schneeflocken auszusehen. Die älteren Schüler schenkten Kaffee aus. Der Bürgermeister richtete freundliche Grußworte an die Anwesenden, und die Direktorin verlieh ihrer Freude über die zahlreiche Beteiligung Ausdruck. Andrea hatte mit einigen Mitschülern eine Kurzfassung des »Arabischen Prinzen« gespielt, und Bettina, die ihre alte, wohlhabende Tante begleitete, hatte ihn auf der Bühne gesehen.

»Ich habe ihn die ganze Zeit angestarrt«, sagte sie, »und nach der Vorstellung habe ich ihn dann angesprochen. Wir haben uns unterhalten.« Bettina lehnte sich zurück und betrachtete einen Punkt auf der Wandbemalung.

»Und dann hast du ihm deine Telefonnummer gegeben.« Leos Stimme klang sachlich, aber sie fühlte sich plötzlich schlecht. Bettina führte ein sorgenfreies Leben und war mit einem netten, erfolgreichen Mann verheiratet. Aber das reichte ihr offenbar nicht. Bettina nickte. »Ja. Und er hat mich drei Tage später angerufen.«

In Bettinas rotem Cabriolet waren sie durch die Sauerländer Berge gefahren, hatten an der Sorpe Kaffee und Sekt getrunken und waren dann oberhalb von Balve in einem Gartenlokal gelandet. Natürlich hatten sie sich die ganze Zeit tief in die Augen gesehen. Es war langsam dunkel geworden, sie waren ins Auto gestiegen, und Bettina war in den Waldweg eingebogen, der für Forstfahrzeuge reserviert war. Der Mond hatte hell geschienen, und sie hatte den Himmel über sich sehen können, während sie miteinander schliefen.

Leo wollte keine Einzelheiten hören. Sie hatte genug Phantasie.

»So ein Cabrio hat schon seine Reize«, murmelte sie. Dann fuhr Bettina fort:

»Andrea hat sich danach nicht mehr bei mir gemeldet. Und ich habe mich nicht getraut, bei ihm zu Hause anzurufen. Ich wollte auf keinen Fall seine Mutter am Apparat haben.« Bettina nahm einen tiefen Schluck Wein und stellte das Glas behutsam wieder auf den Tisch.

»Er ist tot«, sagte sie mit ihrer tiefen Stimme, und sie

sprach die Worte ebenso vorsichtig aus, wie sie zuvor das Glas auf den Tisch gestellt hatte.

Leo betrachtete stumm die Frau, die ihr gegenübersaß, und dachte daran, wie wenig sie von ihr wußte. Trotz der langen Gespräche in den fast zehn Jahren ihrer Bekanntschaft. Bettinas dunkelroter Lippenstift leuchtete grell in ihrem blassen Gesicht.

»Ich nehme nicht an, daß du der Kriminalpolizei von deinem Erlebnis erzählt hast?«

»Nein, natürlich nicht. Stell dir bitte vor, wenn Werner etwas davon erführe!«

»Stimmt«, sagte Leo trocken. »Das wäre nicht besonders schön für ihn. Noch schlimmer wäre es allerdings, wenn er von deinem Seitensprung schon vorher gewußt hätte, dann hätte er nämlich ein Motiv gehabt, deinen jugendlichen Liebhaber aus dem Weg zu räumen.«

Bettina sah sie entsetzt an.

»Unmöglich«, sagte sie.

Sie hat recht, dachte Leo, der Gedanke an Werner als einem Mörder mit Dolch in der Hand war einfach lächerlich.

Sie tranken einen Cognac und dann noch den Espresso, den es auf Kosten des Hauses gab. Ihre Unterhaltung war ins Stocken geraten. Wahrscheinlich spürte Bettina die abwehrende Haltung ihrer Freundin in deren knappen Kommentaren. Als Bettina schließlich ihre Scheckkarte zückte, bot Leo an, die Hälfte der Rechnung zu übernehmen, und bedankte sich förmlich, als Bettina auf deren Zahlung bestand.

Gab es auch Freundschaften, in denen man vom anderen nur die Seiten seines Wesens zu Kenntnis nahm, die man mochte, während man die Kehrseiten einfach ignorierte? Sie trennten sich mit der gewohnten Umarmung, doch Leo hatte das Gefühl, daß sie Bettina für eine Weile nicht mehr sehen wollte – ohne eigentlich den Grund zu wissen. Was genau störte sie plötzlich am lockeren Lebenswandel ihrer Freundin?

Schakal lag mitten auf dem Küchentisch, als Leo in die Küche kam. Schwanzwedelnd sprang er hinunter und begrüßte sie stürmisch.

»Kannst du nicht einmal wie ein vernünftiger Hund in deinem Korb liegen?« Sie war tatsächlich wütend, schließlich mußte sie ständig den Tisch abwischen. Diese unangenehme Eigenschaft hatte Schakal sofort nach seinem Einzug entwickelt. Es konnte keine Angewohnheit sein, die er aus seiner portugiesischen Heimat mitgebracht hatte, wo er sicher nicht mal in die Nähe einer Küche gekommen war.

Sie füllte einen Rest Hundefutter in eine Metallschale, und in weniger als zehn Sekunden war die Schüssel leer. Leo ging ins Wohnzimmer und schaltete den Anrufbeantworter ein. Wieder zwei Absagen für Akupunktursitzungen, angeblich wegen Terminschwierigkeiten. Leo seufzte. Es wurde Zeit, daß von irgendwoher endlich Geld hereinkam. Dann die kräftige Stimme von Flo:

»Hallo Ma, schalte mal deinen Fernseher ein, wenn er noch funktioniert. Ich bin vier Sekunden im Bild, morgen abend, viertel nach acht, auf RTL. Ciao!« Leo lächelte. Sie liebte ihren Sohn, er war das Wichtigste in ihrem Leben, und jedes Lebenszeichen von ihm hob automatisch ihre Laune.

Sie mischte sich einen Campari mit Orangensaft, um ihn mit nach oben ins Schlafzimmer zu nehmen, als das Telefon klingelte. Es war fast halb zwölf, und ihr Herz klopfte schneller, als sie den Hörer abhob.

Es war ihre Nichte Jenny. Ihre gepreßte Stimme verriet, daß sie mit den Tränen kämpfte.

»Tante Leo, schläfst du schon? Es tut mir leid, daß ich dich noch störe, aber ich muß mit dir sprechen.«

»Jenny, mein Schatz, was ist los?« Leo hörte das Schlukken ihrer Nichte und spürte ihre Anspannung.

»Tante Leo, du hast ihn doch gesehen. Er ist tot. Er hatte ein Loch in der Brust.« Leo wartete. Ihre Finger umklammerten den Hörer.

»Ich hätte ihn nie verraten. Aber jetzt ist er tot.« Sie weinte. »Aber du darfst es keinem erzählen, bitte! Versprich es!« Leo wußte, daß sie keine Wahl hatte.

»Ich verspreche es.«

»Ich glaube, er hat irgendwelche Geschäfte gemacht, in der Schule. Er hat sich die Namen von Schülern aufgeschrieben.« Sie machte eine kurze Pause, ihre Stimme hörte sich jetzt gefaßter an. »Ich hab das ein paar Mal beobachtet, und dann hab ich ihn gefragt, was er da macht, weil wir zusammen Theater gespielt haben, wir haben uns ja oft gesehen, nachmittags oder auch abends.« Leo räusperte sich.

»Und dann hat er es dir erzählt?«

»Nicht direkt. Er hat gesagt, ich wäre ja noch ziemlich jung und hätte wahrscheinlich nicht besonders viel Taschengeld. Aber ich sollte mich mal bei den anderen erkundigen. Er könnte mir auch was besorgen.«

»Was besorgen?«

»Ich wußte nicht, was er meint. Er hat dann noch mal gesagt, ich soll die anderen fragen. Ich hab aber nicht gewußt, wen ich fragen soll.« Jennys Stimme wurde so leise, als fürchte sie, daß ihre Mutter im Nebenzimmer lauschen könnte.

»Ein paar Tage später hat er mich dann während der

Proben in der Höhle angesprochen. Er hat gefragt, ob ich Interesse hätte.«

»Woran?«

»Ich wußte nicht, was ich sagen sollte. Ich kam mir so blöd vor.« Sie schluchzte.

»Und dann?«

»Dann hat er mir ein paar Tabletten gegeben. Er hat gesagt, ich soll sie nehmen, wenn ich mal gut drauf sein will. Und dann an ihn denken.« Die letzten Worte gingen im Schluchzen fast unter.

»Und, hast du sie geschluckt?«

»Nein. Ich hab sie zu Hause ins Klo geschmissen. Ich hab ja sowieso immer an ihn gedacht.« Leo mußte grinsen.

»Hast du mit deinen Eltern darüber gesprochen?«

»Nein. Wenn die was von Drogen hören, flippen sie total aus.« Leo nickte stumm in den Telefonhörer.

»Jennylein, hör zu. Es ist gut, daß du mich angerufen hast. Ich komme morgen zu euch, und dann können wir einen Spaziergang machen, und du erzählst mir alles in Ruhe. In Ordnung?«

»Ja. Gute Nacht, Tante Leo.« Jennifers Stimme war leise und sanft. Leo legte langsam den Hörer auf.

Sie nahm ihren Campari mit nach oben ins Schlafzimmer. Hatte Alfons Wagemut doch recht? Gab es einen florierenden Drogenhandel an der Schule, und war Andrea einer der Drahtzieher gewesen? Geistesabwesend zog sie sich aus und griff zu einem verwaschenen Flanellschlafanzug. Trotz des Alkohols war ihr kalt, und sie protestierte nicht, als Schakal aufs Bett sprang und sich auf ihren Füßen ausbreitete. »Dafür habe ich dich schließlich angeschafft«, murmelte sie, und es dauerte keine drei Minuten, bis sie eingeschlafen war.

3

Der Variant hatte Mühe mit dem steilen Weg, der zum Haus von Leos Schwester führte. Sie biß die Zähne zusammen, während sie mit Mühe den ersten Gang einlegte. Hinter der Grundschule ließ die Steigung nach, und sie bog in eine ruhige Straße ein, wo hinter ordentlich geschnittenen Hecken kleine Einfamilienhäuser standen. Eines davon gehörte Ingeborg, und es sah aus, als ob die Mauersteine jede Woche einzeln mit einem Lappen abgewischt würden. Im Garten drehten sich die Flügel mehrerer bunter Holzenten.

Leo fuhr in die enge und steile Garagenzufahrt, stellte den ratternden Motor ab und zog die Handbremse bis zum Anschlag an. Irgendwann würde die Bremse versagen und der Wagen über Straße und Gärten in die Tiefe rauschen, ein Alptraum, der Leo seit Jahren verfolgte. Sie hatte in der Bäckerei ein paar Kuchenstücke gekauft, unter anderem Bienenstich – den Lieblingskuchen ihrer Nichte.

Sie stieg aus und drückte die Wagentür vorsichtig ins Schloß, um unnötige Erschütterungen zu vermeiden. Schakal mußte im Wagen bleiben, da ihre Schwester angeblich allergisch gegen Hundehaare war. In Wirklichkeit, da war Leo sicher, konnte sie es aber in ihrem Sauberkeitswahn nicht ertragen, wenn der Hund irgendwelchen Schmutz ins Haus brachte.

Ingeborg stand bereits an der offenen Haustür und hielt ihrer Schwester die Hand zur Begrüßung hin. Leo ignorierte die Geste und nahm sie in den Arm. Ingeborg roch nach Honigseife aus dem Reformhaus, und ihre Haare kratzten an Leos Wange. Seit Leo denken konnte, trug ihre Schwester die Haare kurz und mit viel Haarspray unverrückbar an der Kopfhaut befestigt. Leo fand, daß diese Frisur irgendwie symbolisch für Ingeborgs Charakter war.

Im Wohnzimmer war der Kaffeetisch gedeckt. Durch die gerafften Gardinen der Terrassenfenster sah man auf eine grüne Wand aus Büschen und Bäumen. Leo war es ein Rätsel, warum ihre Schwester und ihr Mann keinen Wert auf Licht und Sonne zu legen schienen.

»Es ist so dunkel bei euch. Wollt ihr nicht mal die Gardinen abnehmen oder ein paar Bäume fällen?«

»Ja, irgendwann machen wir das vielleicht«, sagte ihre Schwester gleichgültig. »Aber es ist auch praktisch, niemand kann ins Haus hineingucken.« Während sie in die Küche ging, um den Kaffee zu holen, sah Leo hinaus zu den Holzenten im dunklen Garten, die trotz eifrigen Flügelschlagens nicht von der Stelle kamen. Sie konnte sich niemanden vorstellen, der Interesse hatte, in dieses Haus hineinzusehen. Dann erschien Jenny, umarmte ihre Tante, ließ sich in einen Sessel fallen und griff nach dem Bienenstich. Sie trug hautenge Jeans mit silbernen Nieten und ein bauchfreies T-Shirt. Es war nicht zu übersehen, daß Jennifer kein Kind mehr war.

Leo versuchte erst gar nicht, ein Gespräch mit ihrer Nichte zu beginnen. Es war zwecklos, ihr in der Gegenwart ihrer Mutter mehr als ein Ja oder Nein zu entlocken.

Statt dessen fing Ingeborg an, eine langweilige Geschichte über eine Arbeitskollegin in der Apotheke zu erzählen, und Leo ließ ihre Gedanken wandern, während sie ihren Kuchen aß. Sie dachte an ihren Schwager Klaus und fragte sich, wie es ihm möglich war, mit einer Frau wie Ingeborg glücklich zu sein. Er war Zahnarzt und hatte seine spätere Frau auf einer Geburtstagsfeier von Leo kennengelernt, zu der sie ein paar Kollegen eingeladen hatte. Leo war inzwischen davon überzeugt, daß Männer Frauen vor allem deswegen heirateten, damit diese ihnen ein bequemes und von Aufregungen freies Leben bereiteten. Jennys Geburt war dann eine Riesenüberraschung für Leo gewesen. Sie konnte sich ihre Schwester nicht im Bett eines Mannes vorstellen, und manchmal kam ihr der Gedanke, daß ihre Nichte vielleicht in einer Retorte entstanden war.

Die Geschichten aus der Mendener Apotheke waren offenbar beendet, denn Leo wurde von der plötzlichen Stille im Wohnzimmer in die Realität zurückgeholt. Sie pickte die Reste ihres Bienenstichs vom Teller und achtete darauf, auf keinen Fall die cremefarbene Damastdecke zu beschmutzen. Die Vorstellung, wie ihre Schwester wegen eines winzigen Fleckens diese riesige Decke stundenlang in die Waschmaschine stecken und später ebenso lange bügeln würde, verursachte ihr Bauchschmerzen. Diese ganzen Aktionen waren die reinste Energieverschwendung.

Dann beschloß sie, den Besuch bei ihrer Schwester möglichst rasch zu beenden, erhob sich und registrierte mit Genugtuung, daß ihre Nichte verstanden hatte. Schnell stopfte Jenny sich den letzten Bissen Bienenstich in den Mund, sprang aus dem Sessel und griff nach ihrer Jeansjacke.

Sie fuhren in Richtung Luisenhütte. »Weißt du noch, wie wir früher immer zum Schwimmen gefahren sind, nach Lüdenscheid ins Wellenbad?«, fragte Leo übergangslos. Die vielen Ausflüge mit ihrer kleinen Nichte schienen plötzlich sehr lange her zu sein.

»Klar«, sagte Jenny und pulte ein Kaugummi aus dem Silberpapier. »Könnten wir mal wieder machen.« Leo lächelte erleichtert. Ganz so schnell änderten sich die Dinge wohl doch nicht.

Die Sonne stand hoch am kaum bewölkten Himmel,

und der asphaltierte Weg strahlte ihre Wärme zurück. Leo atmete die Gerüche des Sommertages ein. Jenny lief mit Schakal über eine Wiese, auf der Sumpfdotterblumen und Wiesenschaumkraut wuchsen und ausnahmsweise weder Kühe noch Pferde grasten.

Trotz der hohen Fichten, die den Weg begrenzten, gab es hier keine feuchten Schatten, wie sonst so oft im Sauerland. Die Wanderstrecke führte weiter zur Balver Höhle, an einem Bach entlang und über sonnige, unbewaldete Hügel. Es war eine von Leos Lieblingsstrecken. Jenny warf einen Stock, so weit sie konnte, auf die Wiese hinaus, doch der Hund ahnte die Flugbahn im voraus, rannte los und schnappte ihn aus der Luft. Er jaulte vor Begeisterung, sie lachten, und einen Moment lang gehörten alle Gedanken Leos nur der Gegenwart.

Sie wanderten an den Hallen des Sägewerks vorbei, und Jenny versuchte den Hund auf den Stapel der Eichen- und Buchenstämme zu locken, die von der jahrelangen Lagerung grau geworden waren. Aber er lief statt dessen zum Stauteich vor dem Sägewerk. Wo sich früher ein hölzernes Rad gedreht hatte, verschwand das Wasser jetzt strudelnd in der Tiefe. Auf der anderen Straßenseite kam es wieder ans Tageslicht, um als kleiner Bach friedlich weiterzufließen. Leo hielt Schakal davon ab, sich ins Wasser zu stürzen, sie fürchtete, er könne von dem Strudel mitgerissen werden.

Sie durchquerten das Gelände der ehemaligen Hochofenanlage der Luisenhütte, und Jennifer bestand darauf, einen Blick auf den Kühlteich zu werfen. Er war braungrün, und die Oberfläche schimmerte wie Metall. Schon als kleines Kind hatte es Jenny hierher gezogen – sie gruselte sich beim Anblick des modrigen Wassers, und offenbar hatte sich daran nichts geändert. Dann wanderten sie über eine Holzbrücke und stiegen auf der anderen Seite einen Berg hinauf, wo man zur Erleichterung der Wanderer einige Stufen in den Hang gegraben hatte. Oberhalb der Steigung stand eine Bank. Sie setzten sich und blickten eine Weile schweigend über die Wiesen, hinter denen sich die Fachwerkgebäude der Luisenhütte erhoben.

»Ich habe ihm geschrieben«, sagte Jennifer schließlich. »Ein paar Mal. Aber er hat nicht geantwortet. Kein einziges Mal. Ich hab ihm auch ein Plüschtier geschenkt.« Jenny hatte plötzlich Tränen in den Augen. »Einen weißen Hasen. Es war ja Ostern.«

Leo legte ihrer Nichte einen Arm um die schmalen Schultern. Was war das für eine seltsame Sitte, daß junge Mädchen jungen Männern Plüschhasen schenkten? Mußte es nicht eigentlich umgekehrt sein?

»Aber er wollte sich nicht mit mir treffen.« Jennys Tränen flossen jetzt unaufhörlich. »Dann wollte ich wissen, ob er schon eine andere Freundin hat, aber das war wieder so eine blöde Frage.« Jenny stieß mit ihrem Schuh kleine Steine den Abhang hinunter. »Er hat gesagt, das geht mich nichts an. Aber irgendwann könnten wir ja mal ein Eis zusammen essen.«

»Und, habt ihr ein Eis gegessen?«

Jenny schüttelte den Kopf.

»Er hat gesagt, daß er im Moment keine Zeit hat.« Ihre Tränen liefen den Hals hinunter und in den Ausschnitt des Ringelhemdchens. Unter ihnen raschelte es plötzlich heftig, wie von einem kleinen Tier auf der Flucht.

»Kannst du dir vorstellen, warum er ermordet worden ist?« fragte Leo. Ihre Nichte zuckte zusammen. Mit aufgerissenen Augen sah sie ihre Tante an.

»Ich weiß nicht. Glaubst du – vielleicht wegen der Tabletten?« Leo schüttelte den Kopf.

»Das waren sicher nur Aufputschmittel. Aber vielleicht hat er noch andere Geschäfte gemacht.« Jennifer warf ihr einen schnellen Blick zu und starrte dann auf den Boden. Leo hatte plötzlich das Gefühl, daß ihre Nichte ihr etwas verschwieg.

»Hat Andrea noch mit anderen Drogen gehandelt?« Jennifer schüttelte überraschend heftig mit dem Kopf.

»Immer glaubt ihr, daß es um Drogen geht. Alle denken das, auch die Polizei. Aber Andrea war nicht so. Er war viel schlauer, als ihr glaubt.« Sie verstummte.

Leo wußte, daß es keinen Zweck mehr hatte, weiter in sie zu dringen. Sie würde reden, aber nicht jetzt, sondern erst dann, wenn ihr endgültig klar war, daß sie Andrea mit ihrer Aussage nicht mehr schaden konnte.

Leo erinnerte sich plötzlich an ihre erste Liebe. Sie war damals genauso alt wie Jennifer gewesen. Es war in den Ferien an der Nordsee passiert, und er hatte ihr einen Seestern geschenkt, den sie dann auf der Fensterbank der Ferienpension getrocknet hatte. Der Gestank war fürchterlich gewesen, und ihre Mutter hatte geschimpft, als sie die Ursache endlich entdeckte. Den Seestern bewahrte Leo jahrelang in einer kleinen Schachtel auf – und jedes Mal rief sein Anblick wie durch Zauberei das Gefühl der Verliebtheit wieder hervor.

Leo zog ihre Nichte an sich, und Jenny ließ es ohne Widerstand geschehen.

»Die Polizei wird den Täter finden«, sagte Leo. »Aber du solltest hingehen und von den Tabletten erzählen.«

Jennifer sah aus wie ein Reh, das von Scheinwerfern geblendet wird. »Aber du mußt es Mama erklären.«

»Natürlich.«

Jennifer legte ihre feuchte Wange an Leos Gesicht, und Leo erinnerte sich an das Baby und das kleine Mädchen, das sie so oft auf dem Arm getragen und getröstet hatte. Jennifer war ihr Ersatzkind gewesen, als ihr eigener Sohn mit Christoph nach Costa Rica gegangen war.

Schließlich verließen sie die Bank und wanderten weiter den Berg hinauf. Unten im Tal glitzerte das Wasser des Stauteiches. Nach ungefähr zwei Kilometern machte der Weg eine scharfe Biegung, und kurz darauf sahen sie schon die Parkplätze, die zur Balver Höhle gehörten.

»Trinken wir noch einen Kakao bei Friedel?« fragte Leo.

»Kann ich auch eine Cola kriegen?«

»Sicher. Oder einen Kakao und eine Cola.« Sie sahen sich an und mußten lachen. Es war ein traumhaft schöner Tag. Und der Tote in der kalten Höhle war ein Spuk, der sich in der lauen Sommerluft auflösen würde.

Nachdem ein Mitarbeiter der Sparkasse, der in Friedels Lokal seinen Dämmerschoppen genommen hatte, sie zum Auto zurückgebracht hatte, fuhr Leo ihre Nichte nach Hause. Sie sprachen nicht mehr viel, für heute gab es nichts mehr zu erzählen.

Zu Hause ließ Leo sich ein Bad einlaufen und schüttete aus Versehen eine halbe Flasche Schaumöl hinein. Es bildeten sich riesige Schaumberge, die über den Wannenrand quollen, als sie ins Wasser stieg. Radio MK spielte »Do you believe in love tonight«, sie schloß die Augen, und ihre Gedanken wechselten endlich die Richtung. Sie würde Paul anrufen. Erstens, weil sie ihn schon lange nicht mehr angerufen hatte, zweitens, weil sie noch eine offene Verabredung hatten, und drittens, weil sie gespannt war, seine Meinung über einen möglichen Drogenhandel an seiner Schule zu erfahren.

Als ihr langweilig wurde, stieg sie aus der Wanne und

suchte auf dem Regal nach einem Handtuch, das nicht allzusehr kratzen würde. Dann ging sie vorsichtig an den Fliesenstapeln vorbei zu dem antiken dunkelbraunen Spiegel, der an der Wand neben dem Waschbecken lehnte. Er war sicher nicht für ein Badezimmer gedacht, gab Leo aber das Gefühl, in einem bretonischen Schloß zu wohnen. Sie rieb ihre Haare trocken und betrachtete ihr Spiegelbild.

Eigentlich, dachte sie, ist das Altern ein gnädiger Prozeß – er geht so schleichend voran, daß man sich ganz langsam an sein verändertes Aussehen gewöhnen kann, ohne es eigentlich zu bemerken. Auf jeden Fall war sie nicht unzufrieden. Ihre Haare waren immer noch eher dunkelblond als grau, und in ihrem Gesicht konnte sie immer noch die junge Frau erkennen, die vor mehr als zwanzig Jahren Medizin studiert, einen Sohn geboren und viele lange Nächte im Krankenhaus gewacht hatte. Sie probierte den neuen dunkelroten Lippenstift aus, den sie sich schon vor Wochen in Dortmund gekauft und bisher noch nicht zu benutzen getraut hatte. Er stand ihr gut.

Eingewickelt in ihr Handtuch, ging sie die Treppe hinunter ins Wohnzimmer, um Paul anzurufen. Dabei fiel ihr ein, daß sie sich endlich ein schnurloses Telefon anschaffen sollte. Mit gemischten Gefühlen griff sie zum Hörer. Telefongespräche mit Paul schleppten sich meistens zäh dahin. Aber sie hatte aufgehört, über die Ursachen nachzudenken.

Nach mehreren Rufzeichen war Paul endlich am Apparat. Sie meldete sich munter.

»Oh, Leo.« Es klang erstaunt, und Leo fragte sich ärgerlich, warum er so verwundert war, wenn sie ihn anrief. Trotzdem versuchte sie, ihren munteren Tonfall beizubehalten.

Paul erzählte, er sei bei Hauptkommissar Plate in Lüdenscheid gewesen. Dieser habe ihn gefragt, ob er etwas von einem Drogenhandel am Gymnasium in Balve wisse. Er habe geantwortet, daß er nichts davon mitbekommen habe. Seiner Meinung nach sei Alkohol als legale Droge weitaus verbreiteter unter den Schülern als Haschisch, Ecstasy oder sonstige illegale Rauschmittel. Im übrigen tappten die Kriminalisten im dunkeln. Es gebe nicht den leisesten Hinweis auf einen möglichen Täter. Nur die Tatwaffe habe man identifiziert.

Leo war nicht überrascht, als Paul erklärte, die Waffe sei ein manipulierter Theaterdolch gewesen. »Gehärteter und geschliffener Stahl, perfekt für einen tödlichen Stich ins Herz. Und er sah exakt so aus wie die anderen Waffen aus der Requisitenkammer.«

»Das hört sich an, als habe der Täter den Mord lange im voraus geplant«, meinte Leo.

»Ja, davon geht die Polizei auch aus.«

Sie schwiegen beide eine Weile, bis Leo es nicht mehr aushielt und den Vorschlag machte, sich in nächster Zeit bei Friedel auf ein Bier zu treffen. Paul stimmte zu, und sie verabredeten sich für einen Abend am kommenden Wochenende.

4

Am nächsten Morgen schlief Leo bis nach acht, als sie von Schakals Gewinsel geweckt wurde. »Kannst du nicht alleine in den Garten gehen?« Schlaftrunken schwankte sie die Treppe hinunter. Natürlich nicht, dachte sie resigniert.

Die Haustür war seit dem Ereignis in der Höhle zugeschlossen und mit einem Riegel gesichert.

Umständlich öffnete Leo die Haustür, und der Hund lief über die Terrasse auf den Rasen. Barfuß und im Schlafanzug folgte sie ihm. Die Wiese war feucht vom Tau und kalt. Langsam ging Leo zum anderen Ende des Gartens. Eine dichte Weißdornhecke verlief rund um das Grundstück und machte einen Einblick von der Straße aus fast unmöglich.

An der Hecke blieb sie stehen und sah zum Haus hinüber. Diesmal verdrängte sie den Gedanken an die kaputten Dachschindeln und achtete nicht auf die dünnen Risse in der Fassade und den abbröckelnden Putz. Sie betrachtete das Haus so, wie es ihr vor zehn Jahren erschienen war – damals, als sie wußte, daß sie es kaufen würde. Sie hatte überraschend Geld von einer entfernten Tante geerbt, außerdem hatte sie als Ärztin im Marienkrankenhaus recht gut verdient. Die Bank hatte ihr ohne Probleme einen Kredit bewilligt, natürlich auch aus dem Grund, weil sie die Schwiegertochter von Arnold Piepenbrink war, und sie hatte endlich ihre langweilige Wohnung direkt neben dem Krankenhaus verlassen können.

Das Haus war Leos steingewordener Traum: ein über hundert Jahre altes weißes Gebäude, fast eine Villa, mit weitem Blick hinunter auf die Kleinstadt. Es stand in einem verwilderten Garten, hatte ein von Säulen getragenes Dach über der Terrasse und eine schwere Eingangstür aus massiver Eiche. Auch als sie hörte, daß ihr Traumhaus schon seit zwei Jahren leer stand und der Preis sehr günstig war, wurde Leo nicht mißtrauisch. Wie so oft ließ sie ihr Herz entscheiden. Die Bank gab einen großen Teil des Geldes, und die monatliche Belastung schien ihr tragbar. Außerdem hatte sie vor, die obere Etage zu vermieten.

Ihre Herzensentscheidung war jedoch schon bald auf die Probe gestellt worden – doch da hatte sie den Kaufvertrag bereits unterschrieben. Immer neue Mängel tauchten auf: feuchte Wände auf der Nordseite, Fenster, die nicht richtig schlossen, uralte Heizkörper und ein umweltschädigender Ölkessel, ein undichtes Schieferdach und Schimmelpilze in den Dachbalken. Ständig fielen Reparaturen an, und ständig mußten Rechnungen bezahlt werden. Eigentlich wohnte sie seit Jahren auf einer Baustelle. Notgedrungen hatte sie sich zu einer geschickten Heimwerkerin entwickelt, überrascht von der Tatsache, daß ihr diese Tätigkeit Spaß machte. Aber das Dach konnte sie nicht selber decken, und die Risse im Putz mußten endlich von einem Fachmann beseitigt werden.

Leo sah im klaren Morgenlicht die Schäden an der Fassade jetzt sehr deutlich. Trotzdem – es war ein schönes Haus, es paßte zu ihr, und sie würde es niemals freiwillig verlassen. Sie mußte sich eben um mehr Patienten bemühen. Oder endlich wieder einen Untermieter finden.

Leo machte mit Schakal einen Wettlauf durch den Garten, den der Hund für sich spannender gestaltete, indem er Leo wie eine Schafherde umkreiste. Dann spürte sie ihren leeren Magen und freute sich auf das Frühstück.

Zwei ihrer Patienten würden erst am späten Nachmittag kommen, vormittags hatte Leo einen Termin bei der Kriminalpolizei in Lüdenscheid. Hauptkommissar Plate hatte gestern angerufen und sie zu einem Informationsgespräch – so hatte er sich ausgedrückt – gebeten. Sie solle ihre Eindrücke vom Tatort zu Protokoll geben. Außerdem hatte der Kommissar eine kurze Bemerkung über einen Videofilm gemacht, den er ihr gerne vorführen wolle. Er hatte ihr keine Gelegenheit gegeben, Fragen zu stellen, und sie war gespannt, was sie auf der Polizeiwache erwartete.

Sie fuhr über Neuenrade nach Werdohl und nahm von dort die Höhenstraße nach Lüdenscheid. Die Straßen waren beinahe leer, und sie kam viel zu früh vor dem Polizeipräsidium an. Einen Moment blieb sie unschlüssig im Wagen sitzen und überlegte, ob sie den Hauptkommissar jetzt schon aufsuchen sollte. Theoretisch hätte sie noch bei ihrer Schwiegermutter einen Kaffee trinken können, aber sie mochte nicht ohne Anmeldung bei ihr auftauchen. Es war ein warmer Frühsommertag, und Leo beschloß, noch ein paar Schritte zu laufen.

Langsam schlenderte sie die Straße zum Bahnhof hinunter. Vor dem gelben unscheinbaren Gebäude blieb sie stehen. Es gab auch heute nicht allzu viele Fahrgäste – in Lüdenscheid war Endstation. Wer in die Welt hinauswollte, mußte den Umweg über Hagen nehmen. Leo erinnerte sich sehr genau – hier vor dem Bahnhof hatte Christoph viele Male gestanden und sie abgeholt, als sie, die junge Medizinstudentin, aus Münster mit dem Zug gekommen war, um ihren zukünftigen Mann zu besuchen. Dann hatten ihre Schwiegereltern in spe ihr ein Auto geschenkt, und seit dieser Zeit hatte Leo den Bahnhof nicht mehr betreten.

Die kleine Bahnhofsuhr, die noch die gleiche zu sein schien wie damals, zeigte Leo, daß es Zeit war, den Kommissar aufzusuchen.

Leo hatte gerade die Eingangskontrollen in der gläsernen Vorhalle des Präsidiums über sich ergehen lassen, als ein schlanker Mann mit einem schmalen, ernsten Gesicht auf sie zutrat und ihr die Hand entgegenstreckte. »Frau Doktor Piepenstock? Ich bin Hauptkommissar Plate. Wir können uns den Film sofort ansehen. Ich habe alles vorbereitet.« Er schob seine Besucherin in einen sich gerade öffnenden Fahrstuhl. Leo roch ein scharfes Desinfektionsmittel und versuchte, den Erklärungen des Kommissars zu folgen, die auf sie einströmten.

Hauptkommissar Plate war ein schneller Redner und wahrscheinlich ein ziemlich ungeduldiger Mensch. Er war älter, als Leo ihn sich vorgestellt hatte. Im grellen Licht des Fahrstuhls sah sie die tiefen Falten zwischen Nase und Mund und auf seiner Stirn. Plate erklärte, daß es sich bei dem Video um einen Film handelte, der während der Proben zum »arabischen Prinzen« gedreht worden war. Und zwar von den Mitgliedern der Theatergruppe.

»Und warum wollen Sie ihn mir zeigen?« fragte Leo.

»Weil wir einen guten Beobachter brauchen«, antwortete der Kommissar und ließ ihr den Vortritt, als sich die Aufzugtür öffnete. Sie traten in einen langen Flur.

»Warum bitten Sie nicht jemanden aus dem Theaterverein?«

»Das machen wir sicher auch noch.« Er zögerte kurz und fügte hinzu: »Allerdings kann jeder Schauspieler, jeder Mitarbeiter des Theaters auch der Mörder sein. Zu dieser Gruppe gehören Sie nicht. Aber Sie kennen sich in Balve aus. Ich habe Ihren Namen im Protokoll gelesen und hoffe jetzt, daß Sie uns helfen können.« Er sah sie rasch von der Seite an. Leo nickte etwas verwirrt.

»Natürlich. Ich weiß nur nicht, ob ich Ihnen überhaupt eine Hilfe bin.«

»Wir werden sehen.«

Hauptkommissar Plate führte Leo in einen Seminarraum, der mit mehreren Stuhlreihen, einem Rednerpult und einer Videoanlage ausgestattet war. Ein junger Mann in Jeans und Lederjacke, der Leo an den drahtigen Assistenten der letzten Tatortfolge erinnerte, begrüßte sie höflich und schob eine Kassette ins Videogerät. Leo und der Kommissar setzten sich in die erste Stuhlreihe.

»Wer hat Ihnen den Film gegeben?« fragte Leo.

»Eva Eckart. Sie hat die Prinzessin gespielt, ansonsten arbeitet sie als Bibliothekarin in der Stadtbücherei von Balve.«

Leo nickte. Sie erinnerte sich an eine zarte blonde Gestalt in einem blauen Glitzerkleid.

»Eva Eckart hat uns erklärt, daß fast alle Kollegen die Kamera mal in die Hand genommen und gefilmt hätten. Die Schauspieler wollten anhand des Videofilms die Wirkung ihres Spiel überprüfen.«

Der drahtige Assistent drückte auf den Startknopf. Auf dem Bildschirm erschien die Balver Höhle. Die Szenen reihten sich wahllos aneinander, es gab keinen Zusammenhang, und die Bildqualität war schlecht. Trotzdem – das schreckliche Geschehen in der Höhle verlieh dem Film eine beklemmende Dramatik. Standen sich hier Mörder und Opfer bereits gegenüber? Leo verfolgte gebannt das Geschehen auf dem Bildschirm.

Der Hauptkommissar hatte sie gebeten, auf Ungewöhnliches zu achten, auf Blicke und Gesten, auf einen Gesichtsausdruck, in dem sich Gefühle spiegelten, die nicht im Drehbuch standen. Aber Leo ahnte schon nach wenigen Minuten, daß sie ihn enttäuschen mußte. Sie sah lediglich gute und schlechte Schauspieler, die sich Mühe gaben, ihre Rolle auszufüllen. Auch ihre Informationen über die einzelnen Akteure, die der Kommissar von ihr erwartete, fielen spärlich aus. »Es tut mir leid, aber ich kenne lange nicht alle Schauspieler.«

Der Hauptkommissar nickte. »Der Theaterverein engagiert für die Aufführungen auch professionelle Schauspieler. Außerdem gibt es Hilfskräfte, die für Kulissen und Umbauten zuständig sind und manchmal als Statisten eingesetzt werden. Sie können auch im Laufe der Saison wechseln. Der Verein hat inzwischen einiges Geld zur Verfügung, die Vorstellungen sind fast immer ausverkauft, da kann man sich dann ein paar Ausgaben erlauben.«

Auf dem Bildschirm war jetzt eine Massenszene zu sehen, die auf einem orientalischen Marktplatz spielte. Im Vordergrund gestikulierten Männer mit Bärten und Dolchen im Gürtel vor einem Stand mit Geräten, die aussahen wie Kerzenständer. Im Hintergrund warfen verschleierte Frauen bunte Bälle in die Luft. Schließlich entdeckte Leo ein paar bekannte Gesichter. Sie identifizierte zwei Schüler, Freunde von Jenny, und einen ihrer Patienten. Außerdem ihren Friseur und den Leiter der Volksbank, beide in Pluderhosen und dicken Pullovern. Wahrscheinlich herrschte eine Grabeskälte in der Höhle. Aber dies alles war natürlich nicht interessant für den Kommissar.

Nach dem Auftritt der Haremsdamen, den sich Leo noch einmal vorspielen ließ, damit sie ihre Nichte etwas länger bewundern konnte, erschien endlich die Prinzessin auf einem Balkon des Sultanspalastes. Die Kamera erfaßte ihre Gestalt in Nahaufnahme: Eva war tatsächlich eine wunderschöne Prinzessin. Dann schwenkte die Kamera auf ihr Gesicht, das plötzlich den ganzen Bildschirm ausfüllte. In Evas Augen, die so hellblau waren wie ihr paillettenbesticktes Kleid, glänzten Tränen. Der Hauptkommissar gab seinem Assistenten ein Zeichen, der den Film anhielt.

»Erinnern Sie sich an die Szene?« fragte der Hauptkommissar.

»Ich glaube, es war der Abschied vor dem Palast. Der Prinz mußte sie verlassen.« Leo konnte ihren Blick nicht von dem erstarrten Gesicht auf dem Bildschirm lösen. »Mir ist gar nicht aufgefallen, daß Eva Eckart eine so gute Schauspielerin ist.«

Der Hauptkommissar erwiderte nichts, sondern gab ein Zeichen, den Film weiterlaufen zu lassen. Die Kamera verharrte noch einen Moment auf der Prinzessin, dann schwenkte sie ein Stück zur Seite. Vor dem Tor des Sultanpalastes stand Andrea Merschmann di Antonio.

Leo beugte sich gespannt nach vorne – genauso, wie sie es damals in der Höhle getan hatte. Andrea trug diesmal keine Perücke. Seine hellbraunen Haare fielen ihm schräg in die Stirn, sie waren so lang, daß er sie mehrfach hinter die Ohren streichen mußte. Das Bild einer verrutschten schwarzen Perücke tauchte aus Leos Gedächtnis auf. Ein Seitenblick auf den Hauptkommissar bestätigte ihr, daß auch dieser von dem jungen Darsteller gefesselt war. Als Andreas Gesicht einmal kurz in Großaufnahme erschien, drückte der Assistent die Stoptaste. Die drei Zuschauer starrten schweigend auf den Bildschirm.

Der Kommissar räusperte sich. »Ich frage mich, ob Eva Eckart wirklich eine so gute Schauspielerin ist, oder ob ihre Tränen nicht vielleicht Andrea gegolten haben.«

»Und warum sollte sie weinen, wenn sie mit ihm auf der Bühne steht?« Leo war die Antwort schon klar, bevor der Hauptkommissar sie aussprach.

»Weil sie Liebeskummer hatte. Weil er sie schlecht behandelte. Oder nicht beachtete.«

»Haben Sie Eva schon gefragt?«

»Noch nicht. Aber ich werde es tun.«

Das Videoband lief weiter. Eva Eckart kam noch mehrmals ins Bild, die Amateurfilmer waren offenbar sehr an der weiblichen Hauptdarstellerin interessiert gewesen.

Als der Film zu Ende war, fiel Leo noch eine Frage ein. »Was ist mit dem Theaterdolch? Kann man auf dem Video vielleicht erkennen, ob eine der Requisiten gar keine ist, sondern eine echte Waffe?«

»Wir haben uns den Film schon unter diesem Aspekt angesehen, allerdings ohne Erfolg. Außerdem – glauben Sie wirklich, der Mörder läuft mit der Tatwaffe auf der Bühne herum, wenn er außerdem noch weiß, daß Videoaufnahmen gemacht werden?«

Leo überlegte einen Moment. Schließlich sagte sie: »Ich glaube, ja. Der Dolch sah doch einer Theaterrequisite täuschend ähnlich. Und der Mörder hat sich die ganze Mühe mit dieser Nachbildung doch nur gemacht, damit er die Waffe immer bei sich tragen konnte. Er mußte auf den richtigen Moment warten! Er mußte das Gefühl haben, jederzeit zustoßen zu können!«

Hauptkommissar Plate sah sie überrascht an. »Ich wußte gar nicht, daß Sie auch Psychologin sind.« Leo mußte lächeln.

»Natürlich, das ist mein Beruf.«

»Der Experte wird sich an die Arbeit machen«, sagte der Hauptkommissar, »aber ich fürchte, er wird nichts entdecken. Wir haben uns sofort nach dem Mord die Dolche der Schauspieler zeigen lassen – es fehlte keiner. Das heißt, jeder, der eine solche Requisite tragen sollte, trug sie auch.«

»Der Täter hat an alles gedacht.«

»Allerdings. Und er hat keine Fingerabdrücke hinterlassen.«

Sie verließen den Aufzug. Der Kommissar bedankte sich bei Leo und schickte sie zu einem Mitarbeiter, der ihre Aussage über die Untersuchung des Toten protokollieren sollte. Leo merkte, wie eine leichte Teilnahmslosigkeit von ihr Besitz ergriff. Sie war das erste Anzeichen dafür, daß sie momentan nicht mehr in der Lage war, noch mehr Gefühle und Gedanken an den Tod von Andrea Merschmann zu verschwenden. Sie hatte diesen jungen

Mann, der so tragisch ums Leben gekommen war, nicht gekannt. Er sollte aufhören, sie nach seinem Tod zu verfolgen.

5

Am Wochenende darauf stand Leo in ihrem Schlafzimmer und konnte sich nicht entscheiden, was sie anziehen sollte. Außerdem herrschte Chaos um sie herum. Es war nichts schwieriger, als Kleidungsstücke systematisch zu ordnen und aufzubewahren. Zum hundertsten Mal nahm sie sich vor, endlich Ordnung zu schaffen und ihre nicht mehr getragene Kleidung zum Roten Kreuz zu bringen.

Schließlich kramte sie ein langärmliges rotes T-Shirt und einen schwarzen, knielangen Rock hervor, von dessen Existenz sie gar nichts mehr gewußt hatte. In der hinteren Reihe des Schuhregals fand sie ein paar passende rote Wildlederschuhe mit hohen Absätzen. Der Anblick ihrer Beine im Spiegel überraschte sie und erinnerte sie daran, daß sie lange keinen Rock mehr getragen hatte.

Sie war nervös, wie vor einem Rendezvous. Dabei war es nur ein freundschaftliches Treffen mit einem Mann, mit dem sie vor Jahren eine unglückliche Affäre gehabt hatte. Sie war schnell vorbei gewesen, weil sie sehr verschieden waren. Und daran hatte sich absolut nichts geändert.

Sie suchte einen Lippenstift aus, dessen Rot zu T-Shirt und Schuhen paßte, und trug ihn sorgfältig auf. Es würde niemandem auffallen, schon gar nicht Paul, aber sie liebte die Perfektion in kleinen Dingen und war mit dem Ergebnis zufrieden.

Sie suchte ihre Handtasche und fand sie schließlich unter einem Stapel Altpapier. Dann verließ sie das Haus und verschloß die Haustür und das Gartentor sorgfältig. Der Hund lief im Garten herum – er würde bellen und gefährlich aussehen, wenn jemand versuchte, auf das Grundstück zu gelangen.

Als Leo kam, standen vor Friedels Lokal schon jede Menge Autos, Pauls Volvo konnte sie jedoch noch nicht entdecken. Sie setzte sich an die Theke und hörte Friedels Frau Martha zu, die Leo ihr Leid klagte.

Das Geschäft lief in letzter Zeit schlecht. Im Ort hatten nach und nach drei Lokale geschlossen, und auch Friedel wurde vom allgemeinen Trend – zu Hause zu bleiben und fernzusehen – betroffen. Der Mord in der Höhle hatte auch nicht gerade zu einem Aufschwung geführt – noch mehr Leute blieben zu Hause, schon gebuchte Feiern waren abgesagt worden.

Leo hatte ihr zweites Warsteiner fast geleert, als Paul an die Theke trat. Er trug trotz des schönen Frühsommerabends einen schweren Regenmantel und brachte kühle Luft in den warmen Schankraum. Nach einer förmlichen Begrüßung setzten sie sich an einen Fenstertisch, weil man dort besser essen konnte. Sie folgten der guten alten Tradition, bei Friedel entweder Krüstchen oder Potthucke mit Schwarzbrot zu essen.

Nachdem Martha in der Küche verschwunden war, breitete sich am Tisch erst einmal Schweigen aus. Es bestand aus den vielen unausgesprochenen Gedanken, die zwischen ihnen standen. Paul sah niedergeschlagen aus, und Leo hatte Lust, seine Hand zu nehmen. Aber sie wußte, daß er mit dieser Geste nichts hätte anfangen können.

»Wie geht es dir?« fragte sie statt dessen.

Paul sah sie nicht an. »Bitte nicht so eine schwierige Frage. Ich gehe jeden Morgen in die Schule. Am Monatsende kriege ich mein Gehalt. Also geht es mir gut.«

»Das hört sich an, als hättest du keine Lust mehr, in die Schule zu gehen.«

Paul ließ sich Zeit mit seiner Antwort. Dann sagte er: »Es macht keinen Spaß mehr. Vielleicht werde ich auch langsam alt. Die Schule kotzt mich an. Entschuldige diesen Ausdruck.«

Leo war überrascht. Paul hatte nie über seine Arbeit geklagt. Ihr dagegen war schon der Geräuschpegel zuwider, der auf dem Schulhof herrschte.

»Früher gab es so etwas wie Respekt«, fuhr Paul fort. »Das ist für die Schüler von heute ein Fremdwort. Frechheit siegt – das ist das neue Schülermotto.«

Martha brachte das Essen, und Paul bestellte noch ein Bier. Das Krüstchen war noch größer als sonst, und Leo hörte ihren Magen knurren. Die Sauce Hollandaise roch köstlich. Sie aß mit gutem Appetit, während Paul in seiner Potthucke herumstocherte.

»Du wolltest doch etwas über den ermordeten Jungen wissen«, sagte er schließlich.

Leo nickte.

»Irgend etwas ging an der Schule vor, und Andrea war daran beteiligt. Ich habe beobachtet, daß er oft mit anderen Schülern gesprochen hat, und es sah nicht danach aus, als würden sie über die nächste Englischarbeit reden. In meiner Klasse sind zwei Mädchen mitten im Unterricht in Tränen ausgebrochen. Das passiert schon mal – meistens aus Liebeskummer – aber diesmal war es irgendwie anders. Ich hatte damals schon so ein Gefühl … Die Schüler haben Angst. Die Mädchen haben nicht gesagt, was sie bedrückt. Und es ist noch nicht vorbei. Sie haben immer noch Angst.«

Leo überlegte, woran sie Pauls Schilderung erinnerte – die Schüler haben vor irgend etwas Angst. Ein kleiner Junge hatte Angst. So große Angst, daß er Erstickungsanfälle bekam.

»Kennst du einen Daniel Miedenhof?« fragte sie. »Er müßte in der fünften oder sechsten Klasse sein.« Paul schüttelte den Kopf.

»Warum?«

»Er ist ein Patient von mir. Seine Mutter sagt, es gehe ihm in letzter Zeit sehr schlecht, und sie glaubt, daß sein Zustand mit der Schule zusammenhängt.«

Leo überlegte einen Moment, bevor sie fortfuhr. »Wovor können Schüler Angst haben?«

»Genau das habe ich mich auch gefragt«, antwortete Paul. »Vor schlechten Noten – vielleicht. Vor anderen Schülern, die sie bedrohen oder lächerlich machen. Vor strengen Eltern. Vor Lehrern – was allerdings die Ausnahme ist. Vor einer Entdeckung auf dem Klo, wenn sie geraucht haben.« Paul schwieg und hob sein Bier an den Mund.

»Vor einer Entdeckung, weil sie mit Drogen handeln oder sie konsumieren?«

»Blödsinn«, sagte Paul schroff. »Ich kann das Thema nicht mehr hören. Wir sind keine Gesamtschule in Dortmund Nordwest, wir sind ein Gymnasium mitten im Sauerland.« Paul zuckte die Schultern. »Ich bin kein Psychologe. Und eigentlich ist es mir verdammt egal, wovor die Schüler Angst haben. Sollen sie doch Angst haben. Ist doch mal ein völlig neues Gefühl für sie!«

Leo sah zum Fenster hinaus. Draußen war es dunkel, die einzige Laterne des Parkplatzes warf nur einen schwachen Lichtschein auf die undurchdringliche Baumreihe hinter den geparkten Wagen.

Keine hundert Meter von hier lag die Balver Höhle. Man mußte nur ein Stück den Weg hinuntergehen. Leo hatte plötzlich den heftigen Wunsch, sich den Ort des Verbrechens noch einmal anzusehen. Sie glaubte an die Magie bestimmter Orte. In der Höhle war ein Mensch getötet worden. Sein Geist konnte noch dort sein. Sie mußte Paul überreden mitzukommen.

Während sie auf ihn einredete, wurde ihr immer klarer, daß sie nicht ein einziges vernünftiges Argument für diesen nächtlichen Ausflug hatte. »Ich habe eben so ein Gefühl«, sagte sie schließlich erschöpft, »daß ich mir alles noch einmal ansehen muß.«

»Ich glaube, die Polizei hat den Eingang abgesperrt«, wandte Paul ein, aber Leo spürte, daß sein Widerstand langsam erlahmte. Neugierde war eine der wenigen Eigenschaften, die sie miteinander teilten.

Nachdem Paul großzügig die Rechnung übernommen hatte, verließen sie das Lokal. Leo ging zu ihrem Wagen, um eine Taschenlampe aus dem Kofferraum zu holen. Dann hakte sie sich bei Paul ein und fühlte sich gut beschützt. Der asphaltierte Weg führte ein Stück den Berg hinunter, vorbei an hohen Büschen, hinter denen die schwarzen Fensterhöhlen eines schon lange geschlossenen Ausfluglokals schwach im Mondlicht zu erkennen waren. Etwa hundert Meter weiter konnte man den Eingang der Höhle erahnen.

Paul zögerte, aber Leo zog an seinem Ärmel, und sie gingen den kurzen, steilen Weg hinauf, der zum Kassenhaus führte.

»Das Tor ist natürlich abgeschlossen.« Paul rüttelte an den Eisenstäben und schien erleichtert zu sein. »Aber es ist nicht besonders hoch«, bemerkte Leo und tastete nach einem Mauervorsprung, der die Kletterpartie erleichtern würde. Sie zog ihre hochhackigen Schuhe aus und stellte sie durch das Gitter auf die andere Seite.

»Das darf alles gar nicht wahr sein«, sagte Paul und half ihr, sich am Zaun nach oben zu ziehen. Während Leo sich auf der anderen Seite die Schuhe wieder anzog, klettere er leise fluchend ebenfalls über das Gitter.

Ein rotweißes Plastikband war vor dem Höhleneingang gespannt, und sie schlüpften in gebückter Stellung darunter durch. Der Lichtstrahl der Taschenlampe glitt an der rauhen Höhlenwand entlang und versuchte dann, die Schwärze vor ihnen zu durchdringen. Wasser tropfte von der Höhlendecke.

»Hörst du das?« Leo faßte nach Pauls Arm. Es war ein leises, singendes Geräusch, das an- und abschwoll.

»Der Wind. Er fängt sich in den Felsspalten.« Sie standen dicht beieinander. Der leere Zuschauerraum verschluckte den Strahl der Taschenlampe schon nach wenigen Metern, und vor ihnen lag nichts als ein schwarzes Loch. Leo spürte den festen Druck von Pauls Hand auf ihrem Arm.

»Komm jetzt. Du wolltest zum Tatort.« Der Lichtkegel glitt über die Felswände, die von rötlichen Adern durchzogen wurden. Der Boden war in den Seitenarmen der Höhle mit Holzbrettern ausgelegt. Hier war auch der Garderobenraum gewesen, in dem der Tote gelegen hatte. Paul leuchtete über den Bretterboden. Leo sah ein mit Kreide gezeichnetes Kreuz. Ein weiteres befand sich in ungefähr drei Meter Entfernung.

»Der Dolch«, sagte Leo. Sie zuckte zusammen, als Paul ihr den Arm um die Schultern legte.

»Hier ist nichts mehr, laß uns gehen.« Es war eine verrückte Idee gewesen herzukommen. Was hatte sie erwartet? Hatte sie ernsthaft geglaubt, irgendeine Eingebung zu haben oder einen Hinweis auf den Täter zu finden? Sie starrte in die Dunkelheit und bildete sich ein, einen schwachen Geruch nach Schminke wahrzunehmen. Dann spürte sie einen zarten Windhauch. *Qi bildet den menschlichen Körper, so wie Wasser zu Eis wird. Wenn das Eis schmilzt, wird es wieder zu Wasser. Wenn der Mensch stirbt, wird er wieder zu Geist.*

War Andreas Geist noch hier? War seine Seele noch nicht bereit, diesen Ort zu verlassen? Ein Geist braucht ein Medium, um sich mitzuteilen. Angst erfaßte sie, und sie spürte einen inneren Kampf. Licht und Dunkelheit stritten miteinander, das Gute gegen das Böse. Und das Böse war stärker. Ein heftiger Sog zog sie in ein schwarzes Loch. Es war wie in einem Alptraum. Sie mußte die Augen gegen einen bleischweren Widerstand öffnen und das Licht einschalten. Aus allen Poren fühlte sie den Schweiß dringen, dann endlich nahm sie wieder den Lichtschein der Taschenlampe wahr, der über die Wände irrte. Sie stolperte hinter Paul über die Bodenbretter dem Ausgang entgegen und verfluchte ihre Idee, noch einmal herzukommen.

Draußen vor der Höhle roch die Nachtluft frisch und süß, die Sterne glänzten.

»Früher haben hier Menschen gelebt«, sagte Paul.

Leo atmete tief die kühle Nachtluft ein. »Gut, daß diese Zeiten vorbei sind.«

Beim Überklettern des Tores ließ sie sich ungeschickt und absichtlich in Pauls Arme fallen. Er mußte jedoch schon die Taschenlampe und ihre Schuhe halten, so daß sie sich nur an seinem Regenmantel festklammern konnte.

Auf dem Parkplatz standen einsam nur noch ihre beiden Wagen, im Restaurant brannte kein Licht mehr. Etwas unschlüssig standen sie vor Leos Variant. »Ein interessanter Abend«, sagte Paul und überreichte ihr die Taschenlampe. »Aber vielleicht sollten wir ihn nicht wiederholen.«

Leo warf die Lampe auf den Rücksitz ihres Autos, stieg ein und fuhr los. Sie hatte keine Lust, Paul ihren aufwallenden Ärger zu zeigen.

Im Kalender standen zwei Behandlungstermine. Eine ältere Frau, die unter Herzbeschwerden litt, und Richard Schwartpaul, der sich seit Wochen wegen seiner chronischen Kopfschmerzen akupunktieren ließ. Während sie ihren Milchkaffee trank, ging sie in Gedanken ihre möglichen Therapieschritte durch. Richard war ein schwieriger Patient. Er stand der Akupunktur skeptisch gegenüber, schon weil er täglich mit Medikamenten zu tun hatte und sich kaum noch vorstellen konnte, ohne Tropfen und Tabletten geheilt zu werden. Leo hatte ihren alten Freund etwas drängen müssen, bis er sich zur Akupunktur entschloß – überzeugt hatte ihn schließlich das Argument, daß es eigentlich nicht schaden konnte.

Sie ging mit der Kaffeetasse in der Hand hinüber in ihren Praxisraum. Es war ein sachlich eingerichteter Raum mit hellem Holzfußboden und einigen Stahlrohrmöbeln. Neben der schwarzen Lederliege stand ein niedriger Tisch mit fünf rechteckigen Behältern aus Milchglas. Die steril verpackten Akupunkturnadeln wurden hier – nach Größe und Qualität sortiert – aufbewahrt. Leo vergewisserte sich, daß noch alle Nadelstärken vorhanden waren, und stellte eine neue Flasche mit Desinfektionslösung auf den Tisch.

Noch eine gute halbe Stunde hatte sie Zeit, bevor Richard kommen würde. Sie legte sich auf die Behandlungscouch, stellte die warme Kaffeetasse vorsichtig auf ihren Bauch und sah hinauf zur Stuckverzierung an der Zimmerdecke. Es war ein guter Platz für ihre Tagträume. Ihre Mutter hatte immer Angst gehabt, ihre häufig geistesabwesende Tochter könne das Leben nicht meistern. In Dortmund-Hörde waren Träume unerwünscht gewesen, weil sie zu nichts nütze waren. Ihre Mutter war früh gestorben, sie hatte ihre Träume ein Leben lang unterdrückt. Vielleicht hatte sich ihr Körper den unerfüllten Hoffnungen einfach entzogen. Ihr Vater war wenig später bei einem Verkehrsunfall ums Leben gekommen.

Leos Gedanken wanderten. Sie sah einen Blutfleck auf einem grünen Chiffonrock. Einen Toten mit einem schönen Gesicht. Aber der Tote war kein unschuldiger junger Mann gewesen. Jemand mußte diesen Mord von langer Hand geplant und dann auf die richtige Gelegenheit gewartet haben. Einer der anderen Schauspieler? Einer, der sonst nicht auf der Bühne stand, sondern Schlosser, Bäckermeister oder Unternehmer war? Oder Friseur oder Bankdirektor? Es war schwer vorstellbar, daß einer dieser unbescholtenen Bürger zu Hause in seinem Keller einen Dolch schmiedete, ihn als Requisite tarnte und auf den richtigen Augenblick lauerte, um damit zuzustechen.

Hauptkommissar Plate hatte erklärt, daß es unmöglich sei, den Personenkreis der Verdächtigen einzuschränken. Jeder hätte sich in den dunklen Seitengängen der Höhle verstecken können, um auf einen passenden Moment zu warten. Und der präparierte Dolch, der so auffällig am Tatort gelegen hatte, sollte den Verdacht auf die Mitglieder des Theatervereins lenken. Das war dem Mörder gelungen.

Der Kaffee in der Tasse auf ihrem Bauch war kalt geworden. Leo erhob sich von der Liege und ging in die Küche. Schakal sprang vom Tisch. Sie setzte sich neben ihn und kraulte ihn hinter den Ohren. Das war die einzige Stelle, wo sein borstiges Fell sich weich und seidig anfühlte und ein Gefühl von seiner Verletzlichkeit vermittelte. Der Hund leckte ihr dankbar die Hand.

Richard kam etwas zu spät, und Leo erschrak über sein Aussehen. Seine Brille war verschmiert, er war unrasiert und roch nach Schweiß und Alkohol. Wie in Zeitlupe betrat er das Behandlungszimmer, und Leo nahm ihm den zerdrückten Mantel ab. Sie kannte diese Auftritte von Richard. Sie fanden alle paar Monate statt und waren der Abschluß eines Wochenendes außerhalb der Norm. Am Montag danach ließ er sich in der Apotheke vertreten, und am Dienstag gab er wieder Medikamente aus und war der höfliche Herr Schwartpaul, den man kannte und schätzte. Im letzten Jahr hatte man ihm die Ehrennadel des Bürgerschützenvereins verliehen. Leo gehörte zu den wenigen Freunden, die auch die andere Seite von Richard Schwartpaul kannte. Die wilden Wochenendausflüge waren seltene Fluchten aus seinem äußerlich so geordneten Dasein.

Leo bot ihm eine Tasse Tee an, aber Richard lehnte ab.

»Lieber nicht.« Er setzte sich so steif auf die Liege, als habe er überall Schmerzen. »Ich glaube, ich trinke jetzt eine Weile überhaupt nichts mehr.«

»Kein Wunder, wenn du Kopfschmerzen hast. Für diese Art von Schmerzen ist meine Behandlung allerdings nicht gedacht.«

»Ich habe immer Kopfschmerzen, wie du weißt.« Richard lag ausgestreckt auf der Liege und hatte seine Brille abgenommen, was sein Aussehen etwas verbesserte.

Leo hatte sich bereits seit der letzten Sitzung mit der

Frage beschäftigt, wie sie Richards chronische Kopfschmerzen endlich wirkungsvoll behandeln konnte. Sie mußte sich seinen Schmerzen offenbar auf einer anderen Ebene nähern. *Ist erst das Qi der Seele nicht mehr gesund und kraftvoll, dann können sich Symptome auf allen Ebenen von Körper, Geist und Seele entwickeln.*

»Ich werde heute dein Yin stärken«, sagte sie. Richard fragte nicht, was dies zu bedeuten hatte, wie immer war er nicht sonderlich an seiner Behandlung interessiert.

Aus einem der Behälter holte Leo eine Handvoll Kegel aus gepreßtem Beifuß, die sie für die Moxibustion brauchte. Mit ihrer Hilfe würde sie versuchen, Richards Körper Wärme und Energie zuzuführen.

Leo bat ihren Patienten, die Hose ein Stück hinunterzuschieben. Sie setzte einen der Kegel unterhalb des Nabels auf die Haut und zündete ihn an. Er würde langsam abbrennen und den darunter liegenden Akupunkturpunkt erwärmen. Eine Prozedur, die für den Patienten angenehm war. Dann brannte sie einen weiteren Kegel ab und setzte zusätzlich je eine Nadel am Kopf und an den Fußknöcheln.

Sie arbeitete konzentriert und versuchte, ihre Gedanken nur auf den Augenblick zu richten. Aber Richard tat ihr leid, und sie mußte an vergangene Zeiten denken. Es war offensichtlich, daß er nicht glücklich war. Aber ihm fehlten die Kraft und der Mut dazu, eine Änderung in seinem Leben herbeizuführen.

Die Moxibustionskegel verströmten einen schwachen Duft, der an eine gemähte Sommerwiese erinnerte. Sie betrachtete Richards angespanntes Gesicht, seine geschlossenen Augenlider zuckten. Leo erinnerte sich an ein Foto, das er ihr vor langer Zeit gezeigt hatte, als sie beide noch Studenten gewesen waren. Auf diesem Bild trug Richard lange blonde Haare und hielt einen Joint in der Hand. Im Hintergrund sah man die weißen Häuser von Ibiza, wo er ein Jahr gelebt hatte. Leo hatte ihn damals beneidet. *If you are going to San Francisco, be sure to wear some flowers in your hair …*

Dann war er zurückgekommen und hatte sein Studium wieder aufgenommen. Er wurde Apotheker und stieß zufällig auf ein Stellenangebot aus Balve, das ihm die Übernahme einer gut eingeführten Apotheke in Aussicht stellte. Da er gerne selbständig sein wollte, trat er die Stelle an und übernahm schon nach kurzer Zeit das Geschäft. Er heiratete, bekam zwei Kinder und baute ein Haus auf einem Hang am Wald.

Nach der Behandlung sah Richards Blässe unter den dunklen Bartstoppeln nicht mehr ganz so wächsern aus.

»Könnten wir uns in den nächsten Tagen noch einmal unterhalten?« fragte er.

»Du kommst hoffentlich nächste Woche wieder zur Behandlung.«

»Sicher, aber ich dachte an eine andere Umgebung.« Seine Stimme klang ernst.

»Ja, natürlich. Mach einen Vorschlag.«

Sie überlegten eine Weile und entschieden sich schließlich für ein Landgasthaus kurz hinter Mellen, das wegen seiner schönen Gartenterrasse bekannt war. Richard würde sie morgen abend um halb acht mit dem Auto abholen. Leo ließ sich ihre Überraschung nicht anmerken. Sie war schon öfter mit Richard essen gegangen, allerdings hatten diese Treffen bisher nur nach vierwöchiger Anmeldezeit stattgefunden.

6

Zum ersten Mal konnte Leo ohne Strickjacke abends auf einer Sauerländer Terrasse sitzen. Es war tatsächlich ein Jahrhundertsommer, wie in allen Medien ununterbrochen verkündet wurde, und wenn nicht der Höhlenmord gewesen wäre, hätte man ihn in vollen Zügen genießen können. Aber so hing ein Damoklesschwert über dem kleinen Ort, und bisher gab es keine Anzeichen dafür, daß es bald verschwinden würde. Leo studierte die Speisekarte und entschied sich für »Hähnchenbrust indisch«, dies schien ihr ein passendes Gericht für einen warmen Sommerabend zu sein.

Richard saß ihr gegenüber und wirkte irgendwie anders als sonst. Zum ersten Mal, seit sie sich kannten, fand sie ihn nicht nur sympathisch, sondern auch attraktiv. Sie roch einen Hauch Rasierwasser und sah interessiert zu, wie er sein Jackett auszog und über die Stuhllehne hängte. Während sie auf das Essen warteten, unterhielten sie sich über die aktuelle Gesundheitspolitik und über zu hohe Handwerkerrechnungen. Leo mußte mehrmals die Frage hinunterschlucken, warum Richard sie um dieses Treffen gebeten hatte. Er würde es ihr schon noch mitteilen. Sie trank zuviel Wein, aber sie mußte ja nicht Auto fahren. Eine bunte Lichterkette leuchtete über ihren Köpfen, und es fehlten nur noch die Zikadenklänge, um sich wie in Italien zu fühlen.

Erst als Richard sein Paprikaschnitzel vollständig verzehrt hatte, eröffnete er Leo, daß er seine Frau verlassen würde. Leo war erstaunt, wie wenig überrascht sie war. Ihr Unterbewußtsein schien auf diese Ankündigung gewartet zu haben. Sie kannte Marianne nicht besonders gut, was aber vor allem daran lag, daß Richards Frau ihr immer den

Eindruck vermittelt hatte, an einem freundschaftlichen Kontakt zu ihr nicht interessiert zu sein. In Leos Augen war sie eine zurückhaltende, fleißige Hausfrau und Mutter, deren Arbeit sicher mehr Anerkennung verdient hätte.

»Warum wollt ihr euch trennen?«

Es war die logischste Frage überhaupt, und Leo schossen schon einige mögliche Antworten durch den Kopf, als Richard sagte:

»Ich bin homosexuell.«

Leo war es durchaus gewöhnt, während ihrer Sitzungen Geständnisse ihrer Patienten zu hören. Und sie hatte meist keinen Grund, an deren Wahrheitsgehalt zu zweifeln. Ein Blick in seine Augen, die wie geistesabwesend durch sie hindurchsahen, überzeugte sie davon, daß er es ernst meinte.

»Wieso denn das – und dann so plötzlich?« Leo wußte, daß dies zwei völlig unpassende Fragen waren – aber es waren die ersten, die ihr einfielen. Richard nahm seine Brille ab und suchte in seiner Tasche nach einem Tuch, mit dem er sie gründlich zu putzen begann. Dann erzählte er von seiner Homosexualität, die er lange nicht hatte wahrhaben wollen.

»Früher wurde ein Schwuler wie ein Aussätziger behandelt. Die Zeiten haben sich Gott sei Dank geändert. Aber ich war damals zu feige, mich zu meiner Homosexualität zu bekennen. Ich wollte ein normales Leben – eine eigene Apotheke und eine Familie.«

»Die hast du bekommen.«

Richard nickte und setzte seine Brille wieder auf.

»Ich weiß. Aber ich habe meinen Preis dafür bezahlt. Es war ein Leben mit einer großen Lüge, ich bin krank davon geworden, wie du weißt. Und jetzt ist Schluß damit.« Er erzählte von seinen Wochenenden, an denen er sich mit Männern getroffen hatte. Er war nach Dortmund und Köln gefahren, immer in der Angst, jemand könnte ihn in einem der einschlägigen Lokale entdecken und sein Wissen im Ort verbreiten. Nur einmal sei er leichtsinnig und bequem gewesen und hatte ein Lokal in Lüdenscheid aufgesucht, wo man ebenfalls Kontakte knüpfen konnte.

»Und dort hat dich jemand gesehen«, warf Leo ein.

»Nicht so, wie du meinst. Es war im letzten Winter. Es gibt dort eine Diskothek, wohin an bestimmten Abenden auch Menschen in unserem Alter gehen können, und … eben auch Schwule.« An diesem Abend hatte Richard dort zwei junge Männer gesehen, die er kannte: Andrea Merschmann und einen Freund. Und es war eindeutig, daß sie sich älteren Freiern angeboten hätten.

Leo war fassungslos. »Andrea war schwul? Das glaub ich einfach nicht. Er hatte doch tausend Freundinnen!«

»Vielleicht wollte er beides, aber hauptsächlich tat er es sicher für Geld. Ich kann mir vorstellen, daß er sich nicht nur seine Liebesdienste bezahlen ließ, sondern sich hinterher noch einen Nachschlag holte – wenn er das Gefühl hatte, seine Freier wollten ihre Neigungen eher nicht öffentlich machen.«

»Du meinst, er hat die Männer erpreßt?«

»Ich glaube, ja. Er war der Typ dafür. Sehr attraktiv, sehr kühl und intelligent. Er hat es genossen, Macht über die Männer zu haben, das war der Antrieb für ihn, sich mit ihnen einzulassen.«

Leo wagte kaum, die nächste Frage zu stellen, aus Angst vor Richards Antwort. »Und … er hat dich auch erpreßt?« Und du hast ihn umgebracht, dachte sie und schämte sich sofort für diesen Gedanken.

Richard schüttelte den Kopf. »Nein. Ich habe ihn nicht

angerührt. Niemals hätte ich mit einem Jungen aus dem Ort etwas angefangen.«

Leo nickte. Sie trank ihr viertes Glas Wein in einem Zug leer. Es war ziemlich viel, was sie heute abend verdauen mußte.

»Du mußt das der Polizei erzählen«, sagte Leo. »Es könnte ein Motiv für den Mord sein.«

»Ich war heute morgen im Präsidium und habe meine Aussage gemacht.« Richards Stimme klang fest und bestimmt. Es war die Stimme eines Mannes, der reinen Tisch machen wollte. »Der Kommissar war übrigens nicht sehr beeindruckt. Er sagte, Homosexualität sei heutzutage kein Grund mehr, erpreßt zu werden und deswegen jemanden umzubringen.«

Leo sah das nachdenkliche Gesicht von Hauptkommissar Plate vor sich und hörte seine Stimme, die so präzise Sätze formen konnte. Er hat wahrscheinlich recht, dachte sie.

Sie spürte den Wein im Kopf und in den Beinen und hatte das dringende Bedürfnis, zu Hause in ihrem Bett zu liegen, mit Schakal als Wärmflasche auf den Füßen. Sie wollte die Gedanken verscheuchen, die sich ihr nach und nach aufdrängten – über ihren alten Freund Richard, der plötzlich ein neues Leben anfangen wollte. Und über seine Frau Marianne, wie würde sie sich fühlen?

Leo fragte: »Wie soll es jetzt weitergehen?«

Richard winkte der Kellnerin und bestellte zwei Cognac, eher er antwortete. »Du mußt nicht denken, daß ich mich jetzt jede Nacht in diesen Lokalen rumtreibe, es ist eigentlich schrecklich da. Und ich glaube nicht, daß ich dort finde, was ich suche.«

»Und was suchst du?«

Richard sah sie nachdenklich an. »Ich suche das, was

alle suchen. Liebe. Glück. Vielleicht irgendeinen Sinn. Suchst du nicht danach? Oder hast du es etwa schon gefunden?«

Das hatte sie nicht, und Richard wußte das sehr gut.

Sie schwiegen, bis die Kellnerin zwei riesige Gläser auf den Tisch stellte, in denen der Cognac eben den Boden benetzte. Leo hatte beim Trinken das Gefühl, daß der Alkohol bereits auf dem Weg zum Mund verdunstete.

Die Heimfahrt verlief ebenso schweigsam, aber Leo war es recht, da sie sich auf ihre Atmung konzentrieren mußte, damit ihr auf der kurvenreichen Strecke nicht schlecht wurde.

Schakals Ohren sahen aus wie angespitzte Dreiecke, und sein gelber Blick fixierte sie ununterbrochen. Er wollte etwas von ihr, und es gab eigentlich nur zwei Dinge, die in Frage kamen: Fressen oder Spazierengehen. Ihr Hund war sich sehr sicher, was im Leben wichtig war, und Leo beneidete ihn darum.

Allerdings mußte sie ihn enttäuschen. Die beiden wichtigsten Dinge konnten im Augenblick nicht stattfinden.

Der Hund folgte ihr ins Wohnzimmer, wo sie eines ihrer Bücher über traditionelle chinesische Heilmethoden aus dem Regal nahm und sich damit auf dem Sofa ausstreckte. Leo mußte ihren Kopf mit anderen Gedanken füllen. Schakal sprang zu ihr, und bald spürte sie seinen warmen Atem in der Kniekehle.

Die Lektüre beruhigte tatsächlich ihre Nerven. Manchmal gelang es ihr, sich vorzustellen, auf dem richtigen Weg zu sein. *Zufriedenheit in sich selbst finden – das ist das zentrale Geheimnis des menschlichen Lebens.* Die Verbindung zwischen Körper und Seele und den Elementen der Natur wurde von den chinesischen Philosophen und Medizinern so einleuchtend und für sie nachvollziehbar beschrieben, daß ihr in den letzten Jahren ihrer Zeit als Krankenhausärztin langsam klar wurde, daß sie hier eine Alternative entdeckt hatte zu dem von technischen Hilfsgeräten geprägten Krankenhausalltag. Sie hatte damals begonnen, sich mit Akupunktur zu beschäftigen, hatte sich Bücher beschafft und war zu Fortbildungen in ganz Deutschland gereist. Und sie hatte bald feststellen müssen, daß viele ihrer Kollegen zwar gerne die technische Seite der chinesischen Heilmethoden lernen wollten, aber nur wenig über ihren philosophischen Hintergrund. Auch in diesem Bereich der Medizin ging es um Schnelligkeit und Effektivität und damit um Geld.

Die Kunst der Akupunktur beruht auf der Sensibilität und Intuition des Behandlers. Daher ist es ratsam, einen Behandler zu suchen, der sowohl ein tiefes Verständnis von der Methode der Akupunktur als auch das Feingefühl besitzt, diese wie eine Kunst zu handhaben.

Kurz bevor sie ihre Praxis eröffnete, hatte sie sich eine teure Reise nach China geleistet, die von einem renommierten medizinischen Bildungsinstitut organisiert wurde. Nach vier Wochen war sie unsicher und verwirrt wieder nach Hause zurückgekommen. Tatsächlich hatte sie sich die meiste Zeit unwohl gefühlt. Der ständig grau verhangene Himmel, die Massen von Menschen und Fahrrädern, die undurchdringlichen, für ihre westlichen Augen so ähnlichen Gesichter, die verwirrenden Schriftzeichen. Was war das für ein Volk, das sich so eine komplizierte Schrift ausgedacht hatte? Die Mentalität der Chinesen war ihr so fremd erschienen. Sie war von dem Wissen und den medizinischen Demonstrationen ihrer chinesischen Kollegen beeindruckt gewesen, aber sie hatte zu den Menschen keinen Zugang gefunden.

Einen Tag vor der Abreise hatte sie sich von ihrer Gruppe abgesetzt und war in ein kleines Dorf gefahren. Auf dem Markt mußte sie sehen, wie eine grün schillernde Schildkröte bei lebendigem Leib gekocht wurde. Daneben lagen in Fangnetze verschnürte wunderschöne Raubvögel, die ebenfalls für den Kochtopf bestimmt waren. Bei dem Anblick der kleinen schwarzen Hunde in einem schmierigen Eisenkäfig, war ihr schlecht geworden. Sie verstand es nicht. Wo war der Zusammenhang zwischen dieser Tierquälerei und den Weisheiten der chinesischen Philosophen? Danach hatte es eine Weile gedauert, bis sie zu ihren Büchern über fernöstliche Heilkunst zurückgekehrt war.

Nach zwei Stunden, in denen sie intensiv gelesen und sich dann in verschiedenen Kapiteln noch einmal über Moxibustion und die Behandlung von Kindern informiert hatte, konnte sie sich nicht mehr konzentrieren. Außerdem hatte sie Hunger. Da Kochen ihr Allheilmittel gegen Konzentrationsschwäche und Weltschmerz war, lag es nahe, in die Küche zu gehen und einen Blick in den Kühlschrank zu werfen.

Wie immer ließ sie sich vom Anblick der chronisch leeren Fächer nicht entmutigen, sondern betrachtete sie als Herausforderung. Spaghetti mit irgendeiner scharfen Soße konnten quasi ohne Zutaten hergestellt werden. Nach zehn Minuten standen die Nudeln dampfend auf dem Tisch. Leo aß mit Heißhunger, und ihre Gedanken wanderten zu ihrem Gespräch mit Richard.

Natürlich war er rücksichtslos und egoistisch seiner Frau gegenüber. Aber er hatte den Mut gefunden, sein ganzes Leben umzukrempeln. Er würde aus seinem Haus ausziehen müssen, die mißtrauischen Blicke seiner Kunden ertragen und um die Liebe und das Verständnis seiner

Kinder kämpfen müssen. Was, wenn die beiden Töchter nichts mehr mit ihm zu tun haben wollten und ihn nicht mehr mit den Enkeln ins Theater gehen ließen? Aber sie war ziemlich sicher, daß Richard sich alle Konsequenzen überlegt und trotzdem seinen Entschluß gefaßt hatte.

Leo dachte an ihr eigenes Leben und an ihren Mut. War sie mutig? Führte sie das Leben, das sie sich gewünscht hatte? Sie wohnte allein in einem viel zu großen Haus. Sie fror im Winter, wenn es durch die Fenster zog und die Heizung nicht richtig funktionierte. Sie litt unter dem Regen und dem grauen Himmel ihrer selbstgewählten Heimat. Sie hatte zu wenig Patienten, denen sie außerdem nicht immer mit ihrer Heilmethode helfen konnte. Sie ging oft mit ihrem Hund spazieren. Sie war sehr oft allein. Vielleicht war es an der Zeit, etwas in ihrem Leben zu ändern.

Leo seufzte und schob den leergegessenen Teller von sich. Natürlich fehlte ihr ein Mann. Aber das Lebensmodell mit Ehemann und Kind hatte bei ihr nicht funktioniert. Dafür gab es viele verschiedene Ursachen, und nicht alle hatte sie beeinflussen können. Trotzdem hatte sie oft das Gefühl, die allgemeine gesellschaftliche Norm nicht erfüllt zu haben. Was von ihr erwartet wurde – erfolgreich und aktiv zu Hause und im Beruf zu sein –, hatte sie nicht leisten können. Ihre Energie reichte offenbar dafür nicht aus. Sie brauchte Zeit zum Träumen und Zeit für das, was sie tat.

Aus der Vision der Freiheit kann Furcht entstehen. Es gibt wahrscheinlich nichts, was die Menschen mehr fürchten als Einsamkeit. Aber man sollte dieses Gefühl zulassen und als wesenseigen akzeptieren. Dann wird man begreifen, daß man nicht allein ist, sondern eins mit der ganzen Welt.

Leo gab die restlichen Spaghetti dem Hund, der sie mit langen Zähnen fraß. Während sie auf die schmatzenden Laute des Hundes hörte, fiel ihr auf, daß es keine anderen Geräusche um sie herum gab. Sie beschloß, etwas zu unternehmen. Sie sollte wieder einmal andere Leute treffen, vielleicht einen Mann kennenlernen. Leo seufzte wieder. Das war das schwierigste Kapitel überhaupt.

7

Der nächste Tag begann damit, daß Leo schon am frühen Morgen ganz gegen ihre Gewohnheit einen langen Spaziergang mit Schakal machte. Aber sie war früh aufgewacht und hatte nicht mehr einschlafen können. Das Gewirr ihrer Gedanken quälte sie auch in der Nacht. Die Sonne verbarg sich noch hinter einem weißen Nebelschleier, und Leo zog eine Lederjacke und feste Wanderschuhe an.

»Komm, du alte Leberwurst«, sagte sie freundlich, und der Hund warf sie vor Begeisterung fast um.

Sie gingen die Straße hinauf bis zum Wald, wo sich der Weg gabelte: Von dort ging es entweder an den Fichtenschonungen entlang mit Blick auf den Ort oder auf einem Waldweg ins Nadelgehölz hinein. Schakal strebte zum Waldweg. Die Chance auf Begegnungen mit anderen Tieren war dort eindeutig größer. Der Hund lief von einer Seite des Weges zur anderen, stieß seine Nase in Erdlöcher und hinterließ Markierungen an Farnkräutern und Holzstämmen. Feuchtigkeit hing in der Luft, obwohl es seit Tagen nicht mehr geregnet hatte. Aber die dicht stehenden

Fichten und der moosige Boden hielten die Nässe lange. Es roch schwach nach Harz.

Leo sammelte einige Tannenzapfen, die sie später brauchen würde, um den Hund über die Wiesen zu jagen. An der nächsten Gabelung wandte sie sich nach links, wo sich der Wald zu einer Lichtung öffnete. Nach einigen Metern stieß sie auf die von der Witterung angenagte Holzbank mit der Messingplakette »Gestiftet vom SGV.« Der Sauerländische Gebirgsverein hatte eine gute Stelle ausgewählt. Von hier aus sah man weit über dunkelgrün bewaldete Hügel, in denen jetzt noch der Morgennebel hing.

Leo setzte sich auf die Bank. Sie konnte die Bäume und das feuchte Moos riechen. Schakals gelbe Augen fixierten sie unverwandt, und sie tat ihm schließlich den Gefallen und warf die Tannenzapfen so weit sie konnte, die abfallende Wiese hinunter. Nachdem der Hund sämtliche Zapfen apportiert und mit Genuß zernagt hatte, setzte sie ihre Wanderung fort. Nach einigen Minuten konnte sie unten im Tal das Städtische Gymnasium sehen. Es lag etwas außerhalb des Ortes, inmitten von Wiesen und Feldern. Die Schule war ein Zweckbau aus den sechziger Jahren, ein flaches Gebäude aus Beton mit großen Glasfenstern. Leo sah, wie eine kleine Gestalt den Schulhof überquerte und in einen roten Wagen stieg. Auf dem Sportplatz spielten Schüler Fußball, eine Trillerpfeife war zu hören.

Leo mußte an den kleinen Daniel denken, dem die Angst vor der Schule die Luft zum Atmen raubte. Und sie dachte an Andrea, der nie wieder in einem der Klassenzimmer sitzen würde. Leo hatte Schwierigkeiten, sich den Jungen auf einer Schulbank vorzustellen. Hatte er sich gelangweilt und seine Lehrer geärgert? Hatte er konzentriert arbeiten können, war er ehrgeizig gewesen? Was waren seine Lieblingsfächer gewesen?

Von unten drang der Dreiklang des Pausengongs bis zu ihr hinauf. Der Schulhof füllte sich, und das Geschrei der Schüler war auch hier oben noch so laut, daß es das Gezwitscher der Vögel übertönte.

Leo rief nach Schakal, der sich im Gehölz herumtrieb, und folgte dem holprigen Grasweg, der nach einer Weile wieder durch den Wald führte. Sie war froh, feste Schuhe angezogen zu haben. Selbst im Sommer war der steile Weg rutschig und außerdem mit Steinen übersät. An einem Stapel aus dünnen Fichtenstämmen blieb sie stehen, lehnte sich dagegen und schnappte nach Luft. Das ständige Bergaufgehen strengte sie an.

Neben dem Holzstapel lagen Äste zu einem Haufen aufgetürmt. Dunkle Erde hatte sich in den Zwischenräumen abgelagert. Schakal stöberte am Fuß des Stapels und stieß seine Nase hinein. Dann fing er an zu winseln. Ein sicheres Zeichen dafür, daß er in diesem Astgewirr ein Tier vermutete. Er scharrte in der Erde, Steine und Zweige flogen durch die Luft. Leo betrachtete die Aktivitäten ihres Hundes eine Weile, dann beugte sie sich hinunter, um ihn wegzuziehen. Es war sicher nicht im Sinne des Försters, wenn der aufgeschichtete Stapel in alle Winde zerstreut wurde.

Dann sah sie einen großen blauen Lappen, der sich zwischen den Ästen verfangen hatte. Aus Neugierde zog sie an dem Stoff und hielt einen Moment später eine zerfetzte Jeansjacke in der Hand. Ein Ärmel und das halbe Vorderteil waren mit dunkelbraunen Flecken bedeckt. Leo kannte Blut in jeder Zustandsform, und diese Flecken waren eindeutig getrocknetes Blut. Sie hielt die Jacke weit von sich.

Der Hund sprang hoch und versuchte, danach zu schnappen. Leo unterdrückte ihren Ekel und drehte den

Stoff zusammen. Dann suchte sie ein paar große Farnblätter und wickelte sie um das Bündel, damit sie es nicht direkt berühren mußte.

»Wir müssen das mitnehmen«, sagte sie laut in den Wald hinein. Zügig ging sie weiter und kam nach gut einer Stunde an der Wegegabelung oberhalb ihres Hauses an. Sie würde das Bündel draußen auf die Terrasse legen und morgen früh zur Polizeiwache in Balve bringen.

Leos Kopf schmerzte, als sie vor dem Polizeigebäude stand. Sie hatte am Abend nicht einschlafen können, obwohl sie todmüde gewesen war. Dann hatte sie mehrere Gläser Campari getrunken, um ihre Nerven zu beruhigen. Manchmal konnten ihr die chinesischen Philosophen eben nicht helfen, sondern nur ein paar Gläser Alkohol.

Im Dienstzimmer saß Hauptwachtmeister Horst Schweitzer. Solange Leo in Balve wohnte, sorgte er hier für Ordnung. Seine Hauptaufgabe bestand in der Überwachung des Verkehrs unter besonderer Berücksichtigung der Einhaltung der Promillegrenze.

Horst Schweitzer saß vor der Tastatur seines Computers und sah gebannt auf den Monitor. Leo konnte sich noch gut daran erinnern, wie er vor einer schwarzen Schreibmaschine gesessen und umständlich das Papier mit den vielen Durchschlägen eingespannt hatte. Sie legte die Plastiktüte auf seinen Schreibtisch. »Ich habe das hier im Wald gefunden. Vielleicht ist es interessant für Sie.« Der Polizist blickte auf und betrachtete dann irritiert den Plastikbeutel.

»Was ist da drin?«

»Eine Jeansjacke. Und ich nehme an, die Flecken darauf sind Blut. Sie haben für solche Fälle sicher ein Labor.«

Horst Schweitzer zog die schmutzige Jacke aus der Tüte

und hielt sie hoch. Leo meinte, einen modrigen Geruch wahrzunehmen, aber es konnte auch Einbildung sein – oder der Staub, der in der kleinen, viel zu warmen Wachstube im Sonnenlicht flimmerte.

»Wo genau haben Sie das gefunden?«

Ein Protokoll mußte geschrieben werden, was mehr als eine halbe Stunde dauerte. Dann unterschrieb Leo das ausgedruckte Papier und fragte beiläufig: »Sind Sie mit den Untersuchungen im Höhlenfall schon weiter gekommen?«

»Ich darf Ihnen dazu nichts sagen.« Er zögerte. »Aber Sie haben doch Schweigepflicht?« Leo nickte und klärte Horst Schweitzer nicht darüber auf, daß dies nur für ihre Patienten galt.

»Der Dolch ist im Labor untersucht worden«, erklärte der Polizist. »Ein alter Soldatendolch, wie er noch im Ersten Weltkrieg verwendet wurde. Der Täter hat ihn so hergerichtet, daß er aussah wie eine Waffe vom Theater, allerdings war er scharf wie ein Rasiermesser. Natürlich ist er viel schwerer als die Theaterwaffen, daran hätte man merken können, daß er echt ist.« Er verstaute die Plastiktüte sorgfältig in einem Schrank, ehe er fortfuhr. »Und es ist sicher nicht ganz leicht, damit jemanden umzubringen. Ich meine, mit einem einzigen Stich.«

Horst Schweitzer sah Leo an, als erwarte er den Kommentar einer Spezialistin für tödliche Stichwunden.

»Richtig«, stimmte Leo zu. »Man muß mit so einer Waffe umgehen können, und man muß wissen, wo das Herz sitzt.« Der Polizist stand hinter seinem Schreibtisch und ließ Leo nicht aus den Augen.

»Die meisten Menschen wissen das nämlich nicht«, fuhr Leo fort.« Es liegt nicht so weit links, wie man denkt, sondern mehr in der Mitte des Brustkorbes. Und man darf keine Rippe treffen, wenn man zustößt, und natürlich auch nicht das Brustbein, wenn der Stich von vorne kommt. Das ist die größte Schwierigkeit.«

Der Beamte nickte zustimmend. Es gefiel ihm offenbar, mit einer kompetenten Person zu sprechen, die seiner Meinung nach dem Tod jeden Tag ins Auge blickte.

»Was machen denn Ihre Ermittlungen?« erkundigte sich Leo. »Haben Sie schon Hinweise auf den Täter?«

Der Beamte hob die Schultern und fing an, in den Schubladen seines Schreibtisches zu suchen. Sein hellgrünes Hemd hatte große feuchte Flecken unter den Armen.

»Soweit ich gehört habe, gibt es keine heiße Spur. Aber ich bin natürlich nicht über alles informiert. Die Lüdenscheider Kripo hat den Fall ja übernommen.« Seine Stimme klang etwas reserviert. Stimmt, dachte Leo, das Leben ist ungerecht. Der einzige interessante Fall in seinem Polizistenleben – und der wird nun von einem anderen gelöst. Oder auch nicht. Im Geist sah sie das angestrengte Gesicht von Hauptkommissar Plate vor sich.

»Könnten Sie mir das Ergebnis mitteilen, wenn die Jacke untersucht worden ist?« fragte Leo.

Der Polizeibeamte nickte. »Wenn ich es erfahren sollte.«

Leo verließ die Wache, und Horst Schweitzer suchte weiter in der Schublade nach dem Computer-Handbuch.

8

Drei Tage später, an einem Samstag, beschloß Leo, ihr einsames Haus und ihre Kleinstadt für einige Stunden zu verlassen, um mal neue Gesichter zu sehen. Praktische Überlegungen sprachen dafür, daß ihr Ziel zunächst einmal Lüdenscheid sein sollte. Dort schien es, wenn sie die Andeutungen von Richard richtig verstanden hatte, einige Kneipen zu geben, in denen man auch nach zehn noch ein Bier bekam. Außerdem eine Diskothek, in der Richard und Andrea Merschmann sich amüsiert hatten. Natürlich kannte sie einige Lokale in Lüdenscheid, aber diejenigen, die sie mit ihren Schwiegereltern zu besuchen pflegte, waren für ihre Zwecke mit Sicherheit ungeeignet. An ihre wenigen Kneipenausflüge mit Christoph erinnerte sie sich kaum noch – nur daran, daß es nie besonders aufregend gewesen war und ihr Mann meistens Kakao bestellt hatte und um elf Uhr nach Hause gehen wollte.

In ihrem Kalender stand am Vormittag noch ein Behandlungstermin. Ein Rheumapatient, der sehr gesprächig war. Leo wußte, daß ihr Patient immer über die neuesten Gerüchte informiert war, die zur Zeit kursierten. Das war der Grund, warum sie seinen Wortkaskaden mit einem gewissen Interesse folgte. Als Mordverdächtige galten offenbar die Bewohner des Asylantenheims in Garbeck. Da es bisher kein Motiv für den Mord gab, konnte man den Mörder in einem Umfeld vermuten, das für viele Bewohner eine latente Bedrohung darstellte. Doch das Rätsel, was Andrea Merschmann mit einem Asylbewerber verbunden haben könnte, konnte ihr Patient auch nicht lösen.

Leo war froh, als die Behandlung vorüber war. Sie hoffte, daß das Rheuma ihres Patienten und damit auch er selbst für eine Weile Ruhe geben würden. Kaum hatte sich die Haustür hinter ihm geschlossen, rief sie ihre Schwiegermutter und ihre Freundin Gisela in Lüdenscheid an. Beide schienen sich über ihren angekündigten Besuch zu freuen.

Sie verbrachte eine ungewöhnlich lange Zeit vor dem Spiegel und war trotzdem wieder einmal sicher, genau das Falsche anzuziehen. Sie konnte genausogut mit geschlossenen Augen in einen ihrer Stapel greifen. Schließlich entschied sie sich für eine weiße Bluse und eine weite gestreifte Sommerhose, die ihr elegant genug erschien, um ihrer Schwiegermutter zu gefallen.

»Schakal, du bewachst das Haus«, sagte sie beim Hinausgehen und verschloß sorgfältig die Haustür und das Gartentor.

Auf der Straße nach Neuenrade kroch sie hinter einem Lastwagen her und wagte nicht, ihn zu überholen. Sie hatte ständig ein Bild von zwei ineinander verkeilten Fahrzeugen vor Augen, das sie von allen gewagten Manövern abhielt. Zuviel Phantasie, dachte sie, ist manchmal ganz schön lästig. Auf der Höhenstraße zwischen Werdohl und Lüdenscheid hatte sie das gleiche Problem, diesmal mit einem Möbelwagen. Das war doppelt ärgerlich, weil die Straße für Lastwagen eigentlich gesperrt war. Dafür hatte sie Zeit, einen Blick hinunter ins Tal und auf die am Berghang klebenden Häuser mit den dunklen Schieferdächern zu werfen. Das Sauerland glich hier einer Alpenlandschaft.

In Lüdenscheid mußte sie bis ans andere Ende der Stadt fahren und fragte sich, wie es auswärtige Besucher wohl schafften, sich in der verwirrenden Anordnung von Einbahnstraßen und Tunneln zurechtzufinden. Ihre Schwiegereltern wohnten in der Parkstraße, und sie hielt vor einem der älteren Häuser, die sich hinter dichten Büschen verbargen. Es war die beste Wohngegend der Stadt. Sie drückte die Messingklingel an der weißgestrichenen Gartenpforte, und nach kurzer Zeit summte der Öffner.

Ihre Schwiegermutter stand in einem roten Kostüm mit Seidenbluse in der Haustür und reckte sich in die Höhe, um Leo einen Kuß auf die Wange zu geben. Leo mußte sich eingestehen, daß sie beim Anblick ihrer Schwiegermutter einen gewissen Neid verspürte. Edith strahlte wie immer Energie und gute Laune aus.

Sie gingen über den mit dicken Perserteppichen ausgelegten Parkettboden in einen der Wohnräume, wo auf einem antiken Tisch hauchzarte Teller und Tassen standen. Winzige pastellfarbene Törtchen waren auf einer Silberschale arrangiert. Aus einer Meißener Kanne schenkte Edith Kaffee ein.

»Wie geht es dir, Leonie? Was ist denn das für eine schreckliche Geschichte bei euch in Balve?« Auf diese Frage war Leo vorbereitet, ihre Schwiegermutter war nicht nur reich und energisch, sondern auch sehr neugierig.

»Was war dieser Schüler eigentlich für ein Junge?« fügte Edith gleich eine zweite Frage hinzu.

Leo hob die Schultern. »Ich habe ihn nur einmal gesehen, auf der Bühne. Er hatte Ausstrahlung, wirkte sehr selbstsicher. Wahrscheinlich war er egozentrisch. Und rücksichtslos.«

»Aber das sind sie doch heute alle«, sagte Edith.

»Sein Vater ist ein reicher Bauunternehmer und Architekt. Seine Mutter stammt aus Italien. Er war ihr einziger Sohn«, fuhr Leo fort.

»Flo ist nur ein paar Jahre älter«, sagte Edith nach einer Weile. Die beiden Frauen sahen sich an. Trotz aller Unterschiede waren sie sich in den wesentlichen Dingen einig. Und vor allem in ihrer Liebe zu Florian.

All die Hoffnungen, die Arnold und Edith Piepenstock vergeblich in ihren Sohn Christoph gesteckt hatten – ihr Enkel war auf dem besten Weg, sie zu erfüllen. Er würde eines Tages die größte Leuchtenfabrik des Sauerlandes übernehmen.

Schließlich erkundigte sich Leo nach Christoph, mit dem sie immer noch verheiratet war, von dem sie allerdings seit fast zwei Jahren nichts mehr gehört und gesehen hatte.

»Er klettert in Costa Rica auf die Bäume im Urwald und guckt nach, ob da oben noch Affen leben.« Das war Ediths übliche herablassende Art, wenn es darum ging, die Tätigkeit ihres Sohnes zu beschreiben.

Leo mußte lachen. »Du willst damit sagen, daß er an einem Umweltprojekt beteiligt ist, was die Erforschung der oberen Regionen des Regenwaldes zum Ziel hat.«

»Nun, so kann man es auch ausdrücken. Aber es wäre besser, er wäre nicht dort, sondern hier in Lüdenscheid. Hier könnte er seinem Vater in der Firma zur Seite stehen. Was sinnvoller wäre, als Affen im Urwald zu beobachten.«

Edith würde nie verstehen, warum ihr Sohn die Geschäftsleitung der Firma, das viele Geld und die gesellschaftliche Stellung ausgeschlagen hatte und statt dessen in den Dschungel gezogen war. Leo dagegen verstand Christoph zumindest in dieser Hinsicht gut. Er war ein leidenschaftlicher Biologe und Umweltschützer und fühlte sich in einem Büro eingesperrt, auch wenn es in der Führungsetage lag. Und vielleicht hatte er auch den Regen des Sauerlandes gegen die Sonne Costa Ricas eintauschen wollen. Was, wie Leo fand, vielleicht gar keine so schlechte Idee von ihm gewesen war.

Als Leo sich von ihrer Schwiegermutter verabschiedet hatte, freute sie sich auf einen unkomplizierten Abend mit ihrer Freundin Gisela. Die Besuche bei Edith strengten sie an, ohne daß sie genau den Grund dafür hätte nennen können.

Gisela Rottmann wohnte mit Mann und zwei Töchtern nicht weit von der Parkstraße entfernt in einem schlichten Einfamilienhaus aus den fünfziger Jahren. Leo hielt vor der Garage und hupte. Sie hatte jetzt keine Lust, die lebhaften Familienmitglieder ihrer Freundin zu begrüßen.

Nach wenigen Minuten erschien Gisela vor der Haustür. Sie stieg ein und warf die Wagentür mit solchem Schwung zu, daß Leo befürchtete, die Innenverkleidung könnte sich gelöst haben.

Gisela schlug vor, den Abend im Brauhaus zu beginnen. Während der Fahrt erfuhr Leo viel über die pubertären Schwierigkeiten der beiden Töchter und einiges über Giselas anstrengende Arbeit in einem Reisebüro, das auf Last-Minute-Angebote spezialisiert war. Leo hörte schweigend zu und dachte, daß ihre Freundin eine von diesen tüchtigen Frauen war, deren Existenz so selbstverständlich geworden war, daß sie mit keiner besonderen Anerkennung mehr rechnen konnte.

Sie fanden einen Parkplatz in der Nähe des Kulturhauses und gingen die kurze Strecke zum Brauhaus zu Fuß. Es war ein warmer Sommerabend, und vor dem alten klassizistischen Bau, der früher einmal ein Hallenbad gewesen war, waren unter Bäumen lange Holztische aufgestellt. Gisela wollte lieber hineingehen – um Leo den Ort zu zeigen, an dem sie damals schwimmen gelernt hatte.

Sie setzten sich in die Nähe der Theke und bestellten zwei Krüge selbstgebrautes Medardus-Bräu. Leo konnte der Versuchung nicht widerstehen und aß eine Schweinshaxe mit Sauerkraut und viel Senf. Wie sie vorausgesehen hatte, redete Gisela die ganze Zeit. Aber es machte Leo nichts aus. Sie hatte gelernt, ihre Gedanken wandern zu lassen, ihre Umgebung zu beobachten und dann wieder zuzuhören, wenn es erforderlich war.

Gisela erzählte von ihrem Eheleben, was sich für Leo sehr normal anhörte, von ihrem Frust im Büro und ihrem Traum, irgendwann auf einer griechischen Insel zu leben, alternativ auch im Süden Frankreichs oder auf Mallorca. Auf jeden Fall an einem Ort, wo es Sonne und Meer gab. Bei diesem Thema hatte sie Leos volle Aufmerksamkeit, und sie träumten eine Weile gemeinsam.

Dann besann sich Leo auf ihr ursprüngliches Vorhaben.

»Wo gehen wir hin, wenn ich aufgegessen habe?«

»Ich weiß, du willst was erleben. Nicht so einfach hier. Aber ich kenne ein Lokal in der Altstadt, nette Leute, sehr gemütlich.«

Ein gemütliches Lokal war eigentlich nicht das, was Leo sich vorgestellt hatte. Schließlich schlug Gisela vor: »Vielleicht das Roi? Es ist so ein Mittelding zwischen Disko, Bar und normaler Kneipe und macht erst gegen fünf Uhr früh zu. Außerdem kann man auch als Oldie reingehen, ohne aufzufallen.« Sie zögerte. »Und es hat den Ruf, ein Treffpunkt für Schwule zu sein.«

Perfekt, dachte Leo.

»Das ist in Ordnung«, sagte sie, »komm, laß uns gehen.«

Leo ließ den Rest ihrer Haxe auf ihrem Teller. Das viele Fett und der dicke Knochen waren ihr auf einmal zuwider.

Es war noch viel zu früh, als sie um kurz nach elf im Roi ankamen. Das Lokal war fast leer. Leo hatte Mühe, in dem schummrigen Licht überhaupt etwas zu erkennen. Sie stolperte hinter Gisela her, die ohne zu zögern auf einen der kleinen runden Tische zusteuerte. Sie setzten sich und bestellten bei einem jungen Mann ohne Haare, dafür aber mit vielen Ohrringen, zwei Pils.

»Das Lüdenscheider Nachtleben habe ich mir irgendwie anders vorstellt«, sagte Leo.

»Wir sind zu früh«, sagte Gisela ohne rechte Überzeugung. Sie tranken ihr Bier, und ihre Unterhaltung drehte sich vor allem um Männer und um den Mord in der Höhle. Das Roi füllte sich langsam.

»Gar nicht so schlecht hier«, bemerkte Gisela schließlich mit einem Blick auf die Theke, an der fast ausschließlich Männer standen. »Aber ich glaube, sie sind nicht an uns interessiert«, fügte sie hinzu »für den Fall, daß wir an ihnen interessiert wären.«

Leo betrachtete die Gäste im Lokal. Die Vorstellung, wie Richard oder Andrea hier ihre sexuellen Bekanntschaften gemacht haben sollten, kostete sie einige Mühe. Einer der Männer löste sich plötzlich aus der Gruppe an der Theke und kam zu ihnen an den Tisch. Er begrüßte Gisela und nickte dann Leo zu. »Willst du deinem Besuch das Lüdenscheider Nachtleben zeigen?«

Gisela stellte sie einander vor. Der junge Mann hieß Markus Baumann, hatte rotblonde Haare, eine schiefe Nase und eine Stimme, die ihn dafür prädestiniert hätte, sämtliche Liebhaber Hollywoods zu synchronisieren. Sie wechselten ein paar Worte über das Nachtleben in Lüdenscheid, und Leo dachte sich im stillen, daß es ein echter Verlust für den weiblichen Teil der Menschheit wäre, falls dieser Markus tatsächlich Männer bevorzugte.

»Er ist Rechtsanwalt«, erklärte Gisela, als er sich verabschiedet hatte und wieder zur Theke zurückgegangen war. »Unverheiratet, keine Kinder und ziemlich erfolgreich.«

Leo sah zur Theke hinüber. Zu spät bemerkte sie den

Blick von Markus Baumann, der den ihren auffing. Er lächelte und erhob sein Glas. Sie lächelte zurück. Dabei merkte sie, wie sie rot wurde, und ärgerte sich. Gisela betrachtete sie interessiert, sagte aber nichts. Es war Zeit, nach Balve zurückzufahren.

Die kühle Nachtluft draußen vor der Tür tat ihr gut. Sie trocknete den Schweiß auf ihrer Stirn und entschuldigte sich bei Gisela für den überstürzten Aufbruch mit dem Argument, daß sie noch eine Dreiviertelstunde über die Höhenstraße nach Hause fahren müsse, was ihre Freundin kommentarlos zur Kenntnis nahm.

Zu Hause bei Gisela brannten keine Lichter mehr in den Fenstern, und Leo wartete, bis ihre Freundin die Haustür aufgeschlossen hatte und die Flurbeleuchtung aufflammte.

Die Höhenstraße in Richtung Werdohl war dunkel und leer. Leo dachte flüchtig daran, daß es besser wäre, jetzt keiner Polizeistreife in die Hände zu fallen, wahrscheinlich waren die vier Gläser Bier schon zuviel gewesen. Auf der kurvenreichen Strecke hinauf nach Neuenrade bemerkte sie hinter sich die bläulichen Halogenscheinwerfer eines großen Wagens. Sie fühlte sich gedrängt, schneller zu fahren. Wolken waren aufgezogen und verdeckten Mond und Sterne. Bei der ersten sich bietenden Gelegenheit fuhr sie an den Straßenrand, um den Wagen vorbeizulassen. Es schien, als zögere der Fahrer, doch plötzlich gab er Gas, und sie sah, daß es ein dunkler BMW mit dem Autokennzeichen MK für den Märkischen Kreis war. Leo fuhr auf die Straße zurück, der große Wagen war bereits verschwunden.

In Neuenrade gab es kein einziges erleuchtetes Fenster mehr, und sie fuhr viel zu schnell die verlassene Hauptstraße hinunter. Als sie an der nächsten Abzweigung nach Garbeck abbog, sah sie, daß die bläulichen Scheinwerfer wieder hinter ihr aufgetaucht waren und ihr folgten. Sie stellte das Radio an und beschloß, sich nicht nervös machen zu lassen. Der große Wagen hielt diesmal einen konstanten Abstand ein. Als Leo langsamer fuhr, um ihm Gelegenheit zum Überholen zu geben, verringerte er ebenfalls das Tempo.

Am Ortsschild von Balve fuhr der BMW wieder dicht auf. Sie überlegte fieberhaft, wie sie sich verhalten sollte. Zu ihrem Haus würde sie nicht fahren. Was sollte sie tun, wenn der Wagen ihr folgte und dann plötzlich in ihrer Einfahrt stand? Sie beschloß, einen letzten Versuch zu machen, ihn abzuschütteln. Auf der Hauptstraße bog sie nach links in Richtung Rathaus ab. Der dunkle Wagen folgte ihr.

Der Ort lag wie ausgestorben da, nur das Licht der Straßenlaternen beleuchtete die schwarzweißen Fachwerkfassaden. Die Straße war so eng, daß sie das Gefühl hatte, ihr Auto würde gleich eine der Hauswände streifen. Der Wagen hinter ihr blendete plötzlich auf und wieder ab. Du glaubst doch wohl nicht, daß ich anhalte und aussteige, dachte Leo wütend. Es war inzwischen fast drei Uhr nachts, und sie wollte nichts lieber, als in ihrem Bett liegen und schlafen. Statt dessen lieferte sie sich mit einem offenbar Verrückten eine Verfolgungsjagd durch Balve.

Ihr fiel die Existenz der Polizeiwache ein – vielleicht gab es ja dort so etwas wie einen Notdienst. Zu schnell steuerte sie durch die nächste Kurve und schrammte an einer Hauswand entlang, was ein häßliches Geräusch verursachte. Hinter den Fenstern der Wache brannte Licht, und sie trat auf die Bremse. Als sie, die Hand schon auf der Hupe, in den Rückspiegel blickte, war ihr Verfolger verschwunden. Sie blieb mit laufendem Motor vor der Wache stehen, bereit, sämtliche Bewohner der Straße mit ihrem Hupen aus dem Schlaf zu reißen. Als sie sich umsah, war die Straße hinter ihr immer noch dunkel und leer.

Sie zögerte einen Moment und überlegte, ob sie ins Gebäude hineingehen sollte, aber dann fuhr sie los. Was hätte sie schon erzählen und was hätte die Polizei tun können? An der Hauptstraße bog sie entgegen der Vorschrift nach links ab und war in wenigen Minuten vor ihrem Haus. Der BMW war ihr nicht gefolgt. Hastig schloß sie die Türen auf und verriegelte sie dann sorgfältig wieder hinter sich.

9

Zufall oder Schicksal, auf jeden Fall aber Neugierde führten Leo am nächsten Tag zum Wohnhaus der Familie Merschmann am Rand des Balver Waldes. Leo war ständig auf der Suche nach neuen Spazierwegen, hatte diese Gegend jedoch bisher gemieden, da sie in der Siedlung mit den weitläufigen Grundstücken reichlich kleine Hunde und Katzen vermutete. Aber an diesem Tag hatte sie einen ihr bisher unbekannten Weg genommen und mußte feststellen, daß sie schließlich im Balver Wald gelandet war.

Der Boden unter ihren Füßen war mit braunen Fichtennadeln bedeckt, in der Ferne hörte sie einen Kuckuck. *Den Geschehnissen ihren Lauf lassen, ohne Widerstand zu leisten, sie nur betrachten.*

Als sie das hohe Walmdach des Hauses am Waldrand entdeckte, war ihr sofort klar, wer dort wohnte. Es war das auffallendste Haus in der ganzen Umgebung – ein klotziger Bau mit riesigen Sprossenfenstern und einer Terrasse aus weißem Marmor.

Sie ging langsam und unentschlossen auf das Gebäude zu. Ein weißer Zaun umschloß den kurzgemähten Rasen, auf dem wie abgezirkelt zwei Blumenbeete angelegt waren. Ein einzelner Obstbaum stand genau in der Mitte der Grasfläche.

Eine dunkelhaarige Frau trat aus dem Schatten des Baumes und blickte zu Leo hinüber. Es war die Mutter von Andrea, Maria Merschmann di Antonio. Sie sah sehr italienisch aus: Ihre dunklen Haare waren raffiniert und auf eine Weise hochgesteckt, die Leo nie zustande bringen würde, sie trug goldene Ohrringe und ein schwarzes Kleid. Trotz der Gartenschürze sah sie aus, als wolle sie in die Oper gehen.

»Kommen Sie einen Moment herein?« fragte Frau Merschmann di Antonio mit deutlich italienischem Akzent. Leo fragte, ob sie den Hund im Garten laufen lassen könne, und folgte dann der Frau über die weißen Marmorplatten der Terrasse. Sie gingen durch die geöffneten hohen Flügeltüren und betraten das saalartige Wohnzimmer. Ihre Schritte hallten auf glänzendem Parkett. Dann betraten sie eine Küche, in der nichts darauf hinwies, daß hier auch gearbeitet und gekocht wurde. Maria Merschmann di Antonio bot Leo einen mit hellem Leder bezogenen Stahlrohrhocker an der Küchentheke an. »Sie möchten doch einen caffè, nicht wahr?«

Leo bejahte, und ihre Gastgeberin fing wortlos an, eine riesige Espressomaschine zu bedienen. Leo saß unglücklich auf ihrem unbequemen Hocker und fragte sich, warum sie hergekommen war. Diese sterile Küche, dieses kalte Haus, der Gedanke an das schreckliche Geschehen, der unausgesprochen in der Luft hing, waren nicht dazu angetan, eine Atmosphäre zu schaffen, in der sie gerne einen Espresso trank.

Sie beobachtete die mechanischen Bewegungen der schwarzgekleideten Frau an der Maschine und sah in Gedanken eine ganz andere Küche vor sich: einen langen Holztisch, Kinder und andere Frauen, die lachten und laut durcheinanderredeten, frisches Brot und Oliven in braunen Tonschalen.

Wie oft hatte Maria Merschmann di Antonio wohl von ihrem Dorf bei Pisa geträumt, in den vielen verregneten Sommern, die sie hier allein in ihrer Küche und ihrem leeren Wohnzimmer gesessen hatte?

Maria Merschmann di Antonio stellte den Espresso auf die Küchentheke. Leo bemerkte ihre starren Gesichtszüge und nahm einen schwachen bitteren Geruch wahr, den sie kannte: Die elegante Italienerin stand offensichtlich unter starken Beruhigungsmitteln.

»Es tut mir so leid«, sagte Leo schließlich, weil sie das Schweigen nicht länger ertragen konnte und weil sie es aus tiefstem Herzen auch so meinte. Die Augen der Frau füllten sich mit Tränen. Sehr langsam fragte sie:

»Wissen Sie irgend etwas Neues?«

Leo schüttelte den Kopf. Das Mitleid mit dieser Frau, die ihren einzigen Sohn verloren hatte, überschwemmte sie mit einer Wucht, auf die sie nicht vorbereitet war. Was sollte sie nur sagen? All die ungeklärten Fragen, die Verdächtigungen, die gegen Andrea vorgebracht wurden, waren unwichtig im Vergleich zum Schmerz dieser Mutter, die ihren Sohn nie wieder in die Arme würde nehmen können.

Vorsichtig stellte Leo ihre Tasse auf die Küchentheke. »Ich werde Sie benachrichtigen, sobald ich etwas höre. Aber ich glaube, Hauptkommissar Plate ist besser informiert als ich.«

Sie kam sich wie ein neugieriger Eindringling vor und schämte sich. »Ich muß jetzt gehen.«

Maria Merschmann di Antonio nickte stumm und wartete, bis Leo von ihrem Hocker gerutscht war. »Ich fahre morgen nach Casciano Terme«, sagte sie unvermittelt. »Ich möchte meine Familie besuchen.«

Leo folgte einem plötzlichen Impuls und umarmte die Frau, die wie erstarrt mitten in ihrer weißen Küche stand.

»Sie können mich jederzeit anrufen.« Leo wußte, daß Maria Merschmann di Antonio nicht von diesem Angebot Gebrauch machen würde, aber ihr fiel nichts ein, was sie ihr sonst hätte anbieten können.

»Gehen Sie bitte noch nicht«, sagte die Frau dann. »Möchten Sie das Zimmer von Andrea sehen?« Leo nickte, obwohl es ihr schwerfiel. Sie stiegen eine geschwungene Treppe mit schmiedeeisernem Geländer hinauf. Oben öffnete Frau Merschmann di Antonio die Tür zu Andreas Zimmer.

Leo sah den schwarzen hohen Turm einer Musikanlage, bunte Neonröhren und ein rotes Sofa in Form eines geöffneten Mundes. Die Balkontür des großen Raumes stand offen, und man konnte über die Hügel des Sauerlandes blicken.

»Mein Sohn«, sagte Maria Merschmann, »hatte einen sehr guten Geschmack. Er liebte alles, was schön war.« Und teuer, dachte Leo. Abrupt wandte sie sich ab und trat auf den Flur hinaus. Im Vorbeigehen hörte sie ein leises Wimmern. Maria Merschmann di Antonio stand im Zimmer ihres Sohnes und weinte.

Draußen rief Leo laut nach ihrem Hund. Er kam sofort und sah abgehetzt und zufrieden aus.

»Komm, wir gehen nach Hause.« Sie kraulte die weiche Stelle hinter seinem Ohr, und ihr Herzschlag wurde ruhiger. Der Hund folgte ihr schwanzwedelnd, und sie war sicher, daß er in diesem Moment mit all ihren Vorschlägen einverstanden gewesen wäre.

Hauptkommissar Plate hatte um ihren Besuch gebeten, und so kam es, daß Leo bereits drei Tage später wieder nach Lüdenscheid fuhr.

Am Telefon hatte der Kommissar ihr bereits mitgeteilt, daß die Flecken auf der Jeansjacke aus getrocknetem Menschenblut bestanden. Im Polizeipräsidium erfuhr Leo, daß das Kleidungsstück bereits mehrere Monate im Wald gelegen haben mußte. Die Jacke war das Produkt einer teuren Markenfirma und hatte mit großer Wahrscheinlichkeit einer Frau gehört.

Fast zwei Stunden redete sie mit dem Kommissar. Über die Untersuchungsergebnisse der Gerichtsmediziner, über die Stimmung unter den Bewohnern von Balve, über ihre Ängste und ihre Verdächtigungen. Der Kommissar mußte zugeben, daß die Polizei noch keinen Schritt weitergekommen war. Routinemäßig hatten sie Personen aus dem Drogenmilieu vernommen, aber keinen Hinweis gefunden. Auch Andreas Verbindung zur homosexuellen Szene war unter die Lupe genommen worden, ohne jedes Ergebnis.

Zum Abschied mußte Leo dem Kommissar versprechen, ihm sämtliche verdächtige Beobachtungen sofort mitzuteilen. »Wir sind dringend auf Hilfe angewiesen«, hatte er gesagt und ihr ernst in die Augen gesehen. Leo hatte natürlich ihre Unterstützung zugesichert, wenn sie sich auch nicht vorstellen konnte, worin diese konkret bestehen sollte.

Nach ihrem Besuch auf der Polizeiwache fuhr Leo ins Parkhaus im Stadtzentrum. Sie hatte sich mit Gisela in einem Lokal in der Altstadt verabredet. Das Schwejk lag unterhalb der Erlöserkirche, und Leo warf einen kurzen Blick auf das schmucklose alte Gebäude, das früher einmal der Mittelpunkt der Stadt gewesen war und immer noch eine gebieterische Strenge ausstrahlte.

Es war Mittagszeit, und im Lokal waren fast alle Tische besetzt, aber Gisela war noch nicht da. Leo setzte sich in eine Fensternische und ließ ihre Blicke durch den Raum wandern. Sie war lange nicht mehr hier gewesen. An der holzgetäfelten Wand hingen geschnitzte Regale, auf denen Bierkrüge standen, die kleinen Fenster waren mit Blei verglast.

Dann bemerkte sie den Schäferhund, der schlafend in der Nähe des Tresens lag. Einen Moment lang wurde ihr schwindelig von den Bildern, die plötzlich aus der Vergangenheit auftauchten. Sie erinnerte sich sehr gut an diesen Hund – er hatte vor vielen Jahren genau hier, an dieser Stelle gelegen, damals, als sie mit Christoph im Schwejk gesessen und er ihr von seiner bevorstehenden Abreise nach Costa Rica erzählt hatte.

»Und Florian möchte mit mir kommen«, hatte er gesagt. Diese Worte hatten ihr damals den Boden unter den Füßen weggezogen. Sie hatte sich hilflos und unfähig gefühlt. Eine Mutter, die sich nicht genug um ihren Sohn gekümmert hatte und jetzt die bitteren Folgen zu spüren bekam: Florian wollte mit seinem Vater gehen.

Damals hatte sie nicht ahnen können, daß der Entschluß ihres vierzehnjährigen Sohnes gut und richtig war. Flo hatte mit unerwarteter Begeisterung die deutsche Schule in San Jose besucht und fließend Spanisch gelernt. Er wurde selbständig und schrieb freiwillig und oft viele Briefe an Leo. In seinen langen Schulferien im Winter kam er nach Deutschland und ließ sich eine Weile von Mutter und

Großmutter verwöhnen. Nach seinem Highschool Abschluß kam er als selbstbewußter, fröhlicher junger Mann zurück, der keine Schwierigkeiten hatte, anschließend in Lüdenscheid auf dem Zeppelin-Gymnasium das Abitur zu machen.

All das konnte Leo damals nicht wissen, und sie war an jenem Abend sehr verzweifelt gewesen. Irgendwann im Lauf des Abends war ihr klar geworden, daß sie ihren Sohn gehen lassen mußte, wenn sie ihn behalten wollte. Sie hatte die richtige Entscheidung getroffen. Eine der wenigen richtigen Entscheidungen, die ich bisher getroffen habe, ging es Leo durch den Kopf, während sie den schlafenden Schäferhund betrachtete, dessen Schnauze mittlerweile grau geworden war.

»Hallo Leonie, ich habe noch jemanden mitgebracht.« Gisela war an ihrem Tisch aufgetaucht. Neben ihr stand Markus Baumann. Er sah aus wie ein Model aus einem Katalog für teure Sportbekleidung, lächelte mit makellosen Zähnen und sah Leo intensiv in die Augen. Dieser Blick, dachte Leo, gehört sicherlich zu jedem Managerkurs mit dem Thema »Wie werde ich reich und erfolgreich?«

Das anschließende gemeinsame Essen verlief angenehmer, als Leo erwartet hatte. Markus Baumanns Anekdoten aus der Arbeitswelt waren eine interessante Alternative zu Giselas Familiengeschichten. Beim abschließenden Kaffee erkundigte sich der Anwalt:

»Habt ihr Lust, noch eine kleine Spazierfahrt zu machen? Ich habe noch Zeit bis zu meinem nächsten Termin, und das gute Wetter sollte man ausnutzen.«

Ehe Leo antworten konnte, sagte Gisela schnell: »Ich muß nach Hause, aber du hast bestimmt nichts dagegen, mit Leonie allein zu fahren.«

Leo war sicher, daß Gisela überhaupt keinen Grund

hatte, sich jetzt schon zu verabschieden, außer dem, ihrer Freundin die Gelegenheit zu einer kleinen Abwechslung von ihrem kleinstädtischen Einsiedlerdasein zu bieten.

Als sie das Lokal verließen, sah sich Leo noch einmal nach dem Schäferhund um, der immer noch an seinem Platz lag, jetzt aber mit gespitzten Ohren und immer noch wachen braunen Augen ihren Aufbruch verfolgte.

Der dunkelblaue BMW von Markus Baumann paßte farblich perfekt zu seinem Polo-Shirt, und Leo fragte sich, ob sie von ihrer Kleidung und auch sonst in dies ästhetisch gestaltete Gesamtbild hineinpaßte. Sicher nicht, dachte sie und ärgerte sich über die Unsicherheit, die sie plötzlich überfiel.

Leo hatte eine Fahrt zur Homert vorgeschlagen. Die Homert war der höchste Punkt in der Umgebung und ein beliebtes Ausflugziel, das außerdem zu ihren schönen Erinnerungen an die Zeit gehörte, als sie Christoph kennengelernt und er ihr die Umgebung von Lüdenscheid gezeigt hatte.

Der junge Anwalt hatte einen zeitgemäßen Fahrstil: schnell und rücksichtslos. Leo hatte die Straße irgendwie romantischer in Erinnerung. An die Nähe der Autobahn, deren gleichmäßiges Rauschen nun deutlich zu hören war, konnte sie sich nicht erinnern.

Markus Baumann hatte schon eine ganze Weile keine Bemerkungen mehr gemacht, und das anhaltende Schweigen riß Leo aus ihren Gedanken.

»Ich kann mich gar nicht daran erinnern, daß hier eine Autobahn war«, sagte sie.

»Ich weiß ja nicht, wie alt Sie sind, aber diese Autobahn gibt es, seit ich auf der Welt bin.« Er sah sie mit seinem strahlenden Erfolgslächeln an.

»Vielleicht habe ich den Lärm damals verdrängt. Eine Autobahn paßte wahrscheinlich nicht zu meiner romantischen Stimmung«, sagte Leo. Diese Bemerkung hatte sie eigentlich nicht machen wollen, aber Markus fragte auch nicht weiter nach. Wahrscheinlich hatte er ihr nicht zugehört.

Sie parkten auf einem asphaltierten Platz nahe der Autobahnbrücke und gingen einen steilen Waldweg hinauf. Dann standen sie vor dem Aussichtsturm, den Leo weitaus imposanter in Erinnerung hatte und der sie nun an einen zu klein geratenen Leuchtturm erinnerte. An der Spitze sah man eine Aussichtsplattform.

»Wollen wir hochgehen?« fragte Leo, die das Gefühl hatte, der Ausflug sei ohne eine Turmbesteigung nicht vollständig. Markus Baumann stimmte zu, aber es war deutlich, daß sich seine Begeisterung in Grenzen hielt.

Die Tür des Turms hatte keine Klinke, aber sie öffnete sich schwerfällig, als Leo sich dagegenlehnte. Eine steinerne Wendeltreppe führte nach oben. In gleichmäßigem Tempo stieg Leo die Stufen hoch. Nach einigen Treppenwindungen wurde ihr plötzlich bewußt, daß sie im Begriff war mit einem Mann, den sie kaum kannte, einen einsamen Turm zu besteigen. Sie hatte bisher keinen Moment daran gedacht, Markus Baumann mit dem Mord in Verbindung zu bringen. Doch als sie seinen lauter werdenden Atem hinter sich hört, lief ihr ein kalter Schauer über den Rücken.

Sie sah den engen Schacht hinauf. Das Innere des Turmes wurde durch wenige kleine Fenster erhellt, der obere Teil des Gebäudes verschwamm im Dämmerlicht. Leo kletterte weiter die schmalen Stufen hoch und versuchte ihre Phantasie im Zaum zu halten. Die Treppe endete vor einer Eisentür, die auf die Aussichtsplattform hinausführte.

Es war windig hier oben, und das niedrige Eisengeländer, das rund um die Plattform lief, sah nicht sonderlich stabil aus. Leo zog es vor, in der Nähe der sicheren Turmwand zu bleiben. Die Aussicht, die sich ihnen bot, war eine Überraschung. Obwohl der Turm nicht besonders hoch war, hatte Leo das Gefühl, aus der Vogelperspektive aufs Sauerland zu blicken. Sie sah die grünen Hügel in der Ferne grau werden und langsam verschwinden, dazwischen das glitzernde Wasser einer Talsperre und das endlose Band der Autobahn.

Plötzlich spürte sie intensiv die Anwesenheit des fremden Mannes neben sich und hatte den heftigen Wunsch, eine Distanz zwischen sich und ihn zu bringen. Vorsichtig ging sie einmal um die Plattform herum, als könnten unter ihr die Steine wegbrechen. Der Anwalt hatte sich sorglos gegen das rostige Geländer gelehnt und sich eine Zigarette angesteckt.

Leo beobachtete ein paar schwarze Vögel, die sich spielerisch von den Strömungen der Luft herumwirbeln ließen. Sie trat etwas näher ans Geländer heran und sah hinunter. Weit unter ihr lag das Dach einer Holzhütte.

Wenn ich jetzt springe, kann ich fliegen, dachte sie. Obwohl sie wußte, daß sie nicht schwindelfrei war, zog es sie an Orte, wo der Blick in die Tiefe ihre Eingeweide kribbeln ließ und sich ihre Knochen mit Watte füllten.

Die Hand an ihrem Arm faßte entschlossen zu.

»Vorsicht, das Geländer ist ziemlich niedrig.« Markus hielt ihren Arm fest. »Wollen wir gehen?«

Leo nickte. Sie ärgerte sich über ihr Mißtrauen und über ihr eigenes Verhalten, das sie so unvernünftig an den Rand eines Abgrundes führte.

10

Die neuen Fliesen für das Badezimmer stapelten sich im Flur und versperrten fast den Weg ins Schlafzimmer. Sie schillerten in einem glänzenden Blau, einige waren mit einem winzigen Fischdekor verziert. Leo betrachtete liebevoll die aufeinandergeschichteten Platten, die sie in den nächsten Wochen an den Wänden und auf dem Boden des Bads anbringen würde. Aber auch heute war das Wetter wieder so schön, daß sie den Tag nicht im Haus verbringen wollte.

Leo ging ins Wohnzimmer und suchte in ihrem vollgestopften Bücherregal nach einer Lektüre, die sie auf andere Gedanken brachte. Sie griff zu einer Picasso-Biographie, die sie vor einem Jahr schon einmal angefangen und dann genervt beiseite gelegt hatte. Picasso war ein rücksichtsloser Egozentriker gewesen. Aber er hatte das Wesentliche in Dingen und Menschen erkannt und sichtbar gemacht. Vielleicht mußte man ihm aus diesem Grund alles verzeihen. Sie steckte das Buch in ihren Rucksack und packte noch eine Wolldecke dazu.

Auf dem Weg zur Sorpe begegneten ihr in Mellen die ersten Motorradfahrer, ganz in schwarzes Leder gehüllt. Leo seufzte. Den ganzen Sommer lang würden sie die Straßen des Sauerlandes als Rennstrecke benutzen. Sie parkte in der Nähe des Staudamms und ging am Ufer der Talsperre entlang. Der Hund platschte aufgeregt durchs Wasser und wartete auf den Augenblick, in dem er sich hinter einem Stock in den See werfen konnte.

Leo wanderte zügig. Sie hatte sich vorgenommen, möglichst an nichts zu denken. Vor allem an nichts, was irgendwie mit dem Mord in der Höhle zu tun hatte. Früher war ihr nie aufgefallen, daß man offenbar gezwungen war, ununterbrochen zu denken. *Die ununterbrochene Geschwätzigkeit des Geistes ist ein Hindernis für das Leben in der absoluten Gegenwart.*

Sie versuchte ihre Gedanken auf den Augenblick zu richten, was eine schwierige Übung war. Man brauchte eine große Portion Gelassenheit und Zufriedenheit, um seine Gedanken nur auf das Heute zu konzentrieren.

Ihr persönliches Heute wurde jedenfalls im Moment von ihrem Hund bestimmt, der es kaum noch erwarten konnte, endlich hinter einem Stock herzujagen. Sie tat ihm den Gefallen, und der Hund stürzte sich mit nicht nachlassender Energie immer wieder ins Wasser.

Dann wanderte sie weiter am Ufer entlang und fand schließlich eine Stelle, an der man einigermaßen bequem zwischen den astdicken Wurzeln einer Eiche sitzen konnte. Sie lehnte sich an den rauhen Stamm des Baumes und holte ihr Buch heraus. Draußen auf dem See glitt langsam ein Segelboot vorüber, und sie vertiefte sich in ihre Lektüre.

Als sie plötzlich eine Hand auf der Schulter fühlte, fuhr sie heftig zusammen.

Hinter ihr stand Markus Baumann. Er grinste sie an. »Nicht erschrecken, ich bin nicht der Mörder!«

»Wie kommen Sie denn hierher?« fragte Leo. Der Anwalt hockte sich neben sie.

»Ich streife schon tagelang durch die Wälder, um Sie zu treffen.« Sein Grinsen verstärkte sich. »Und heute endlich habe ich Ihr Auto oben auf dem Parkplatz gesehen. Ich muß allerdings gestehen, daß ich eigentlich auf dem Weg zum Hafen bin und jetzt einen kleinen Umweg gemacht habe. Haben Sie nicht Lust mitzukommen?«

»Haben Sie ein Segelboot dort liegen?« erkundigte sich

Leo. Baumann nickte. Sie stand auf und steckte ihr Buch in den Rucksack. Eigentlich kam ihr die Abwechslung ganz gelegen.

Sie gingen noch eine Weile am Ufer entlang, bis sich der Weg in den Büschen verlor und sie auf die Straße ausweichen mußten. Von dort führte ein asphaltierter Weg hinunter zum Bootshafen.

Das Segelschiff lag an einem langen hölzernen Anlegesteg. Als sie an Bord kletterten, schwankte es heftig, und Leo brauchte ihre ganze Überredungskunst, um den Hund an Bord zu locken. Auf den anderen Booten war es ruhig. Niemand schien an einem Wochentag Lust oder Zeit zu haben, die Leinen loszumachen.

Sie segelten auf den See hinaus. Leo versuchte den Anordnungen von Markus zu folgen, und der Hund stand wie eine Statue am Bug und starrte in die Ferne. Sie genoß die ungewohnte Aussicht auf die bewaldeten Ufer, den breiten gemauerten Staudamm und die geschwungene Brücke, hinter der das Vorstaubecken lag und über die jetzt klein und lautlos die Autos fuhren. Das Schiff glitt über die glatte Wasserfläche.

Nach einer Weile holte der Anwalt das Segel ein, und das Boot dümpelte langsam in der Mitte des Sees vor sich hin. Markus Baumann verschwand unter Deck und kam mit einer Flasche Cola und einer halben Flasche Whisky wieder zurück.

»Leider ziemlich warm, aber besser als nichts.« Er drückte Leo einen Emaillebecher in die Hand und goß Cola und Whisky hinein.

Sie setzten sich auf die warmen Schiffsplanken, und Markus Baumann erzählte Geschichten aus seinem Seglerleben, die witzig und wahrscheinlich erfunden waren. Leo genoß die Sonne und die anziehende Stimme des Anwaltes und konnte sich gut vorstellen, wie er damit das Gericht beeindruckte.

Sie ließ ihre Augen am hölzernen Mast des Segelbootes entlang zum tiefblauen Himmel gleiten. Ihre Vorstellungskraft reichte aus, sich auf das blaue Wasser des Mittelmeeres zu träumen.

Eigentlich war jetzt der richtige Zeitpunkt gekommen, um Markus Baumann auszufragen – über das Lüdenscheider Nachtleben zum Beispiel, über seine eventuelle Bekanntschaft mit Richard und Andrea. Aber das Wetter war zu schön, und sie war im Moment sehr zufrieden mit der Welt.

Nachdem sie ihre warme Cola ausgetrunken hatten, schlug Markus Baumann vor, zu dem Haus eines Freundes zu segeln, der einen eigenen Bootssteg besitze und auf dessen Terrasse man noch ein etwas kühleres Getränk genießen könne. Sie nahmen Kurs auf eine schmale Landzunge, die nicht weit vom Staudamm entfernt ins Wasser ragte. Das ockerfarbene Haus, auf das sie zusteuerten, wirkte in seinem südländischen Baustil wie ein Fremdkörper zwischen den anderen Gebäuden mit ihren grauen Schieferdächern und Natursteinsockeln.

Markus fuhr ein geschicktes Wendemanöver, und sie legten an einem Steg an, von wo aus eine Treppe hinauf zur Terrasse des Hauses führte.

»Schön.« Leo war beeindruckt. Oben angekommen, bat Baumann sie, in einem der komfortablen Liegestühle auf der Terrasse Platz zu nehmen. »Mein Freund ist nur selten hier. Dies hier ist sein Ferienhaus. Er hat mir den Schlüssel überlassen, damit ich nach dem Rechten sehen kann.«

»Ihr Freund hat einen guten Geschmack.«

»Das muß er auch, er ist nämlich Architekt.« Der Anwalt verschwand durch die Terrassentür und kam nach ein paar Minuten mit einer Flasche Wein und zwei Gläsern zurück. Während er den Wein einschenkte, der so kalt war, daß die Gläser beschlugen, sagte er: »Ich nehme an, daß Sie meinen Freund kennen.« Leo zuckte ratlos die Schultern. »Seine Frau ist Italienerin. Vor kurzem haben sie ihren Sohn verloren.« Leos Ahnung wurde zur Gewißheit.

»Ihr Freund ist der Vater von Andrea Merschmann?«

»Ja. Ich habe Robert Merschmann vor ungefähr drei Jahren in einem Prozeß vertreten. Es ging um Grundstücksspekulation.«

»Und Sie haben gewonnen?«

Markus Baumann nickte und nahm einen großen Schluck Wein.

»Seit damals sind wir befreundet. Im Moment ist er übrigens in Polen. Dort soll ein neuer Disney-Park entstehen, sicher ein großer Auftrag.« Auch Leo führte ihr Glas zum Mund. Auf dem Etikett der Flasche sah sie, daß der Wein aus Sizilien kam.

»Und wie geht es seiner Frau?«

»Ich glaube, sie ist zu ihrer Familie nach Pisa gefahren. Vielleicht erholt sie sich dort, sie neigt zu Depressionen. Was natürlich ihre Ehe auch belastet.« Leo fand es indiskret zu fragen, wie sich diese Belastungen äußerten, und sah schweigend auf den See hinaus. Sie dachte an ihre Begegnung mit der eleganten Italienerin. Das Mitleid mit Maria Merschmann di Antonio überwältigte sie erneut.

»Sie hat übrigens dieses Haus eingerichtet«, sagte der Anwalt.

»Es ist sehr schön – und sehr italienisch. Ich glaube, sie leidet unter Heimweh.«

Der Anwalt schüttelte den Kopf.« Sie hatte hier alles,

was sie wollte. Soweit ich weiß, kommt sie aus kleinen Verhältnissen.«

Sicher, dachte Leo, für einen Markus Baumann ließ sich mit Geld alles regeln, sogar das Heimweh. Dann drehte sich ihre Konversation um unverfänglichere Themen.

Der Anwalt rauchte während ihrer Unterhaltung eine Zigarette nach der anderen, bis Leo bemerkte, ihm würde eine Akupunkturbehandlung gegen Nikotinsucht sicherlich nicht schaden.

»Ich komme darauf zurück.« Er sah sie mit seinem intensiven Siegerlächeln an und beugte sich zu ihr hinüber. »Darf ich Sie küssen?«

Leo war überrascht, aber nicht übermäßig. Sie spürte die Sonne und den Wein in ihrem Kopf und hatte nichts dagegen einzuwenden. Markus Kopf näherte sich ihrem Gesicht, und sie roch Tabak und Rasierwasser und fand diese Mischung durchaus anziehend. Seine Lippen waren weicher, als sie vermutet hatte, und als sich ihre Zungen berührten, dachte sie flüchtig, daß Küssen eigentlich eine seltsame Sitte war. Allerdings auch sehr angenehm, ebenso wie die warme Hand, die sich etwas später unter ihr T-Shirt schob. *Der Mensch ist eine Komposition aus Fleisch und Geist. Yin und Yang. Mann und Frau tauschen ihre Gegensätze miteinander aus.*

Als sie später in der engen, schwankenden Koje des Schiffes lagen und sie schließlich ihre Hand auf seinen schweißnassen Rücken legte, fragte sie sich, ob sie nicht etwas versäumt hatte, weil sie in ihrem Leben nur so wenige Männer geliebt hatte.

Die nächsten Tage verliefen ereignislos, wofür Leo dankbar war. Sie telefonierte mit Hauptkommissar Plate, der noch ein paar Fragen zu einzelnen Mitgliedern der Theatergruppe hatte und außerdem zugeben mußte, weder dem Motiv noch dem Mörder auch nur einen Schritt näher gekommen zu sein.

Nach dem Aufstehen drehte sie barfuß ihre Runden im Garten, eine Tasse mit Milchkaffee in der Hand. Das feuchte Gras beruhigte ihre Nerven, und sie blieb so lange draußen, bis ihre Tasse leer und die Füße rot und kalt waren. Vormittags hatte sie zwei oder drei Patienten, dann ging sie mit Schakal hinauf in den Wald. Es waren warme und trockene Tage, und sie genoß sogar die Spaziergänge über die schattigen Wege zwischen den Fichtenschonungen, wo es sonst feucht und dunkel war. Die Sonne hatte sich auch hier durch das dichte Nadelgehölz gedrängt und den Boden erwärmt. Leo konnte sich nicht daran erinnern, schon einmal im Sauerland so viele sonnige Tage erlebt zu haben.

Sie öffnete die Türen und Fenster ihres Hauses und ließ Licht und Sonne hinein. Das Badezimmer in der oberen Etage war immer noch eine Baustelle. Sie kam mit dem Verkleben der Fliesen nur langsam voran. Die Unebenheiten der Wände mußten ausgeglichen werden, eine Arbeit, die Leo weit weniger Spaß machte als das Hantieren mit den neuen Fliesen. Außerdem entwickelte sie bei handwerklichen Tätigkeiten den Ehrgeiz, sie möglichst ordentlich zu machen – ein Aspekt, den sie bei allen anderen Arbeiten im Haushalt vernachlässigte.

Eines Nachmittags kam ihre Freundin Gisela zu Besuch. Kurz vorher hatte sie angerufen und angekündigt, sie wolle etwas Wichtiges mit Leo besprechen. Als sie kam, setzten sie sich draußen in den Garten, und Leo war vom Anblick ihres orangefarbenen Batikkleides geblendet.

Dann kramte Gisela in ihrer riesigen Basttasche und holte einen Brief hervor.

»Ein Liebesbrief?« Leos Frage war eigentlich nicht ernst gemeint.

»Woher weißt du das?« Gisela hielt in der Bewegung inne, mit der sie den Umschlag durch die Luft geschwenkt hatte.

»Du willst mir tatsächlich einen Liebesbrief bringen?« fragte Leo amüsiert. Aber Gisela war nicht zu Scherzen aufgelegt.

»Der Brief ist an meinen Mann adressiert. Aber bevor du auf falsche Gedanken kommst – Jochen hat ihn mir gegeben.«

Sie reichte Leo den aufgerissenen Umschlag.

Der Brief bestand lediglich aus einigen computergeschriebenen Zeilen: *Lieber Jo, ich habe mich gefreut, deine Bekanntschaft zu machen.* Dann folgten einige Komplimente über Jochens Aussehen. *Ich würde dich gerne wiedersehen. Du kannst dich bei Richard über mich erkundigen, wenn du neugierig bist! Ich warte auf deinen Anruf!* Am Schluß folgte handschriftlich eine Telefonnummer, dick unterstrichen, und zuletzt die Unterschrift, groß und schwungvoll: *Dein Andrea.*

Leo starrte sekundenlang auf die Unterschrift und sah dann ihre Freundin an.

»Du denkst, es ist *der* Andrea?« Gisela nickte ungeduldig.

»Es gibt ja wohl nicht allzu viele Männer, die Andrea heißen.«

Leo sah schweigend auf das Blatt in ihrer Hand und versuchte zu verstehen.

»Du weißt, daß Jochen nicht schwul ist«, sagte Gisela.

»Und warum bekommt er dann so einen Brief?«

»Jochen hat erzählt, daß er vor einiger Zeit mit ein paar Freunden im Roi gewesen ist – das ist nämlich das einzige

Lokal, was abends länger geöffnet hat. Dort hat er Richard Schwartpaul in Begleitung von Andrea getroffen. Die beiden haben sich flüchtig begrüßt – Jochen und Richard kennen sich ja kaum. Zwei Tage später hat Jochen diesen Brief bekommen. Er konnte nichts damit anfangen und hat ihn irgendwo hingelegt und vergessen. Aber dann ist Andrea ermordet worden.«

»Und er hat der Polizei von dem Brief erzählt?«

Gisela hatte einen hektischen roten Fleck am Hals, der sich weiter ausbreitete.

»Jochen ist nicht schwul«, wiederholte sie, »und er wollte nichts mit dieser Sache zu tun haben.«

»Also ist er nicht zur Polizei gegangen.«

Gisela nickte. »Aber ... er überlegt es sich. Und ich wollte dich fragen, was du davon hältst.«

»Natürlich soll er zur Polizei gehen. Jeder Hinweis ist wichtig.«

»Du hast recht. Andererseits weiß ich nicht, was so ein alberner Brief zur Aufklärung des Mordes beitragen sollte. Und Jochen ist Unternehmensberater, da genügt schon ein winzig kleiner Verdacht, und schon gehen seine Kunden zur Konkurrenz.« Mit veränderter Stimme fuhr Gisela fort:

»Andrea hat offenbar eine ganze Menge Dinge gemacht in seinem kurzen Leben, an die andere Menschen gar nicht zu denken wagen.« Sie steckte den Brief entschlossen in die Tasche zurück. »Und er hat eine ganze Menge Menschen damit ziemlich fertiggemacht. Man soll ja nichts Böses über Tote sagen. Aber dieser kleine schwule Fixer hätte in seinem Leben wahrscheinlich noch mehr Unheil angerichtet, wenn er nicht ...« Giselas Stimme wurde lauter, und sie ließ den Satz unvollendet.

»Er war nicht schwul, und er hat auch keine Drogen genommen«, sagte Leo. »Es ging ihm ums Geld. Vielleicht auch um Macht, um Abenteuer.«

»Aber er hatte doch Geld«, protestierte Gisela. »Jede Menge! Sein Vater bekommt die dicksten Aufträge im ganzen Märkischen Kreis, wenn es darum geht, öffentliche Gelder zu verbauen! Und ich frage mich wirklich, ob das alles mit rechten Dingen zugeht.«

Das war wieder ein anderes Thema, über das Leo gerade nicht reden wollte. Die Geschäfte von Robert Merschmann waren ihr gleichgültig. Die Verstrickung von Macht, Geld und Politik war in ihren Augen in höchstem Maße unmoralisch, aber sie konnte sie nicht lösen, sondern sich nur davon fernhalten. Sie versuchte es mit einer psychologischen Erklärung:

»Vielleicht waren sich Vater und Sohn ja sehr ähnlich. Beiden ging es um Geld und Abenteuer. Es ist schwierig, heute noch etwas wirklich Aufregendes zu erleben, und Geld ist das letzte Abenteuer, das es noch gibt.« Dazu fiel Gisela kein Kommentar mehr ein. Statt dessen mußte Leo ihr versprechen, dem Kommissar in Lüdenscheid nichts von dem Brief zu erzählen, sondern dies ihrem Mann zu überlassen.

Schakal tauchte mit verdreckter Schnauze aus der hintersten Gartenecke auf und warf sich neben Leos Stuhl. Er legte den Kopf flach auf die Erde und seufzte laut. Leo fiel noch eine Zeile des Briefes ein: »Du kannst dich bei Richard erkundigen.« Dabei hatte Richard beteuert, Andrea nicht näher zu kennen. Einer von beiden hatte gelogen.

Sie erzählte ihrer Freundin von ihrem Gespräch mit Richard, und es stellte sich heraus, daß Gisela schon lange etwas in diese Richtung vermutet hatte. Im Verlauf des Nachmittags beleuchteten sie die unlösbaren Probleme von homo- und heterosexuellen Beziehungen von allen Seiten und schwiegen schließlich erschöpft.

»Das Leben kann ziemlich anstrengend sein«, bemerkte Leo und kraulte ihren Hund hinter den Ohren.

»Stimmt«, sagte Gisela und betrachtete neidisch den zufrieden schnaufenden Schakal. »Und manchmal möchte ich ein Hund sein.«

11

Das Schulfest, das einmal im Jahr von der Schülervertretung des Gymnasiums organisiert wurde, war im Lauf der Zeit immer mehr zu einem beliebten Elterntreffpunkt geworden, zu einem gesellschaftlichen Ereignis, bei dem man zwanglos Kontakte pflegen konnte zu Leuten, denen man nicht gerade zufällig auf der Straße begegnete.

Auch in diesem Jahr würde Leo ihre Nichte wieder begleiten, in Vertretung ihrer Schwester Ingeborg, die für Feste keine Zeit hatte. Leo verpackte ihren selbstgebackenen Marmorkuchen sorgfältig in Alufolie. Sie wußte, daß ihre Nichte ihr mangelndes Umweltbewußtsein beklagen würde, aber es gab keine andere Transportmöglichkeit für einen Kuchen in ihrem Haushalt. Außerdem siegte mal wieder ihre Bequemlichkeit über den Schutz der Umwelt.

Dann holte sie Jennifer von zu Hause ab. Ihre Nichte hatte sich fein gemacht: sie trug ein enges rosafarbenes Oberteil, das obendrein noch fast transparent war und den Bauchnabel freiließ. Dazu Hosen mit extrem weiten Beinen und Turnschuhe mit hohen Plateausohlen.

»Das tragen alle«, sagte Jenny beim Einsteigen und hatte damit den Blick ihrer Tante richtig gedeutet.

»Kann man denn in den Schuhen überhaupt laufen?« fragte Leo und kam sich ziemlich tantenhaft vor. »Natürlich.« Jenny hob schwungvoll einen ihrer schweren Füße in Augenhöhe und betrachtete liebevoll das monströse Schuhwerk.

»Du scheinst ja dein ganzes Taschengeld für Kleidung auszugeben.« Leo konnte sich die Bemerkung einfach nicht verkneifen. Immer wenn sie ihre Nichte traf, schien sie von Kopf bis Fuß neu eingekleidet zu sein. Und das bei einer Mutter, die fast krankhaft sparsam war.

»Och, das ist alles gar nicht so teuer. Ich hab da meine Beziehungen.«

»Was meinst du damit?«

Jennifer sah plötzlich interessiert aus dem Fenster, während Leo von der Hauptstraße abbog.

»Ein Junge aus meiner Klasse hat einen Onkel, und der kann günstig an Schuhe und Klamotten herankommen. Er hat, glaube ich, einen Großhandel oder so.«

»Aha, oder so«, wiederholte Leo vielsagend.

»Vielleicht kann dieser Junge mir ja auch mal preiswert etwas besorgen«, meinte Leo leichthin. Ihre Nichte schüttelte den Kopf. »Nee, bestimmt nicht, der hat nur Klamotten für uns, nichts für Erwachsene.«

»Schade.« Leo spürte, daß Jennifer log. Es gab keinen Onkel mit Beziehungen zur Bekleidungsindustrie, ihre Nichte mußte auf einem anderen Weg an ihre teuren Kleidungsstücke kommen. Aber es hatte wenig Zweck, in diesem Augenblick eine Diskussion darüber anzufangen. Sie waren vor der Schule angekommen.

Im Foyer saßen Eltern und Schüler an zusammengeschobenen Schultischen mit weißen Papiertischdecken.

Leo packte ihren Kuchen aus und stellte ihn zu den anderen Backwerken. Jennys Bedenken, daß in diesem Jahr wegen des Mordfalls vor einigen Wochen niemand kommen würde, waren unnötig gewesen. Im Gegenteil, Leo hatte das Gefühl, noch nie ein so gut besuchtes Schulfest erlebt zu haben.

Da die Hälfte aller Einnahmen an ein Kinderkrankenhaus in Rumänien ging, folgte Leo ihrer Nichte in deren Klassenraum, um Geld auszugeben. Sie kaufte jede Menge Lose bei einer Tombola und gewann leider einen aus Kupfer gehämmerten Aschenbecher und ein winziges Fußballtrikot von Borussia Dortmund. Dann überließ sie Jenny ihren kichernden Mitschülerinnen und machte sich auf die Suche nach Paul.

Sie fand ihn hinter der Kuchentheke, wo er gerade mit einer blonden Oberstufenschülerin herumalberte.

Leo suchte sich Käsekuchen mit Sahne aus und bemerkte dabei, daß von ihrem Marmorkuchen erst zwei Stücke fehlten.

Paul fragte: »Hat dich deine Nichte wieder mitgeschleift? Ihre Eltern haben wohl nie Zeit.«

Leo zuckte die Schultern. »Sie haben viel zu tun.«

»Sicher. Sie müssen wahrscheinlich das Haus abbezahlen und den neuen Mercedes, und die Tochter braucht neue Designerklamotten. Dann hat man natürlich keine Zeit mehr, um einen Kuchen zu backen und ein paar Lose zu kaufen.«

Leo goß sich aus einer der Thermoskannen einen Kaffee ein. Sie erinnerte sich an die vielen Diskussionen mit Paul, bei denen es immer um den Zerfall der Familie und um die soziale Ungerechtigkeit in der Welt gegangen war. Letztendlich hatte sie ihm meistens recht gegeben.

Auf der Suche nach einem freien Platz ging sie durch die

Tischreihen und bemerkte, daß die Schuldirektorin Annemarie Ehlert in ein lebhaftes Gespräch mit Gemeindedirektor und Bürgermeister verwickelt war. Angeblich war das Verhältnis zwischen den Dreien angespannt. Das Schulamt lehnte die Anträge der Direktorin auf Erneuerung von Mobiliar und neuen Medienräumen ab, mit dem Hinweis auf leere Kassen. Aber Frau Ehlert war eine energische Frau, die nicht so schnell aufgab. Und da viele einflußreiche Bürger einen Sohn oder eine Tochter am Städtischen Gymnasium hatten, konnte der Gemeindeverwaltung der Zustand der Schule nicht ganz gleichgültig sein. Außerdem pflegte Annemarie Ehlert ihre guten Beziehungen zur Presse einzusetzen – sie focht ihre Kämpfe gerne öffentlich aus, was auch nicht allen städtischen Vertretern recht war.

Ein paar Stühle weiter entdeckte Leo den größten Reisebusunternehmer des Sauerlandes und daneben den Inhaber einer Fabrik für Elektrogeräte, den Besitzer der Großbäckerei und den Leiter der Volksbank. Auch sie waren in ein intensives Gespräch vertieft, bei dem es vermutlich, trotz Schulfest, um Geld und Geschäfte ging.

Beate Engelmann, eine junge Lehrerin für Sport und Geschichte, von der sie sich manchmal zum Joggen überreden ließ und die ab und zu Schakal in ihre Obhut nahm, nickte zu ihr herüber. Sie saß neben dem Konrektor des Gymnasiums, sprach aber offenbar nicht mit ihm, sondern mit einer Mutter, die ihr gegenübersaß und ein sorgenvolles Gesicht machte.

Der Konrektor beugte sich tief über seinen Teller und aß konzentriert seinen Kuchen. Clemens Schulte war ein magerer Mann mit einem nicht zu seinem Körper passenden runden Gesicht, das er mit einer unförmigen Brille noch weiter verunstaltet hatte. Paul hatte ihn als schweigsamen Einzelgänger geschildert, der sich aus allen Diskussionen heraushielt. Sein Lebensinhalt schien allein die penible Organisation des Schulalltags zu sein.

Als Paul sich mit einer Tasse Kaffee in der Hand zu ihr setzte, leerte sich das Foyer allmählich. Draußen auf dem Schulhof fand als Höhepunkt des Festes eine Modenschau statt – über einen improvisierten Laufsteg schlenderten lässig die aufgeputzten Schüler, so wie sie es hundertmal im Fernsehen gesehen hatten, dazu dröhnte laute Diskomusik.

»Warum dreht sich eigentlich alles nur noch darum, welche Klamotten ich anhabe?« Paul sah auf den Schulhof hinaus und drehte sich dann wieder zu Leo um.

»Das ist eben der Geist der Zeit. Schön und reich muß man heute sein. Oder alles versuchen, um es zu werden.«

»Alles versuchen?« Paul lachte auf. »Wie sollte das denn aussehen? Kein Schüler will sich noch mit irgend etwas abquälen. Alles muß schnell gehen und bequem sein. Keine Kämpfe, keine Probleme, keine Fragen. So sieht das heute aus. Hauptsache, der Mercedes steht irgendwann vor der Tür.« Paul war wieder bei seinem Lieblingsthema. Leo betrachtete verstohlen sein Profil. Es war hart geworden in den letzten Jahren. Aber es stimmte, auch sie war davon überzeugt, daß die Menschen sich treiben ließen an der Oberfläche einer ihnen immer unbekannter werdenden Welt.

Wenn man innere Freiheit erlangt, spielt der äußere Rahmen kaum noch eine Rolle für das Wohlergehen.

Nur noch wenige Eltern saßen an den langen Tischreihen. Auch die Honoratioren waren verschwunden. Paul fing an, mit Hilfe von zwei Schülerinnen Teller und Tassen einzusammeln. Auch Leo verließ das Foyer. Draußen sah sie ihre Nichte dicht neben dem Laufsteg stehen und begeistert klatschen. Sie würde ihre Tante nicht vermissen und später die zwanzig Minuten zu Fuß nach Hause gehen.

Der Anruf erreichte Leo, als sie in der Badewanne lag und intensiv darüber nachdachte, was sie zur Geburtstagsfeier des Barons von Velenburg anziehen sollte. Er wurde zweiundachtzig Jahre, und sie war – wie schon in den letzten Jahren – auf sein Schloß in Wocklum eingeladen.

Das Telefon war wie immer nicht in Reichweite. Obwohl sie sich endlich von ihrem alten Apparat getrennt und sich ein schnurloses Gerät angeschafft hatte, mußte sie sich erst einmal an diese neue Bequemlichkeit gewöhnen.

Der Anrufbeantworter sprang an, und Leo hörte undeutlich Pauls Stimme. Sie kletterte aus der Wanne und wickelte sich in ein Badetuch. Er hatte schon aufgelegt, als sie den Hörer abnahm, und sie hörte den Anrufbeantworter ab. »Leo, ruf bitte sofort zurück. Es ist etwas ... passiert. Es gibt noch einen Toten.« Es folgte eine Pause, dann wurde der Hörer aufgelegt.

Leos Beine fühlten sich plötzlich weich und gefühllos an, und sie ließ sich neben dem Telefon auf den Boden gleiten. Ihre nasse Haut wurde schlagartig kalt, und ihre Zähne fingen an zu klappern. Mit klammen Fingern griff sie zum Hörer und wählte Pauls Nummer. Er war sofort am Apparat.

»Wer ist der Tote?«

»Clemens Schulte.«

»Euer Konrektor?«

»Ja. Ich dachte, du erfährst es besser von mir als aus der Zeitung.«

Leo sah einen krummen Rücken in einem schlecht sitzenden Jackett vor sich und ein rundes Gesicht, das sich über einen Kuchenteller beugte. Ein magerer, kleiner Mann, mit dem niemand gesprochen hatte.

Mit belegter Stimme fragte sie: »Wie ist es passiert?«

»Man hat ihn heute mittag gefunden. In der Reckenhöhle. Ein junges Pärchen hat die Leiche entdeckt. Der Wärter hat dann die Polizei geholt.«

Leo fror. Sie mußte die Informationen erst in ihrem Kopf ankommen lassen. In der Reckenhöhle. Schon wieder eine Höhle.

»Mein Gott«, sagte sie. »Wie ist er denn gestorben?« Ihr fiel plötzlich ein, daß man auch in Höhlen eines natürlichen Todes sterben konnte. An einem Herzinfarkt etwa. Clemens Schulte war im passenden Alter gewesen.

»Er wurde ermordet. Mehr weiß ich nicht. Die Polizei hat nur mit der Direktorin gesprochen.«

Leos Zähne klapperten. »Paul, ich friere. Ich lege jetzt auf. Danke, daß du mich angerufen hast.« Benommen ging sie zurück ins Badezimmer. Sie ließ mehr heißes Wasser nachlaufen und rutschte so tief in die Wanne, daß sie gerade noch Luft bekam.

Clemens Schulte, ein verschrobener Einzelgänger, den niemand richtig gekannt hatte. Ermordet in einer Höhle. Andrea Merschmann und Clemens Schulte. Schüler und Lehrer. Gab es einen Zusammenhang? Aber was konnte diese beiden Opfer, die verschiedener nicht sein konnten, miteinander verbunden haben? Oder war der Mörder ein Psychopath, der seine Opfer in einer Höhle umbringen mußte, um seine Befriedigung daraus zu ziehen? Und warum war Clemens Schulte in der Reckenhöhle gewesen? Hatte er sich die Tropfsteine ansehen wollen? Oder war der Konrektor ein heimlicher Höhlenforscher gewesen?

Leo stieg aus der Wanne. Sie fragte sich, ob die Nachricht bereits das Schloß des Barons erreicht hatte.

Die Lampions im Schloßpark schimmerten schwach in der Dämmerung. Leo überquerte die kleine Brücke über dem Graben und betrat wenig später die Eingangshalle.

Die Geburtstage des Barons von Velenburg waren die gesellschaftlichen Höhepunkte von Balve. Natürlich wußte jeder, daß die eigentliche Feier mit Familie und einflußreichen Gästen bereits in Düsseldorf stattgefunden hatte, wo der Baron seinen zweiten Wohnsitz besaß, aber das tat der Bedeutung des Festes keinen Abbruch. Auch der gewaltsame Tod des Konrektors hatte daran nichts geändert – die Halle war bereits gefüllt mit festlich gekleideten Menschen. Trotz der milden Temperatur dieses Sommerabends loderte ein Feuer im Kamin und beleuchtete die dunklen Ahnenbilder an den Wänden.

Die Nachricht vom Mord in der Reckenhöhle war Leo, wie sie erwartet hatte, bereits vorausgeeilt. Die Gesprächsfetzen, die Leo aufschnappte, als sie mit ihrem Glas durch die Menschengruppen schlenderte, handelten von nichts anderem.

Von der hohen Decke der Halle hing ein riesiger Kronleuchter mit Hunderten von Glasprismen, in denen sich jetzt das Licht der Kerzen und des Kaminfeuers spiegelte. Sie mußte an Paul denken und an ihr Telefongespräch vor wenigen Stunden und wünschte sich heftig, er wäre jetzt hier und sie könnten miteinander reden. Aber er gehörte nicht zum auserwählten Freundeskreis des Barons oder zu den einflußreichen Personen aus der Geschäftswelt.

Leo wußte, daß sie ihre Einladung zum einen ihrem Doktortitel und zum anderen dem Umstand zu verdanken hatte, daß sie vor langer Zeit eine Nacht am Bett des

Barons gewacht hatte. Er war damals mit einem komplizierten Knöchelbruch ins Krankenhaus eingeliefert worden, sie hatte Nachtdienst gehabt, und sie hatten sich lange unterhalten. Leo hatte den Baron sogar in ihre Pläne eingeweiht, eine Akupunkturpraxis zu eröffnen, und er hatte Interesse gezeigt und ihr Glück gewünscht.

»Schön, daß Sie gekommen sind.« Der Baron berührte Leos Ellbogen und nahm ihr das leere Glas ab. »Entschuldigen Sie mich einen Moment, ich komme sofort wieder.« Sie sah der schlanken Gestalt mit den weißen Haaren nach, die sehr aufrecht durch die Reihen der Gäste ging. Es war schwer vorstellbar, daß dieser Mann heute zweiundachtzig Jahre alt wurde. Auch das Altern findet im Kopf statt, dachte Leo, und der Baron hatte dem Gedanken daran offenbar bisher keinen Raum gegeben.

Als er mit zwei gefüllten Gläsern zurückkam, sagte sie: »Es ist schrecklich, daß es schon wieder einen Toten gibt.«

»Und ausgerechnet an meinem Geburtstag«, erwiderte der Baron und überreichte ihr eines der Gläser. »Aber man kann sich nicht aussuchen, wann und wie man stirbt«, fügte er hinzu. Damit schien das Thema für Baron von Velenburg beendet zu sein. »Sie sehen wunderbar aus!« Er hob sein Glas und sah Leo lächelnd an.

»Sie auch«, sagte Leo und meinte es auch so.

Ihre Plauderei wurde von Bernhard Stahlschmidt unterbrochen, der sichtlich froh war, mit Leo eine alte Bekannte zu treffen. Der Baron machte noch ein galantes Kompliment, bestellte Grüße an ihren Schwiegervater und ließ sie mit ihrem ehemaligen Kollegen allein.

»Unser charmanter Adlige scheint eine Vorliebe für Mediziner zu haben«, meinte Bernhard gut gelaunt. »Du bist hier, ich bin hier, und mein Chefarzt, der auch mal der deine war, ist leider auch hier.«

Leo würde aufpassen müssen, ihm nicht plötzlich gegenüberzustehen. Es gab absolut nichts, worüber sie mit ihm hätte reden wollen. Mit Bernhard dagegen konnte sie gut über die Motive spekulieren, die zu dem neuen Mord geführt haben könnten. Sie mußten beide jedoch schnell feststellen, daß ihnen bei diesem Opfer eigentlich kein einziges plausibles Motiv einfiel.

»Vielleicht ein Schüler, der sich für seine schlechten Noten rächen wollte«, sagte Bernhard zweifelnd. »Oder ein Verrückter, der in Höhlen seinen Opfern auflauert und sie ersticht.« Auf diesen Gedanken war Leo auch schon gekommen.

»Und warum in Höhlen?«

»Er braucht dieses Gefühl der Enge. Und die Dunkelheit. Der Täter ist traumatisiert – ein schreckliches Erlebnis kurz vor der Geburt, als er sich noch im Mutterleib befand.«

»Das ist nicht dein Ernst.«

»Nein«, sagte Bernhard, »natürlich nicht.«

Dann wechselten sie das Thema, und Bernhard erzählte ihr den neuesten Klatsch aus dem Krankenhaus. Leo hörte mit Interesse zu, trotzdem war sie froh, nicht mehr dazuzugehören.

Die innere Unabhängigkeit bestimmt die Qualität des Alltags.

Während Bernhard redete, hatte Leo Zeit, ihn zu betrachten. Sein Weg zum Posten des Chefarztes schien anstrengend zu sein. Bernhard hatte einen unruhigen Blick und fuhr sich ständig mit der Hand in den Hemdkragen.

»Kann es sein, daß du zuviel arbeitest?« fragte sie schließlich.

»Ich arbeite gerne. Außerdem wüßte ich gar nicht, was ich sonst tun sollte.«

Als Leo schwieg, fuhr er fort. »Es gibt natürlich Ausnahmen. In zwei Wochen fliege ich in ein sehr teures Hotel an der Amalfi-Küste. Dort werde ich den ganzen Tag essen und Golf spielen.« Er sah Leo an, als erwarte er Proteste.

Aber Leo zuckte nur die Schultern. »Hört sich doch ganz gut an. Vielleicht etwas langweilig.«

»Mir ist es aufregend genug.«

Italien war ein gutes Gesprächsthema, und Leo vergaß für eine Weile den neuen Schrecken, den dieser Tag gebracht hatte.

Gegen Mitternacht verabschiedete sich Leo vom Baron, der sie herzlich an sich drückte, und war dankbar, daß Bernhard sie nach Hause brachte. Er blieb vor der Gartentür stehen und wartete noch, bis sie die Haustür aufgeschlossen hatte. Der Hund begrüßte sie stürmisch, und sie war zu müde, um Angst vor ihrem leeren Haus zu haben.

12

Als Markus Baumann sie anrief und fragte, ob sie ihn mit Hilfe der Akupunktur von seiner Nikotinsucht erlösen könne, war sie so überrascht, daß sie einfach ja sagte und ihm einen Termin gab.

Ausgerechnet heute, einen Tag nach dem zweiten Höhlenmord, würde Markus in die Praxis kommen. Leo war nervös und hoffte, daß man es ihr nicht anmerken würde. Aber es war auch das erste Mal, daß sie einen Patienten behandelte, mit dem sie vor ein paar Tagen geschlafen hatte. Sie bereute ihre voreilige Zusage, aber jetzt war es zu spät, sie rückgängig zu machen.

Sie begrüßten sich mit einem Händedruck, und Leo führte den Anwalt, der ihr plötzlich sehr fremd erschien, in den Behandlungsraum. Es war früher Nachmittag und die Sonne schien durch die Jalousien vor den hohen Fenstern und zeichnete helle Streifen auf die schwarze Liege und den Holzfußboden.

»Ziemlich sparsam möbliert«, bemerkte Markus in lokkerem Plauderton. Leo ging nicht darauf ein.

»Ich weiß nicht, ob dir klar ist, daß wir erst einmal ein ausführliches Gespräch über deinen Gesundheitszustand und über deine Lebensgewohnheiten führen müssen, wenn eine Behandlung sinnvoll sein soll.« Ihre Stimme klang schroffer, als sie beabsichtigt hatte.

»Ehrlich gesagt, glaube ich nicht, daß mir Gespräche helfen können. Ich rauche zuviel. Außerdem habe ich im Moment ziemlich starke Kopfschmerzen.« Sein Tonfall war sachlich. »Und ich dachte, du könntest mir helfen.«

Markus zog die Anzugjacke aus, unter der er ein weißes T-Shirt trug. Er hatte die helle Haut der Rothaarigen, seine Arme waren mager und muskulös zugleich. Leo bemerkte die dichten blonden Haare auf seiner Haut, und die heiße Koje des Segelschiffes schob sich in ihre Gedanken. Sie versuchte, sich auf ihre Arbeit zu konzentrieren, öffnete die Glasbehälter, in denen sich die Akupunkturnadeln befanden, und ärgerte sich, als sie merkte, wie ihr der Schweiß ausbrach. Wir wollen die Sache nicht dramatisieren, dachte sie.

Sie entnahm einem der Behälter eine Packung mit fünf Nadeln der mittleren Stärke.

»Gib mir bitte deine Hand.«

»Wieso meine Hand?« Markus zog übertrieben überrascht die Augenbrauen hoch. »Ich denke, es geht um meine Lunge?«

Leo bereute es, ihre Einwilligung zu dieser Behandlung gegeben zu haben, und haßte sich wegen ihrer Unfähigkeit, klar und deutlich nein zu sagen. Sie holte tief Luft und nahm eine der Nadeln aus der sterilen Hülle.

»Ich werde erst einmal deine Kopfschmerzen behandeln. Dafür steche ich in einen Dickdarmpunkt oberhalb deines Daumens. Danach setze ich die Nadeln in verschiedene Punkte auf dem Blasenmeridian, dem längsten Meridian des Körpers. Er verläuft vom Augenwinkel über den Kopf, den Rücken und die Beine bis zum kleinen Zeh. Dann steche ich noch drei weitere Nadeln in die Ohren und eine zwischen die Augenbrauen.«

Markus Hand zuckte. »Hört sich schrecklich an.«

»Du wolltest es so«, sagte Leo trocken.

Sie tastete leicht mit der Nadel über die fleischige Stelle zwischen Daumen und Zeigefinger. »Sag mir bitte, wenn du an einer Stelle die Berührung stärker empfindest als an einer anderen.« Nach einigen Sekunden fand sie den Punkt und stieß die Nadel schnell und senkrecht in das Gewebe. Sie bewegte den dünnen Silberstift vorsichtig einige Millimeter auf und ab. »Spürst du etwas?«

»Es wird vielleicht etwas warm.« Markus Stimme klang weniger forsch als sonst. Der Anblick einer spitzen Nadel in seiner Hand, die sich wie in Butter rauf und runter bewegte, war wohl doch nicht das, was er erwartet hatte.

»Wenigstens blutet es nicht«, sagte er matt.

»Das kann noch kommen.« Leo mußte zum ersten Mal lächeln. »Und jetzt die anderen Punkte.« Sie setzte schnell und sicher die Nadeln in den äußeren Knorpel der Ohrmuschel und an der Nasenwurzel, dicht über der Augenbraue.

»Ich lasse dich jetzt alleine. Versuch, dich auf die Nadeln zu konzentrieren. Sie können Wärme auslösen, vielleicht kribbelt es auch, oder du empfindest ein leichtes Ziehen. Ich komme in zwanzig Minuten wieder.« Ehe Markus einen flotten Spruch abgeben konnte, hatte sie den Raum verlassen.

In der Küche goß sie sich aus der Thermoskanne einen Kaffee ein, setzte sich an den Tisch und versuchte, an nichts zu denken.

»Wie fühlst du dich?« fragte sie, als sie wieder in den Behandlungsraum trat.

»Gut.« Markus Stimme klang erstaunt. »Meine Kopfschmerzen sind tatsächlich weg.«

»Du bist offenbar ein Beispiel dafür, daß man nicht unbedingt an die Wirkung von Akupunktur glauben muß, um geheilt zu werden«, sagte Leo und freute sich insgeheim über den Erfolg, mit dem sie nicht unbedingt gerechnet hatte.

»Ich komme wieder, wenn ich darf.« Markus erhob sich von der Liege. »Was ich noch sagen wollte ...« Er zog umständlich seine Anzugjacke an. »Der Tote in der Höhle, dieser Konrektor, war nicht ganz so lupenrein, wie alle glauben. Beim Prozeß gegen Robert Merschmann wurde auch sein Name erwähnt, aber aus irgendeinem Grund hat man keine Klage gegen ihn erhoben. Auf jeden Fall war er verwickelt in Spekulationen um Grundstücke, um Wohnungskauf und Verkauf.«

»Oh«, sagte Leo, der nichts anderes dazu einfiel. Der Schein trog, wie so oft. »Hast du das schon der Polizei erzählt?«

»Ehrlich gesagt wollte ich das vermeiden. Aus dem einzigen Grund, weil ich keine Zeit dazu habe, mich in diese Geschichte verwickeln zu lassen. Aber ich hätte nichts dagegen, wenn du deine guten Beziehungen zu Kommissar Plate nutzen und ihm von den Aktivitäten des jüngsten

Opfers berichten würdest, vielleicht dient es ja der Wahrheitsfindung.«

Leo nickte stumm. Sie hatte plötzlich das Gefühl, daß Markus Baumann immer einen bestimmen Grund hatte, sich mit ihr zu treffen, der nichts mit ihrer weiblichen Anziehungskraft zu tun hatte. Aber sie wollte nicht weiter darüber nachdenken. Ihr Bedarf an Geheimnissen und Aufregungen war im Augenblick gedeckt.

Die Luft an diesem Morgen war klar und kühl. Über dem Ort und der runden Kuppel der Kirche lag noch ein Dunstschleier. Leo stand im Bademantel am Herd und stellte die kleine Espressomaschine auf die Platte. Als der Kaffe gurgelnd nach oben gestiegen war, nahm sie die Kanne vom Herd und goß die schwarze Flüssigkeit in eine große Tasse. Sie schüttete heiße Milch dazu und rührte noch einen Löffel Zucker hinein.

Dann ging sie mit der Tasse hinaus in den Garten. Wie immer um diese Zeit war das Gras noch feucht. Hinter den beiden hohen Fichten versuchte die Sonne sich ihren Weg durch den Morgennebel zu bahnen.

Beim Anblick der beiden kräftigen Bäume fiel Leo ein, daß sie irgend etwas unternehmen mußte – die Fichten waren in den letzten Jahren mit unglaublicher Geschwindigkeit gewachsen und hatten eine Höhe erreicht, die Leo ihnen nie zugetraut hätte. »Wenn ihr mir die Sonne wegnehmt, muß ich mich leider wehren«, murmelte sie.

Nachdem sie den Küchentisch wieder einmal von Schakals Haaren befreit und ihn auf seine portugiesische Müllhalde zurückgewünscht hatte, breitete sie die Bücher und Broschüren aus, die sie sich in der Stadtbücherei und im Rathaus besorgt hatte.

Es gab genug Informationsmaterial zum Thema Höhlen, und Leo hatte die Qual der Wahl gehabt. Über hundert Höhlen – mit und ohne Tropfsteinen – waren im Sauerland registriert. Unter dem Stichwort »Tropfstein« las sie: zapfenförmige Gebilde, die in Höhlen des Karstes entstehen. Kalkreiches Wasser tropft aus Gesteinsfugen. Infolge der Verdunstung bildet der Kalk auf dem Höhlenboden stehende Stalagmiten und von der Decke hängende Stalaktiten aus.

Es war mühsam und anstrengend, die Bücher zu lesen – wahrscheinlich, weil sich Leo bei der Lektüre langweilte. Aber sie las weiter – vielleicht entdeckte sie ja irgendwo in den Texten ein Motiv, warum der Täter zum Höhlenmörder geworden war.

Die meisten Informationen über die Balver Höhle waren ihr bekannt. Es gab im Ort ein Heimatmuseum mit einer umfangreichen Ausstellung von Funden aus der Steinzeit – Werkzeuge, Knochen, Bärenschädel und Mammutzähne.

Sie hatte jedoch nicht gewußt, daß die Höhle während des Krieges eine Produktionsstätte für Waffen gewesen war, in der hauptsächlich Kriegsgefangene gearbeitet hatten. In einem der Bücher, die ihr Eva Eckart herausgesucht hatte, fand sie ein altes Schwarzweißfoto, das während des Krieges aufgenommen worden war. Es zeigte den zugemauerten Eingang der Höhle, die nur noch durch ein schmales Tor betreten werden konnte. Hinter der Mauer, im feuchten Höhlengewölbe, hatten die Gefangenen für die deutsche Rüstung geschuftet.

Nach dem Krieg hatten die amerikanischen Besatzungstruppen die Höhle sprengen wollen, doch im letzten Moment hatten einige Wissenschaftler ihre Zerstörung verhindert. Leo legte das Buch nachdenklich aus der Hand.

Konnte hier ein Motiv verborgen liegen? Eine späte Rache? Weder Andrea Merschmann noch Clemens Schulte hatten die Kriegszeit miterlebt, aber ihre Eltern und Großeltern. Gab es etwa einen Zusammenhang?

Dann griff sie zu einem Bildband über Tropfsteinhöhlen und betrachtete mit mäßigem Interesse die bizarren Formen von Stalagmiten und Stalaktiten. Warum hatte der Mörder sein Opfer in einer Tropfsteinhöhle getötet?

Sie blätterte sich durch »Die unterirdische Welt der Höhlen« und sah sich die bunten Farbseiten an. Die gezackten Säulen erinnerten sie an die mit Wachs überzogenen Weinflaschen, die in den sechziger Jahren einmal modern gewesen waren.

Sie dachte daran, wie sie als Kind einmal vor einem solchen Gebilde gestanden hatte und der Versuchung kaum widerstehen konnte, die zackige Spitze abzubrechen und mit nach Hause zu nehmen. Die Säulen hatten sich kühl und feucht angefühlt, und der Gedanke, mit einem solchen Stück Kalkstein viele Jahrhunderte tropfendes Wasser in greifbarer Form zu besitzen, war faszinierend gewesen. Aber sie hatte es nicht getan.

Diese Gedanken hatte sich der Mörder von Clemens Schulte nicht gemacht. Er war skrupelloser gewesen. Auf der Brust des Opfers hatte ein schlanker, gezackter Stalagmit gelegen. Allerdings war er nicht sehr tief eingedrungen, sondern auf dem Weg zum Herzen auf eine Rippe gestoßen und zerbrochen.

Bei der Obduktion stellte sich heraus, daß der Konrektor nicht an dieser Wunde gestorben war. Der Tod war nach zwei wuchtigen Schlägen auf den Kopf eingetreten, die ihm mit einem stumpfen Gegenstand zugefügt worden waren. Außerdem war er nicht an der Stelle umgebracht worden, wo man ihn gefunden hatte, denn die Polizei hatte Schleifspuren entdeckt.

Leo konnte sich das Entsetzen des jungen Paares vorstellen, das bei seiner Höhlenbesichtigung auf den Toten gestoßen war, der neben einem grünlich angestrahlten, meterhohen Stalagmiten gelegen hatte. Unter Schluchzen hatte die junge Frau später erklärt, sie und ihr Freund seien ohne Führung losgegangen, weil sie das romantischer gefunden hätten. Minutenlang hatten sie auf die ausgestreckte Gestalt gestarrt, ehe sie realisierten, daß dort tatsächlich eine Leiche lag.

Die Zeitungen überschlugen sich mit Berichten über den Höhlenmörder, der nun schon zum zweiten Mal zugeschlagen hatte. Der Verdacht, der Konrektor könne mit einem Stalagmiten erstochen worden sein, machte den neuen Mordfall zur Mediensensation.

Die Lokalredaktion der Westfalenpost wurde zum Anlaufpunkt für Journalisten aus dem ganzen Land, und das kleine Fachwerkhaus war dem Ansturm kaum gewachsen. Die enge Straße vor der Redaktion wurde von Übertragungswagen des Fernsehens blockiert, ebenso der Parkplatz vor der Reckenhöhle.

Journalisten versuchten die Bürger zu Mutmaßungen über die Motive des Höhlenmörders und zu Gefühlsäußerungen vor laufenden Kameras zu überreden. Aber die Bürger sagten nicht viel. Es herrschten Ratlosigkeit und Angst.

Die Schule wurde für zwei Tage geschlossen. Die Direktorin konnte ihre Medienwirksamkeit erneut unter Beweis stellen und wiederholte immer wieder, was auch die Polizei herausgefunden hatte: Es gebe keinerlei Hinweise auf den Täter, und der Tod des Konrektors sei allen ein völliges Rätsel.

Es war der schönste und wärmste Sommer, an den man sich im Sauerland erinnern konnte. Nach den heftigen Regenfällen des Frühlings, die die Talsperren bis zum Rand gefüllt hatten, wärmte die Sonne jetzt sogar die moosbewachsene Erde in den dunklen Fichtenschonungen.

Die Campingplätze an den Stauseen füllten sich, und sogar die Ferienhausvermieter hatten keinen Grund zur Klage – zum ersten Mal seit Jahren. Die meisten Besucher kamen wie immer aus dem Ruhrgebiet und aus Holland. Aber es war anders als früher, denn kaum noch jemand blieb länger als eine Woche, dann waren die touristischen Attraktionen der Sauerländer Endmoräne offenbar erschöpft.

Das hatte zur Folge, daß viele, die in den Tourismus investiert hatten, keine Mieter mehr fanden. Trotzdem mußten die Bankkredite für die Touristenappartements gezahlt werden. Es war keine gute Zeit für den Schreinermeister aus Iserlohn oder Balve, der sich als Investor versucht und in Langscheidt eine Ferienwohnung gekauft hatte, die nun leer stand.

Zu den glücklosen Spekulanten hatte auch Konrektor Clemens Schulte gehört. Nach seinem Tod stellte die Kriminalpolizei schnell fest, daß das Haus, in dem er mit seinen Eltern lebte, hoch belastet war und eigentlich schon der Bank gehörte. Sein Vater hatte sich zunächst geweigert, über die mißglückten Immobiliengeschäfte seines Sohnes zu berichten. Als man ihm jedoch klarmachte, daß dieser Umstand eventuell zu seinem Tod geführt haben könnte, sagte er schließlich aus. Allerdings konnte die Polizei bei ihren Nachforschungen keine kriminellen Handlungen entdecken, in die Clemens Schulte verwickelt gewesen sein könnte. Alles hatte sich gerade noch im Rahmen der Legalität bewegt.

In Balve kochten die Gerüchte. Hatte sich Clemens Schulte Geld von irgendwelchen Finanzhaien geliehen und nicht zurückgezahlt? Hatte er eine Lebensversicherung abgeschlossen, um das Haus seiner Eltern zu retten und dann einen Berufskiller beauftragt?

Aber Clemens Schulte hatte nichts hinterlassen – außer einem wandhohen Regal mit Aktenordnern. Die beiden Zimmer, die er im Haus der Eltern bewohnt hatte, waren so kärglich eingerichtet, daß es sich nicht einmal gelohnt hätte, die Möbel einer gemeinnützigen Organisation zur Verfügung zu stellen.

Seine Mutter, die seit der Nachricht vom Tod ihres Sohnes den Fernseher Tag und Nacht laufen ließ, vergoß allerdings keine Tränen. Sie hatte in den letzten Jahren nur noch die allernötigsten Worte mit ihrem Sohn geredet. Clemens Schulte hatte es als selbstverständlich empfunden, daß seine vierundachtzigjährige Mutter täglich das Mittagessen auf den Tisch stellte, wenn er aus der Schule kam. Er hatte es schweigend gegessen und sich dann in seine beiden Zimmer zurückgezogen. Das Haus verließ er offenbar nur, um zur Schule zu fahren. Besuch bekam er nie.

Für Kollegen und Schüler war der Konrektor als Opfer des Höhlenmörders plötzlich interessant geworden, viel interessanter, als er es zu Lebzeiten jemals gewesen war. Auch seine glücklosen Wohnungskäufe sorgten für einigen Gesprächsstoff. Es war dennoch vorauszusehen, daß sich an Clemens Schulte bald niemand mehr erinnern würde.

13

Es war genau eine Woche her, daß man Clemens Schulte gefunden hatte, und Leo war sich ziemlich sicher, daß die Höhle wieder für die Touristen geöffnet war. Es war immerhin Hochsaison im Sauerland. Und obwohl inzwischen feststand, daß der Konrektor nicht in der Höhle, sondern an einem anderen, noch unbekannten Ort ermordet worden war, vermutete Leo einen Ansturm der Neugierigen auf den Fundort der Leiche. Sie mußte sich eingestehen, daß auch sie zu diesen Neugierigen gehörte. Allerdings entschuldigte sie sich damit, daß ihr Interesse beinah wissenschaftlich war und eventuell zur Aufklärung des Verbrechens beitragen konnte.

Die Reckenhöhle war keine zehn Autominuten entfernt. Leo fuhr langsam durch das Hönnetal. Zum einen, weil sie die enge Straße zwischen Felsen und Fluß mit den vielen Kurven fürchtete, nachdem sie einmal in finsterer Nacht fast in der Hönne gelandet wäre, zum anderen, weil überall Radarfallen auf Geschwindigkeitssünder lauerten.

Schon die Parkplätze vor dem Hotel und gegenüber vom Eingang der Höhle zeigten, daß sie mit ihrer Vermutung recht gehabt hatte – die Höhle war geöffnet und offensichtlich so gut besucht wie lange nicht mehr. Ein Mord ist eine gute Werbung, dachte Leo, während sie die Straße überquerte und auf den hölzernen Kiosk zuging, in dem man die Eintrittskarten kaufen konnte.

An der Kasse saß Herr Steinemann, den sie aus einem Computer-Kurs für Einsteiger im Informatikraum des Gymnasiums kannte. Er begrüßte sie freundlich, schien aber etwas überrascht zu sein.

Leos Blick fiel auf ein Plakat, das an der Kioskwand angebracht war: *Entspannung für Körper und Seele finden*

Sie hier – in feuchtigkeitsgesättigter Luft und in absoluter Ruhe.

»Der Zettel hängt da schon eine ganze Weile«, sagte Herr Steinemann. »Tropfsteinhöhlen sind nicht unbedingt der Renner bei den Touristen. Man muß also etwas tun.«

Er errötete verlegen, als ihm die Doppeldeutigkeit seiner Worte bewußt wurde, und fing an, einige Schlüsselanhänger in Stalagmitenform zu ordnen.

Leo gab sich einen Ruck. »Ich möchte gerne den Fundort der Leiche sehen.« Herr Steinemann hielt beim Sortieren inne. »Er lag in der sogenannten Kapelle, direkt auf der Kalksteinkuppel, neben dem höchsten Stalagmiten. Die Spitze eines kleinen Stalagmiten war abgebrochen und steckte in seiner Brust.«

»Die Polizei sagt ja, der Mörder habe ihn hergeschleppt. Aber warum?« überlegte Leo laut, um Herrn Steinemann zu Vermutungen anzuregen.

»Der erste Tote wurde in einer Höhle gefunden. Der zweite mußte auch in einer Höhle sein«, sagte er bedächtig.

»Warum?«

»Der Täter wollte ein Zeichen setzen. Er wollte zeigen, daß die beiden Morde zusammengehören.« Herr Steinemann machte den Eindruck, als habe er ununterbrochen über dieses Thema nachgedacht.

»Aber wo ist das Motiv?«

»Er ist verrückt. Ein Psychopath. Haben Sie ›Das Schweigen der Lämmer‹ gesehen? So einer. Der hielt seine Opfer auch in einer Höhle gefangen. Dann hat er sie gehäutet.«

Leo mußte schlucken. Sie hatte den Film gesehen.

»Ich möchte trotzdem in die Höhle.« Leos Stimme klang entschlossener, als ihr zumute war.

»Gut«, sagte Herr Steinemann. »Die nächste Führung beginnt in einer Viertelstunde. Ich lasse niemanden mehr ohne Führung rein.«

Die Gruppe, der sich Leo anschloß, bestand hauptsächlich aus Rentnern aus dem Ruhrgebiet, die den Höhlenführer sofort mit Fragen nach dem Mord überfielen. Leo folgte der Gruppe mit einigen Schritten Abstand. Sie gingen an bizarren Kalkgebilden vorbei, und Leo versuchte, die in ihrem Faltblatt skizzierten Formen zu identifizieren – sie konnte allerdings das »gebratene Hähnchen« nicht finden und die »Schweineohren« auch nicht.

Es tropfte mit leisem Schmatzen von der mit Zapfen übersäten Höhlendecke. Die Luft war kühl und roch abgestanden. Leo vergrößerte den Abstand zur Gruppe. Sie wußte nicht genau, warum sie hier zwischen den Stalagmiten herumirrte, aber es mußte einen Grund geben, warum es den Mörder hergezogen hatte. Und warum er einen Zusammenhang zwischen den beiden Morden hatte schaffen wollen.

Die »Kapelle« befand sich im letzten Drittel der Höhle, und Leo wanderte frierend durch den engen Gang zwischen den Tropfsteinen, während die Stimme des Höhlenführers immer leiser wurde.

Sie bog um die Ecke und bewunderte einen rosa angestrahlten Vorhang aus fast durchsichtigem Steingewebe, der in Wellen von der Decke fiel. Die Stimme des Höhlenführers war in der Ferne verschwunden. Sie hörte nichts als ihren eigenen Atem und das Fallen der Wassertropfen. Schnelle schwarze Schatten tauchten zwischen den Kalksteinsäulen auf und verschwanden wieder. Leo schrak zusammen – Fledermäuse, die sich in ihrem Schlaf gestört fühlten. Ein flaches, schimmerndes Wasserbecken fesselte ihre Aufmerksamkeit, und sie beugte sich nach unten, um mit dem Finger zu prüfen, ob sich tatsächlich Wasser in der fleischfarbenen Steinschale befand. Plötzlich wurde sie von einem heftigen Stoß nach vorne geworfen. Ihre Beine rutschten auf dem feuchten Boden unter ihr weg, und sie griff instinktiv nach einem Stalagmiten, der neben ihr aus dem Boden wuchs. Sie hatte den Bruchteil einer Sekunde Zeit, die wächserne Oberfläche des Kalksteingebildes zu spüren, bevor der Schlag sie am Kopf traf. Der Boden stürzte auf sie zu, und ihr letztes Gefühl war Wut darüber, daß sie nun völlig unnötigerweise in einer Tropfsteinhöhle sterben würde. Dann löschte eine Explosion in ihrem Kopf alles Denken aus.

Noch während Leo bewußtlos war, benachrichtigte man ihre Schwiegereltern in Lüdenscheid. Ihren Sohn in München dagegen konnte man nicht erreichen. Ihre Schwiegermutter hatte darauf bestanden, daß Leo ins Kreiskrankenhaus nach Hellersen transportiert wurde.

Bereits im Krankenwagen wachte sie wieder auf. Man erzählte ihr, daß sie von der nachfolgenden Besuchergruppe gefunden worden sei. Eine verdächtige Person sei niemandem aufgefallen. Leo konnte sich nur noch an einen rosafarbenen Vorhang aus Stalaktiten erinnern – und dann an nichts mehr. Sie hatte eine Kopfwunde, die genäht werden mußte, und eine leichte Gehirnerschütterung.

Schon nach drei Tagen ging es ihr wieder gut. Sie bekam jede Menge Anrufe und mußte feststellen, daß ihre Freunde und Verwandten offenbar mehr Angst um sie hatten als sie selber.

Patienten und Freunde meldeten sich im Krankenhaus und wünschten gute Besserung. Markus Baumann rief aus Bonn an, wo er einen wichtigen Prozeß hatte, Paul kam mit einer Flasche Wein, die sie nicht trinken durfte, und betonte, er habe Dringendes im Schulamt der Kreisverwaltung zu tun – weshalb er nur wenige Minuten bleiben könne.

Ihre Schwiegermutter kam täglich und blieb für Leos Geschmack etwas zu lange. Natürlich war auch sie besorgt und bot Leo an, nach ihrer Entlassung zu ihnen nach Lüdenscheid zu kommen, um sich dort erst einmal richtig zu erholen. »Du kannst so lange bleiben, wie du willst«, hatte Edith gesagt. Leo bedankte sich höflich für das Angebot und auch dafür, daß Edith die Versorgung von Schakal übernommen hatte, aber sie wußte, daß sie es nicht annehmen würde. Sie wollte zurück in ihr Haus.

Als Hauptkommissar Plate kam, um ihre Aussage aufzunehmen, freute Leo sich. Der Kommissar hatte eine Aura von Kompetenz und Ernsthaftigkeit, die ihr gefiel. Sie schilderte ihre spärlichen Beobachtungen, und der Hauptkommissar versuchte vergeblich, ihrem Gedächtnis auf die Sprünge zu helfen. Schließlich gab er auf und fragte, ob sie nach ihrer Entlassung einen Personenschutz haben wolle.

»Wie lange wollen Sie mich schützen?« erkundigte sich Leo.

»Eine Woche oder zwei, vielleicht auch länger.«

»Ich denke, der Täter hat mehr Geduld, wenn er es wirklich auf mich abgesehen hat. Dabei glaube ich nicht mal, daß er mich umbringen wollte. Dann hätte er es nämlich getan. Er wollte mir nur einen Denkzettel verpassen.«

»Warum einen Denkzettel?«

»Das weiß ich nicht. Ich glaube, das müssen Sie herausfinden.« Plate nickte, ohne zu lächeln. Als Leo ihn nach dem Stand der Ermittlungen fragte, informierte er sie gründlicher, als sie gedacht hatte.

»Fünf Personen aus der Theatergruppe haben sich während der Tatzeit in der Herrengarderobe oder in ihrer Nähe aufgehalten: Zunächst einmal Heinrich Ester, der den Eunuchen gespielt hat. Im bürgerlichen Leben ist er Leiter der Volksbank in Balve. Am Mordabend war er kurz in der Garderobe, ist aber dann nach draußen gegangen, um sich ein Bier zu holen. Als er wiederkam, lag Peter Hellberg, der den Sultan gespielt hat, auf dem Feldbett und ruhte sich aus. Peter Hellberg hat ausgesagt, daß er in der Pause immer ziemlich erschöpft gewesen sei, da er die ganze Zeit mit einem künstlichen dicken Bauch rumlaufen müsse. Herr Hellberg ist Maschinenbaumeister und Frührentner und Mitglied in mehreren Vereinen in Beckum und Balve, unter anderem im Schützenverein, wie übrigens fast alle, die wir befragt haben. Außerdem sammelt er antike Waffen.« Der Hauptkommissar machte eine bedeutungsvolle Pause.

»Das waren erst zwei Personen.« Leo schloß die Augen und hatte plötzlich den Wunsch, der Hauptkommissar möge mit seinen Ausführungen zum Ende kommen. Sie hatte Kopfschmerzen und wollte ihre Ruhe haben.

»Dann gibt es noch Jan Krebbers, er ist noch Schüler und geht in die Parallelklasse von Andrea«, fuhr der Kommissar fort. »Er hat den Diener des Prinzen gespielt und mußte ihn als solcher ständig begleiten. Seiner Aussage nach war er zwar bis auf eine kurze Zigarettenpause in der Garderobe, ist dann aber nach draußen gegangen. Außerhalb der Bühne hat er sich möglichst von Andrea ferngehalten.«

»Warum?«

»Er fand ihn arrogant, und es war ihm ziemlich peinlich, seinen Diener zu spielen. Aber er hatte die Rolle angenommen und wollte die anderen später nicht hängen lassen.« Hauptkommissar Plate warf Leo einen kurzen Blick zu, ehe er weitersprach. »In der angrenzenden Damengarderobe befand sich Eva Eckart. Sie mußte in der letzten Szene ein sehr aufwendiges Kostüm tragen, was nach ihren Angaben sehr umständlich anzuziehen war. Sie ist auch die einzige, die glaubt, ein Geräusch aus der Männergarderobe gehört zu haben. Ein Poltern, eine Männerstimme. Sie erinnern sich an den Videofilm? Eva Eckart hat ihn uns gegeben.« Leo nickte.

»Und schließlich noch Dieter Jankowitz.«

»Mein Friseur«, sagte Leo, »er hat einen eigenen Frisiersalon in Neuenrade.«

»Im Theaterstück hatte er eine Doppelrolle als Palastwächter und Anführer einer Räuberbande«, erzählte Plate. »Während der Aufführung war er ziemlich oft in der Garderobe, weil er sich ständig umziehen mußte. Er sagt, er könne sich nicht genau erinnern, wann er Andrea zuletzt gesehen habe. Wahrscheinlich kurz vor dessen letztem Auftritt vor der Pause. Andrea habe die Angewohnheit gehabt, mit seinem Walkman auf einer Matratze zu liegen, die er sich von zu Hause mitgebracht hatte. Ihm war das Feldbett zu unbequem.« Der Hauptkommissar hatte seine langen Beine um die Stuhlbeine geschlungen, als wolle er sich am Aufspringen hindern.

»Herr Jankowitz ist natürlich auch Mitglied im Schützenverein«, fügte der Kommissar hinzu.

Leo hörte Plates ernsthafte Stimme, und trotzdem schien ihr die Welt draußen sehr weit entfernt zu sein. In der Sterilität ihres Krankenzimmers versagte ihre Vorstellungskraft. Zwei blutige Morde und ein Überfall brauchten eine andere Umgebung und vor allem Zeit, um von ihr als Realität anerkannt zu werden. Sie spürte, wie sich ein scharfer Schmerz hinter ihre Augen legte. Eine Flut von

Gedanken, die sie tagelang erfolgreich hatte zurückhalten können, stürzte auf sie ein.

»Entschuldigen Sie mich bitte, ich habe Kopfschmerzen«, meinte sie. Hauptkommissar Plate stand auf.

»Es tut mir leid, wenn ich Sie mit meinen langen Ausführungen angestrengt habe. Bitte seien Sie vorsichtig. Vermeiden Sie unbekannte Situationen. Ich möchte, daß Sie mich jeden Tag anrufen.« Er streckte ihr die Hand entgegen. »Und noch etwas – schaffen Sie sich bitte ein Handy an, für Ihre eigene Sicherheit, und nehmen Sie es bitte immer mit!«

Der Kommissar hatte recht, sie würde seinen Rat befolgen. Dabei hatte sie immer gedacht, daß Handys zu den überflüssigen Dingen auf dieser Welt gehören.

Schon nach einer Woche kehrte Leo in ihr Haus zurück, zwar mit einem häßlichen Pflaster auf dem Hinterkopf, aber sie fühlte sich gut. Sie goß die Blumen im Garten und rief ihre Patienten an, um neue Termine zu vereinbaren. Ab und zu wurde ihr schwindlig, dann setzte sie sich hin und wartete darauf, daß der Schwächeanfall vorbeiging.

Sie war darauf vorbereitet, daß irgendwann die Angst kommen würde. Aber sie kam nicht. Sie war alleine mit einem Hund hinter altersschwachen Türen und Fenstern. Einem entschlossenen Mörder hätte sie nichts entgegenzusetzen gehabt. Aber wer sollte dieser Mörder sein, und warum sollte sie sein Opfer werden?

Leo war immer noch sicher, daß der Anschlag nicht ihrem Leben gegolten hatte. Der Mörder von Andrea und Clemens Schulte war sehr viel gründlicher und brutaler zu Werk gegangen. Sie war davon überzeugt, daß ihr nichts wirklich Schlimmes passieren würde. Sie konnte sich einfach nicht vorstellen, daß ihre Zeit schon abgelaufen war.

14

Drei Tage später rief Markus Baumann an. Sie plauderten eine Weile über unwichtige Dinge, dann bat er um einen weiteren Behandlungstermin. Leo seufzte innerlich. Markus bemerkte ihr Zögern und meinte leichthin, er käme am nächsten Nachmittag bei ihr vorbei, wenn ihr das recht sei.

Leo war es recht. Wenn sie ehrlich war, mußte sie zugeben, daß es wieder einmal ihre Neugierde und Abenteuerlust waren, die sie zu Markus Baumann hinzogen. Und sie fand diesen Mann attraktiv. Es gab keine Gemeinsamkeiten, über die man sich hätte näher kommen können, darüber war sich Leo klar. Trotzdem fühlte sie sich angezogen von seiner Energie und seinem Ehrgeiz, von seiner Überzeugung, er könne die Welt erobern.

Bevor Markus am Nachmittag kam, versuchte Leo, sich durch das Kleben von Fliesen in ihrem Badezimmer abzulenken. Der halbe Raum schimmerte bereits in einem irisierenden Blau, und man hatte das Gefühl, auf der Oberfläche eines Sees zu wandeln. Sie ging zum Fenster und öffnete es weit. Eine strahlende Sonne stand am Himmel und ließ die dunklen Fichten in ihrem Garten hellgrün erscheinen. Die Wildrosensträucher blühten blaßrot, und sie konnte ihren Duft noch im ersten Stock deutlich wahrnehmen. Sie atmete die warme Luft tief ein.

Der Hund lag auf dem Rasen und beobachtete das nahe Gebüsch, wo sich vielleicht ein Kaninchen oder ein Eichhörnchen zeigen könnte. Der Geruch des Fliesenklebers vermischte sich mit dem Duft der Strauchrosen, und es war einer jener Momente, von denen Leo hoffte, daß sie in ihrem Gedächtnis bleiben würden. All die schrecklichen Ereignisse der vergangenen Monate lösten sich in der

Wärme des Nachmittags auf. Das beklemmende Gefühl von Hilflosigkeit und das angespannte Warten auf ein weiteres furchtbares Verbrechen waren für einige Augenblicke restlos ausgelöscht.

Das Schnarren der Türklingel holte sie in die Wirklichkeit zurück. Markus Baumann war mindestens eine Stunde zu früh gekommen. Leo sah schnell an sich herunter: Sie trug zu kurze Jeans, dazu ein buntes Hawaiihemd, das sie vor Jahrzehnten in einem Secondhand-Laden in Dortmund gekauft hatte.

»Ich bin zu früh«, sagte Markus gutgelaunt und drückte ihr eine kalte Flasche in die Hand. »Die sollten wir auf deine Genesung trinken.« Gut, dachte Leo, also gibt es heute Champagner.

»Ich renoviere gerade das Badezimmer«, sagte sie erklärend.

»Ich habe auch nicht angenommen, daß du in diesem schicken Hemd einen Patienten behandelst«, erwiderte Markus mit einem interessierten Blick auf die blutrote Sonne, die in Höhe ihres Busens hinter Palmen im Meer versank.

Leo holte zwei Sektgläser aus dem Schrank, und Markus öffnete die Flasche. Der Champagner schmeckte wunderbar, und Leo fühlte sich – trotz des Heftpflasters am Kopf – sehr wohl in ihrer Haut.

Nach dem dritten Glas fragte der Anwalt plötzlich: »Kann man eigentlich an einer Akupunkturbehandlung sterben?«

»Wie kommst du denn darauf?« Leo war irritiert. »Natürlich nicht.«

Aber Markus schilderte den Fall eines Mannes, der durch eine Akupunkturbehandlung gestorben war. Der behandelnde Arzt hatte nicht erkannt, daß sein Patient ein angeborenes Loch im Brustbein hatte. Durch diese Öffnung war die Akupunkturnadel ins Herz gedrungen und hatte ihn getötet. Nun sollte der Arzt wegen fahrlässiger Tötung angeklagt werden, die Angehörigen klagten auf Schmerzensgeld. Und Markus Baumann war ihr Anwalt.

Leo erinnerte sich, vor Jahren von einem solchen Fall gelesen zu haben – in einer medizinischen Fachzeitschrift. Allerdings hielt sie es für klüger, dem Anwalt nichts davon zu erzählen. Sie war von der absoluten Ungefährlichkeit ihrer Heilmethode überzeugt und hatte nicht vor, eventuelle Zweifel daran zu schüren. Statt dessen sagte sie:

»Du solltest dir vielleicht andere Klienten suchen, deren Klage mehr Aussicht auf Erfolg hat.« Ihr war plötzlich kalt, und die Wirkung des Champagners und ihre gute Laune waren verflogen. Sie hatte den dringenden Wunsch, Markus Baumann möge sich bald verabschieden.

Der Anwalt hatte ihren Stimmungsumschwung bemerkt und stand auf. »Ich glaube nicht, daß die Anklage erfolglos bleiben wird. Aber ich verstehe natürlich, daß du Zweifel an der Schuld des Arztes hast.«

»Die habe ich allerdings.«

Sie gingen zur Haustür, und Leo fragte: »Ich nehme an, deine Akupunkturbehandlung willst du nicht mehr fortsetzen?«

»Mal sehen«, sagte der Anwalt in gewohnt lockerem Ton. »Ich ruf dich an.«

Tu es oder laß es, dachte Leo und schloß erleichtert die Tür hinter ihm.

Der Ordner, in dem sie die ihr wichtig erscheinenden Artikel aus Zeitschriften sammelte, bestand aus zwei abgewetzten Pappdeckeln, die mit einem Gummiband zusammengehalten wurden. Leo blätterte in den lose aufeinanderliegenden Zeitungsausschnitten.

Schließlich fand sie den Text. Er war 1996 in der »Medical Tribune« erschienen und beschrieb den tragischen Fall einer Patientin, die wenige Stunden nach einer Akupunkturbehandlung gestorben war. Der Arzt, ein erfahrener Mediziner, hatte der Frau eine Nadel über dem Brustbein im Punkt KG 17 gesetzt, der als einflußreich für die Atmung und den gesamten Thoraxbereich gilt. Dabei hatte er versehentlich die Herzkammerwand durchstoßen, so daß sich der Herzbeutel mit Blut füllen konnte, was wiederum zum Tod der Patientin führte. Unglücklicherweise hatte die Frau seit ihrer Geburt ein Loch im Brustbein, von dessen Existenz sie nichts wußte. So konnte die Nadel des Akupunkteurs ungehindert bis zur Herzkammerwand vordringen.

Leo erinnerte sich an ihr Erschrecken, als sie den Text zum ersten Mal las, immerhin hatten laut Statistik fast zehn Prozent der Menschen ein angeborenes Loch im Brustbein, und sie selber hatte auch schon durch Akupunktur die Atmung stimuliert, ohne von der drohenden Gefahr zu wissen. Nach Lektüre des Artikels hatte sie fortan auf eine senkrechte Nadelung am Sternum verzichtet.

Leo legte die Blätter in ihren Ordner zurück. Es war gut, daß sie sich den Artikel noch einmal herausgesucht hatte. Die medizinische Sicht auf diesen Fall beruhigte sie – es war ihrer Meinung nach unmöglich, diesen Arzt für sein Vorgehen zu verurteilen. Seufzend schloß Leo den Pappdeckel über dem Wust der Zeitungsausschnitte. Eine weitere Frage war, ob Markus Baumann auf diesen Artikel stoßen würde, mit ihrer Hilfe konnte er dabei allerdings nicht rechnen.

Hauptkommissar Plate hatte am Telefon einen Termin für ein weiteres Treffen genannt. Zufälligerweise war es der Tag, an dem Leo ohnehin vorhatte, nach Lüdenscheid zu fahren – ihr Schwiegervater hatte Geburtstag und wollte diesen Tag wie immer im Kreis von Familie, Freunden und wichtigen Geschäftspartnern feiern.

Sie packte eine Reisetasche mit Übernachtungsutensilien und einem festlichen Blazer, den sie vor einigen Jahren in London gekauft hatte und der ihr immer noch passend erschien. Dann brachte sie den Hund zu Beate Engelmann, die nicht weit von ihr entfernt oberhalb der Bahnstrecke nach Neuenrade wohnte. Schakal wedelte schon vor der Haustür mit dem Schwanz – wohlwissend, daß drinnen leckere Fleischhäppchen auf ihn warteten, die er sonst nur zu Weihnachten bekam. Beate begrüßte den Vierbeiner erwartungsgemäß mit einer dicken Salamischeibe, und Leo verabschiedete sich schnell. Sie hatte sich beim Anblick der jungen Lehrerin erschrocken, denn sie sah krank aus, blaß und mager. Bei nächster Gelegenheit würde sie Beate darauf ansprechen.

Leo war mit Hauptkommissar Plate um zwölf Uhr in der Polizeiwache verabredet.

Am Telefon hatte er gefragt, ob es ihr etwas ausmachen würde, der Polizei weiter behilflich zu sein – trotz des Überfalls in der Reckenhöhle. »Ich kann Sie gut verstehen, wenn Sie nichts mehr mit all dem zu tun haben wollen«, hatte Plate gesagt, »aber wir sind dringend auf jede Hilfe angewiesen.« Leo hatte geantwortet, daß ihre Hilfe doch selbstverständlich sei.

Als sie sein Büro betrat, begrüßte er sie mit einem festen Händedruck. Auf der Fensterbank brodelte eine Kaffeemaschine. Leo setzte sich an den Schreibtisch, und der Kommissar stellte ohne zu fragen eine Tasse Kaffe vor sie hin. Nachdem er umständlich seine langen Beine unter dem zu niedrigen Schreibtisch verstaut hatte, sah er Leo aufmerksam an.

»Ich freue mich, daß Sie gekommen sind, Frau Doktor Piepenstock. Sie wissen, daß wir immer noch keine Hinweise auf einen möglichen Täter haben. In der Reckenhöhle haben wir auch nach dem Überfall auf Sie keine eindeutigen Spuren gefunden. Der Täter ist offenbar wieder durch den Hintereingang gekommen. Herr Steinmann hat ausgesagt, ihm sei ein Mann mit einer Wollmütze aufgefallen, kurz bevor die Führung anfing. Aber er konnte ihn nicht näher beschreiben. Wir müssen alles tun, um ihn endlich zu fassen. Es könnte sein, daß es sich beim Mörder um einen Serientäter handelt, der sich die Höhlen im Umkreis von Balve als Tatort ausgesucht hat. Aus welchen Gründen auch immer. Und es ist durchaus denkbar, daß es nicht bei diesen beiden Morden bleiben wird.«

Plate machte eine Pause und sah an Leo vorbei auf einen imaginären Punkt an der Wand. Sie nippte an ihrem Kaffee und wartete darauf, daß er fortfuhr.

»Ich habe Ihnen schon im Krankenhaus gesagt, daß wir dringend Informationen brauchen. Und zwar Informationen über verschiedene Personen in Balve, über ihren Umgang, ihre Lebensweise. Wenn Sie so wollen – über das alltägliche und gesellschaftliche Leben. Und wie ich gehört habe, leben Sie dort schon eine ganze Weile.«

Leo nickte. »Aber ich war Ihnen keine große Hilfe bei dem Videofilm, den Sie mir gezeigt haben.«

Hauptkommissar Plate lächelte plötzlich und zeigte dabei überraschenderweise einen spitzen Eckzahn. »Wir wollen nicht aufgeben. Der Täter kann aus einem ganz anderem Umfeld kommen, es muß nicht zwangsläufig der Theaterverein sein.« Er stand auf und holte sich noch eine

Tasse Kaffee. »Wir sind inzwischen einen Schritt weitergekommen. Wir gehen davon aus, daß es an der Schule einen schwunghaften Handel mit Markenartikeln gab. Ein Freund von Andrea, den wir unter Druck gesetzt haben, hat Angst bekommen. Er hat zugegeben, daß wertvolle Marken- und Designerstücke, vor allem Pullover und Jacken, von Schülern der Oberstufe angeboten und verkauft wurden. Natürlich viel billiger als im Laden, aber immer noch teuer genug. Chef der Gruppe sei Andrea gewesen, er habe auch den größten Teil des Gewinns erhalten.«

»Und woher hatte Andrea die Ware?«

»Das ist genau der Punkt, an dem wir zur Zeit recherchieren. Es haben sich bei uns zwei jüngere Schüler gemeldet – beziehungsweise deren Eltern.« Er machte eine Pause und sah aus dem Fenster. Dann redete er weiter: »Wir müssen davon ausgehen, daß Schüler, die unter vierzehn Jahre alt sind, also noch nicht strafmündig, gezielt zum Diebstahl verleitet wurden.« Schlagartig wurde Leo ein Zusammenhang klar: Sie sah das kleine Gesicht von Daniel Midenhoff vor sich, seine blonden Haarstoppeln und hörte seine Mutter, die von der Angst erzählte, die ihrem Sohn den Atem raubte.

»Wie kann man Kinder dazu bringen, solche Diebstähle zu begehen?«

»Es gibt mehrere Möglichkeiten. Wir nehmen an, daß Andrea und seine Helfer den Schülern Geld vom Verkaufserlös gegeben haben. Natürlich wird man ihnen auch erzählt haben, daß ihnen nichts passieren kann, weil sie noch nicht strafmündig sind. Auch die psychologischen Aspekte sollte man nicht unterschätzen – zum einen hatten die jüngeren Schüler plötzlich das Gefühl, von den Großen anerkannt zu werden, zum anderen war es sicher auch eine Art Mutprobe. Wer mitmachte, war anerkannt. Und schließlich konnten sie schlecht nach dem ersten Mal aufhören. Ihre Angst, die Eltern oder Lehrer könnten etwas erfahren, wurde von Andrea und seiner Clique wohl als Druckmittel eingesetzt.«

»Wie lange lief denn dieser Handel an der Schule schon?«

»Wahrscheinlich schon über ein Jahr. Aber die Geschäfte gingen in letzter Zeit offenbar nicht mehr so gut. Das Taschengeld der Schüler ist zwar hoch, hat aber auch seine Grenzen. Außerdem mußten die Schüler ja ihre Einkäufe vor den Eltern irgendwie rechtfertigen.« Leo dachte an ihre Nichte und ihre ständig wechselnde Garderobe.

Hauptkommissar Plate stand unvermittelt auf. »Kommen Sie, wir gehen in die Kantine, ich muß irgend etwas essen. Ich lade Sie ein.« Leo mußte lächeln – der Kommissar schien es nie lange an einem Fleck auszuhalten.

Sie fuhren mit dem Fahrstuhl ins oberste Stockwerk, wo man einen weiten Ausblick auf die Innenstadt bis hin zur Erlöserkirche hatte. Da in der Kantine gerade italienische Wochen waren, holte der Kommissar Tortellini mit Sahnesoße und einen Nudelauflauf. Dann forderte er Leo auf, ihm alles zu berichten, was sie über das Städtische Gymnasium, seine Schüler, die Direktorin und die Lehrer wußte. Er stellte einige präzise Zwischenfragen, und Leo bemühte sich, ihre Aufgabe so gut wie möglich zu erledigen. Während der Kommissar sorgfältig seine letzten Tortellinis in der Soße schwenkte, fragte sie: »Ist denn keines von den Kindern je erwischt worden?«

»Doch. Zwei Schüler hat man in Dortmund gefaßt, die mehrere Jacken übereinandergezogen hatten und einen Schüler im Sterncenter in Lüdenscheid mit zwei teuren Jeans im Rucksack. Die Schüler waren erst zwölf und dreizehn Jahre alt, und Strafanzeigen gab es nicht. Die Eltern haben geschwiegen und die Schüler auch. Niemand hat damals gewußt, daß es sich um Auftragsdiebstähle handelte. Aber nach dem Tod von Andrea Merschmann haben zwei von ihnen dann doch geredet.«

Leo unterdrückte die Bemerkung, daß auch die Geständnisbereitschaft der Schüler die Polizei offensichtlich nicht zum Täter geführt hatte. Aber Hauptkommissar Plate konnte Gedanken lesen. »Natürlich haben wir nach einem Zusammenhang zwischen diesen kriminellen Taten und dem Mord von Andrea gesucht.« Er starrte in seinen leeren Teller. »Wir haben nichts gefunden.«

Nachdem der Kommissar noch zwei Tassen Kaffee geholt und Leo allmählich das Gefühl hatte, kurz vor einer Koffeinvergiftung zu stehen, mußte ihre Neugierde befriedigt werden. »Und es gibt noch einen zweiten Mord«, sagte sie.

Hauptkommissar Plates Seufzer kam aus tiefster Seele. »Ich weiß, und das ist aber auch schon fast alles, was ich weiß.« Leo mußte lächeln. Hauptkommissar Plate gefiel ihr.

»Täter und Motiv sind unbekannt«, fuhr der Kommissar fort. Aber wir kennen seit ein paar Tagen den Tatort – immerhin. Clemens Schulte ist nicht in der Höhle ermordet worden: Es gab keinerlei Spuren, die auf einen Kampf hingedeutet hätten. Es gab auch kein Blut, das aus einer der Kopfwunden ausgetreten sein muß. Der Gerichtsmediziner hat festgestellt, daß der Tod am Freitagabend eingetreten ist. Zu diesem Zeitpunkt ist die Höhle geschlossen.«

»Aber der Mörder ist trotzdem hineingekommen – um die Leiche an ihren Platz zu bringen.«

»Richtig. Er ist quasi durch die Hintertür gekommen.

Das Schloß des Ausgangtores war aufgebrochen. Sehr geschickt aufgebrochen, allerdings war es auch nur ein einfaches Türschloß.«

»Und wo ist er nun ermordet worden?«

»Wir haben an der Leiche Spuren von goldener Farbe gefunden, außerdem Tapetenkleister und Holzsplitter.«

»Wie bitte? Was hat denn das zu bedeuten?«

»Die Spuren haben uns zunächst in den Werkraum der Schule geführt.«

»Er ist in der Schule umgebracht worden?« Leo war fassungslos.

»Na ja, nicht direkt. Wir haben die sichergestellten Materialien in der Schule nicht finden können. Wir haben dann Tischlereien und Werkstätten rund um Balve, in Garbeck und Neuenrade unter die Lupe genommen. In einer Tischlerei in Langenholthausen sind wir schließlich fündig geworden: Der Tapetenkleister und die goldene Farbe standen im Regal.«

Leo unterdrückte mühsam eine weitere neugierige Frage, als der Kommissar nicht sofort weitersprach. Die Kantine hatte sich inzwischen geleert, und nur an einem Tisch saß noch ein Polizist in Uniform und aß einen Vanillepudding. Endlich redete Hauptkommissar Plate weiter:

»Der Besitzer der Tischlerei wurde sehr nervös, als er von unserem Verdacht hörte, seine Werkstatt könne möglicherweise der Tatort sein. Dann fiel ihm ein, daß in der Tischlerei ein Teil der Kulissen für die Theateraufführung gebaut worden waren.«

»Der Konrektor ist also nicht in dieser Werkstatt umgebracht worden?« fragte Leo.

»Nein. In der Schule.« Hauptkommissar Plate bemerkte Leos entsetzten Blick und fuhr rasch fort: »In einem Nebengebäude. Es steht etwas abseits auf dem

Schulgelände und wird auch nicht vom Gymnasium genutzt – jedenfalls hat uns das die Direktorin erzählt. Die Schule hat es einem Verein zur Nutzung überlassen. Und Sie dürfen raten, welchem.« Die grauen Augen des Hauptkommissars fixierten Leo.

»Dem Theaterverein.«

»Richtig. Clemens Schulte ist in der Requisitenkammer des Theatervereins umgebracht worden. Er wurde mit einem stumpfen Gegenstand mehrfach auf den Kopf geschlagen. Wahrscheinlich mit einer der Requisiten, die dort lagern. Die Spuren an der Leiche stammen ohne Zweifel von den Kulissenbauten des letzten Theaterstücks. Die arabischen Halbmonde waren mit der Goldfarbe bemalt, es gab farbig bemalte und beklebte Holzwände aus Faserplatten. Wir haben auch die Holzsplitter eindeutig zuordnen können.« Das Handy von Hauptkommissar Plate klingelte, und er gab einige knappe Anweisungen, die Leo nicht einordnen konnte.

Dann richtete er seine Aufmerksamkeit wieder auf Leo. »Ich habe Ihnen noch nicht alles gesagt: Wir haben in der Jackentasche des Toten einen Zettel gefunden. Große undeutliche Druckbuchstaben. Auf dem Papier stand: *Wieder einer weniger.*«

Leo holte Luft, das alles war völlig verrückt. Die Spitze eines Stalagmiten in der Brust des Opfers, und jetzt auch noch ein rätselhafter Zettel. Der Mörder mußte ein Wahnsinniger sein.

»Und was bedeutet dieser seltsame Satz?«

»Ich habe einen Psychologen bei den Ermittlungen hinzugezogen, einen Profiler, wie es neuerdings heißt. Der Profiler meint, der Täter wolle damit ausdrücken, daß er seine Opfer aus einer ganz bestimmten Gruppe von Menschen auswählt. Und daß es einen Zusammenhang geben muß zwischen dem ersten und dem zweiten Mord. Der Täter zeigt Züge von Fanatismus. Der Transport in die Höhle zeigt außerdem ein hohes Maß an Energie.«

»Er wählt seine Opfer also nach bestimmten Kriterien aus. Nach welchen? Und welche Merkmale hatten Andrea Merschmann und Clemens Schulte denn nur gemeinsam?«

»Ich weiß es nicht. Und der Psychologe auch nicht. Noch nicht.« Der Hauptkommissar spielte ungeduldig mit seinem Handy und stand plötzlich auf. »Lassen Sie uns das Gespräch in nächster Zeit fortsetzen. Passen Sie auf sich auf. Ich habe zu tun, bitte entschuldigen Sie mich.«

Dann saß Leo alleine in der Polizeikantine. Sie trank langsam ihren kalten Kaffee aus und zerbrach sich vergeblich den Kopf, zu welcher speziellen Gruppe von Menschen Andrea Merschmann und Clemens Schulte wohl gehört hatten. Und wie sie selbst in ein solches Schema hineinpassen könnte.

Hinter der Selbstbedienungstheke putzte eine Frau mit weißer Haube die Glasscheiben. Leo beobachtete sie eine Weile und dachte daran, wie umständlich es sein mußte, diese Kopfbedeckung zu befestigen, ehe sie in Gedanken versunken die Kantine verließ.

15

Bevor Leo zum Geburtstag ihres Schwiegervaters fuhr, wollte sie versuchen, ihren Kopf frei zu bekommen. *Gedanken, die sich nicht mit der Gegenwart befassen, schwä-*

chen das Herz … Sie stellte den Wagen am Anfang der Parkstraße ab und wanderte ein Stück durch den Stadtwald. Hier irgendwo waren die Tennisplätze, auf denen Christoph vergeblich versucht hatte, ihr das Spielen beizubringen. Ihr Mann hatte gerne Tennis gespielt, eigentlich war dieser Sport das einzige gewesen, was ihn mit der Welt seiner Eltern verband. Sie fragte sich, ob er auch in Südamerika noch zum Tennisschläger griff, konnte es sich aber nicht vorstellen. Von den vier Plätzen war nur einer belegt, und sie blieb einen Moment stehen und hörte auf das hohle Ploppen der Bälle.

Dann überquerte sie die Straße, um dem Ehrenmal auf der gegenüberliegenden Seite einen Besuch abzustatten. Sie ging ein paar Schritte an der mit Efeu bewachsenen Mauer entlang, bevor diese sich öffnete und den Blick auf das Denkmal freigab: ein riesiger, fast nackter Mann, der auf einem breiten Steinsockel lag. Die Bronze des Monuments war beinahe vollständig von Grünspan bedeckt. Leo wußte, daß die Statue »Erwachender Krieger« hieß. Das Ehrenmal war nur ein paar hundert Meter vom Haus ihrer Schwiegereltern entfernt. In Flos Kindheit waren sie oft hierher gegangen, und ihr Sohn war auf dem nackten Krieger herumgeklettert. Sie hatte schon damals die seltsame Magie dieses Ortes empfunden. Die Einsamkeit dieser riesigen Statue vor den langen Reihen der Gedenksteine mit den Namen der Gefallenen. Es war beinahe eine Art Zwang, der sie hierher zog.

Sie ging langsam um den Sockel herum. Wie viele Bürger wußten wohl noch, daß hier oben ein Mann mit geballter Faust auf die Stadt hinunterblickte und die Namen von Hunderten von Toten bewachte? Niemand besuchte den einsamen Krieger, sie war die einzige, die an ihn dachte.

Der metallene Körper gab einen hallenden Ton von sich, als Leo gegen seinen Fuß klopfte. Ein leichter Nieselregen hatte eingesetzt, und die Regentropfen hatten sich wie Schweißperlen auf die Stirn des Mannes gelegt. Auf einmal fühlte sich Leo dem Tod sehr nah. Sie fühlte sich verbunden mit den Namen auf den Steintafeln, mit den verwelkten Kränzen, die am Sockel des Denkmals hingen. Es war der Gedanke an das Unausweichliche, das alle Menschen gleich macht. Die toten Soldaten, ihre toten Eltern, zwei Tote, die Opfer eines wahnsinnigen Mörders geworden waren.

Leo ging die Stufen hinunter bis an den Rand des Platzes, von wo man über die ganze Stadt blicken konnte. Der milchige Himmel verwischte die harten Konturen der Häuser und ließ den roten Backsteinturm der katholischen Kirche als höchsten Punkt nur noch erahnen. Direkt unter ihr führte eine Straße durch einen kleinen Wald, und sie folgte mit den Augen einem silbernen Wagen, der groß und teuer aussah und sie daran erinnerte, daß sie auf der Geburtstagsfeier ihres Schwiegervaters erwartet wurde. Sie wandte sich dem Ausgang zu.

Wenige Meter entfernt bemerkte sie eine Gestalt in einem dunklen Mantel, den Hut tief ins Gesicht gezogen. Leo starrte zu ihr hinüber und sah, daß das helle Oval des Gesichts ihr zugewandt war. Es war ein korpulenter Mann, der langsam auf sie zukam. In diesem Moment sprang ihr die Angst in den Nacken. Sie hatte das Gefühl, der Rasen schwanke unter ihren Füßen. Ihr ganzer Körper war plötzlich von Schweiß bedeckt, und ihr Herz raste. Der Mann kam näher. Er hatte die Hände in den Taschen des Mantels vergraben. Leos Mund öffnete sich, aber es war ihr unmöglich, einen Laut von sich zu geben. In Panik rannte sie über den schwankenden Boden, stolperte und fiel hin.

Wie in einem Alptraum schien die Maueröffnung kaum näher zu kommen.

Dann erreichte sie schweißgebadet die Straße. Autos fuhren ohne Hast durch die ruhige Wohngegend. Sie rannte die Straße hinunter und mußte immer wieder stehenbleiben, um Luft zu holen. Bei ihrem Wagen angekommen, öffnete sie mit zitternden Händen die Tür und gab Gas, ohne sich noch einmal umzusehen.

Leo fuhr am Haus ihrer Schwiegereltern vorbei. Sie mußte jetzt erst einmal alleine sein. Ihr Pullover war naß, ihre Hose hatte einen grünen Grasfleck am Knie. Sie fuhr langsam die Straße hinunter und hielt schließlich in der Einfahrt des Hauses Schöneck. Der eiserne Adler vor dem ehemaligen Gutshof stand immer noch auf seinem Sockel. Er bewachte das Haus seit hundert Jahren. Sie betrachtete den Vogel mit den ausgebreiteten Schwingen durch die Scheibe des Wagens, und ihr Herzschlag wurde allmählich langsamer. Der Anblick des eisernen Vogels, der, solange sie denken konnte, unverrückbar an seinem Platz stand, beruhigte sie.

Im Geiste sah sie noch einmal die dunkle Gestalt des Mannes vor sich. Leo hatte sein Gesicht nur schemenhaft wahrgenommen. Jetzt, nachdem ihre Furcht sich wieder verkrochen hatte, kam ihr die Gestalt lange nicht mehr so bedrohlich vor. Leo lehnte den Kopf erschöpft an die Scheibe. Im nachhinein erschreckte sie nicht so sehr der Unbekannte, sondern vielmehr die Panik, mit der sie auf sein Auftauchen reagiert hatte. Ihre Nerven waren doch angegriffener, als sie geglaubt hatte. Sie drehte den Zündschlüssel um, wendete das Auto und fuhr zum Haus ihrer Schwiegereltern.

Eine Haushaltshilfe mit weißer Schürze öffnete die Tür und führte Leo ins Gästezimmer, das sie bei ihren Besuchen immer bewohnte. Die ältere Frau erklärte, daß die Gäste in etwa zwei Stunden erwartet würden, und daß Herr und Frau Piepenstock noch mit Vorbereitungen beschäftigt seien und sie sich bitte solange ausruhen möge. Leo packte ihre Reisetasche aus, zog ihren Schlafanzug an und legte sich ins Bett. Dann schaltete sie den Fernseher an und schlief nach fünf Minuten ein.

Als es an der Tür klopfte, wurde Leo schlagartig wach und wußte im ersten Moment nicht, wo sie sich befand. Dann hörte sie eine Frauenstimme, die ihr mitteilte, die Geburtstagsfeier habe bereits begonnen und ihre Schwiegereltern erwarteten sie. Leo ärgerte sich, daß sie offenbar verschlafen hatte und duschte warm und kalt, um wach zu werden und ihren Kreislauf wieder in Schwung zu bringen. Nachdem sie ihren schwarzen Samtblazer und eine hellgraue Stoffhose angezogen hatte, ging sie hinunter in die Wohnhalle.

Edith stand in einer Gruppe von Geburtstagsgästen und kam lächelnd auf sie zu. Leo beobachtete fasziniert, wie die hohen Absätze ihrer Schuhe in den dicken Perserteppichen versanken. Dann beugte sie sich hinunter und begrüßte ihre Schwiegermutter mit einer Umarmung, die von Herzen kam. Dabei schoß es ihr durch den Kopf, daß sie nie die Perfektion ihrer Schwiegermutter erreichen würde, die wie ein Gesamtkunstwerk aussah. Sie trug ein schwarzes Kostüm mit Nadelstreifen und eine weiße Bluse mit Schalkragen. Ihre Haare umrahmten ein altersloses Gesicht wie eine helle Wolke, an den Ohren und am Handgelenk glitzerten Brillanten, ohne protzig zu wirken.

»Schön, daß du da bist«, sagte Edith herzlich und betrachtete ungeachtet der Gäste Leos verheilte Kopfwunde. Das Pflaster war verschwunden, aber die Haare mußten noch nachwachsen. Dann führte sie ihre Schwiegertochter zu ihrem Mann, dem Leo erst einmal zum Geburtstag gratulieren wollte. Arnold Piepenstock war in ein Gespräch vertieft, und Leo erkannte in dem bärtigen Mann den Verleger der Lüdenscheider Nachrichten.

Die meisten Gäste waren ihr aus den vergangenen Jahren bekannt, und es waren alles Personen, die eine einflußreiche Stellung innehatten. Die beiden Männer verstummten, als Leo zu ihnen trat. Sie schüttelte ihrem Schwiegervater förmlich die Hand und gratulierte zum Geburtstag. Das Geschenk – auf Ediths Rat hin hatte sie einen dunkelblauen Kaschmirschal gekauft – würde sie ihm später geben. Arnold Piepenstock bedankte sich und sah Leo dabei mit einer Mischung aus Wohlwollen und Skepsis an – er wurde aus seiner Schwiegertochter nicht recht schlau. Er hatte allerdings auch nie den Versuch gemacht, sie wirklich kennenzulernen, und Leo konnte sich an kein einziges Gespräch mit ihm erinnern, das sie einander näher gebracht hätte.

Dann erkundigte er sich nach dem Zustand ihrer Praxis, wobei er eigentlich nur an dem finanziellen Aspekt interessiert war. Leo sagte wie immer nicht die Wahrheit und hatte kein schlechtes Gewissen dabei. Arnold Piepenstock würde nie verstehen, daß man auch noch nach anderen Dingen als nach Geld streben konnte. Aber sie bewunderte seinen Fleiß und seinen geschäftlichen Instinkt, der ihn aus einer Arbeiterfamilie in Brügge bis ins gläserne Chefbüro von einer der größten deutschen Leuchtenfabriken geführt hatte.

Während sie miteinander redeten, betrachtete Leo verstohlen seine riesigen Hände, in denen das Champagnerglas fast verschwand. Auch in seinem dunkelblauen Maßanzug sah Arnold Piepenstock aus wie ein Busfahrer der

Marksauerland-Linie. Aber Leo wußte, daß sich hinter seinem unscheinbaren Äußeren ein eiserner Wille und eine unglaubliche Zähigkeit verbargen. Um dem Alter ein Schnippchen zu schlagen, hatte er sich ein komplettes Fitneß-Studio im Verwaltungstrakt seiner Firma eingerichtet und dachte nicht einmal daran, in den Ruhestand zu gehen. Auf jeden Fall würde er damit so lange warten, bis sein Enkel fähig war, die Geschäfte zu übernehmen.

Als Leo merkte, daß das Interesse ihres Schwiegervaters an ihren beruflichen Aktivitäten nachließ, entschuldigte sie sich und ging zu einer anderen Gruppe hinüber. Sie hatte dort Baron von Velenburg entdeckt. Seine Anwesenheit war eine Überraschung. Leo hatte ihn bisher noch nie auf einer Geburtstagsfeier ihres Schwiegervaters getroffen.

»Oh, der schönste Teil von Balve ist auch hier«, begrüßte der Baron sie liebenswürdig.

»Und der charmanteste ebenfalls.« Leo wunderte sich immer wieder, wie leicht es ihr fiel, sich mit dem Baron auf eine Konversation einzulassen, bei der sie sich normalerweise die Zunge abgebissen hätte. Es mußte daran liegen, daß sie ihn einfach mochte, auch jetzt, da er mit seinem dunkelroten Blazer und den goldenen Manschettenknöpfen ein bißchen danach aussah, als sei er soeben von einer Operettenbühne herabgestiegen. Sie lächelten sich voller Sympathie an, und der Baron fragte: »Ich hoffe, ich habe die Ehre, Sie gleich als meine Tischdame begrüßen zu dürfen?«

»Natürlich, sehr gerne.« Der Abend würde wie jedes Jahr mit einem gemeinsamen Essen seinen Fortgang nehmen – es war jedoch das erste Mal, daß sie gebeten wurde, als Tischdame zu fungieren.

Etwas später begrüßte Leo die anderen Gäste ihres

Schwiegervaters. Darunter den Chefarzt des Lüdenscheider Kreiskrankenhauses, mit dem ihr auch in diesem Jahr sicher wieder eine heftige Diskussion über die Wirksamkeit der Akupunktur bevorstand. Dann den greisen Besitzer einer Metallwarenfabrik, in der seit fünfzig Jahren Bundesverdienstkreuze angefertigt wurden und der Arnold Piepenstock am Anfang seiner Karriere mit Geld unterstützt hatte. Auch den Geschäftsführer der Siku-Werke, der mit seiner Frau gekommen war, kannte Leo und freute sich, ihn zu sehen. Er war ein Mann, der gerne über Kunst und Musik sprach, und zumindest beim ersten Thema trafen sich ihre Interessen.

Da Arnold Piepenstock Wert auf seinen Ruf als Förderer der heimischen Kultur legte, war auch eine Künstlerin anwesend. Dorothee Coller hatte nicht nur den Vorteil, sehr gegenständlich zu malen und damit den Geschmack ihres Schwiegervaters zu treffen, sondern auch den, mit einem einflußreichen Unternehmer verheiratet zu sein. Der lange blonde Zopf der Malerin wurde von Geburtstag zu Geburtstag grauer, aber ihre lebhafte junge Stimme perlte durch den Raum und amüsierte die Zuhörer.

Auch die Kunst der leichten Konversation beherrschte Dorothee Coller perfekt. Leo ließ sich in einen tiefen Sessel sinken und ihre Blicke durch den Raum schweifen. Sie mußte sich eingestehen, daß der Anblick und der Charme von Dorothee Coller an ihrem Selbstbewußtsein kratzte. In ihrer Gegenwart fühlte sie sich häßlich und ungehobelt. Jede Geste und jeder Satz dieser Frau erinnerten Leo daran, daß sie nicht wie Dorothee Coller auf einem französischen Schloß, sondern als Leonie Lukowski in einer Dreizimmerwohnung in Dortmund-Hörde aufgewachsen war.

Sie seufzte tief und sah auf die gegenüberliegende

Wand, wo ihr Lieblingsbild hing, dessen Anblick sie schon oft getröstet hatte. Das surrealistische Bild war eine kleinformatige Pastellzeichnung von Odilon Redon mit dem Titel »Der Traum«, ein Geschenk von Arnold Piepenstock für seine Frau zur silbernen Hochzeit. Es zeigte einen Frauenkopf in einer Welt der unbewußten Wünsche und Sehnsüchte und war gleichzeitig schön und rätselhaft. Edith hatte es sich damals gewünscht, und es mußte ein Vermögen gekostet haben. Leo lächelte bei der Erinnerung daran, wie sie vor Jahren den Sicherungsalarm ausgelöst hatte, als sie das Bild von der Wand genommen hatte, um es bei Tageslicht zu betrachten. Es war das erste und einzige Mal gewesen, daß in diesem Haus ein Alarm ausgelöst worden war.

Leo schrak zusammen, als Edith ihr auf die Schulter tippte und eine Geburtstagskarte in die Hand drückte. Die vorgedruckten Glückwünsche waren auf spanisch, und Leo wußte sofort, daß die Karte von Christoph war. Die handschriftlichen Grüße waren schwer zu entziffern, aber Leo verstand, daß ihr Immer-Noch-Ehemann seinen baldigen Besuch im Sauerland ankündigte.

»Ich habe Christoph seit drei Jahren nicht mehr gesehen«, sagte sie.

»Was ich sehr bedaure«, erwiderte Edith und nahm ihr die Karte wieder aus der Hand. Leo sah ihre Schwiegermutter nachdenklich an. Auch Edith hatte dazu beigetragen, daß ihre Ehe nicht funktioniert hatte. Nicht während Leo und Christoph zusammen waren, sondern bereits lange vorher. Christoph war letztendlich nichts anderes übrig geblieben, als zu fliehen. Vor den hohen Erwartungen seines Vaters und der unendlichen Fürsorge seiner Mutter.

Um acht Uhr standen drei Firmenwagen mit Fahrern

bereit, um die Geburtstagsgäste zum Abendessen zu bringen.

Der Fahrer des Wagens, in dem Leo saß, steuerte den Mercedes so rasant, als wolle er die Rallye Paris – Dakar gewinnen. Aber sie fuhren in Richtung Brügge und hielten vor einem Restaurant mit einer schönen Gründerzeitfassade.

Leo hoffte, daß Baron von Velenburg immer noch an ihr als Tischdame interessiert war und setzte sich sofort neben ihn, als er ihr zuwinkte. Dank ihrer angeregten Gespräche über chinesische Heilmethoden und Philosophie, Odilon Redon und Hundeerziehung wurde es ein angenehmer Abend. Dabei verzehrten sie ein dreigängiges Menu, das jedes Jahr nur wenig variierte und immer mit Erbsensuppe begann und mit Vanillepudding endete. Dazwischen wechselten sich Rinderbraten und Schweinefilet ab. Arnold Piepenstock war kein Gourmet, was Leo sehr sympathisch fand.

Nach dem Essen hielt der Bundesverdienstkreuzfabrikant eine Rede, die wegen seiner undeutlichen Aussprache schwer zu verstehen war.

Baron von Velenburg sagte: »Früher wollte ich mit achtzig sterben. Ich dachte, dann ist man alt und krank und hat keine Lust mehr zu leben. Jetzt habe ich meine Meinung geändert und auf hundert Jahre erhöht.«

»Das schaffen Sie sicher.«

»Gibt es nicht einen Tip von Ihren chinesischen Weisen zur Erreichung eines hohen Alters?«

Leo nickte und blickte zum Verdienstkreuzfabrikanten hinüber. Ein hohes Alter war sicher nicht immer erstrebenswert.

»Die Chinesen empfehlen den Mittleren Weg. Das bedeutet, man sollte alle Extreme vermeiden.« Leo sah den

Baron an und mußte grinsen. »Aber ich glaube, man darf damit nicht erst mit achtzig anfangen.«

Der Baron blieb ernsthaft. »Warum nicht? Ich fühle mich vielleicht erst jetzt in der Lage, Extreme zu vermeiden.«

Leo nickte. Sie war nicht unbedingt eine Anhängerin des Mittleren Weges.

»Ich glaube, es gibt auch Menschen, die ganz gut mit ihren Extremen leben können. Wenn sie es schaffen, eine harmonische Verbindung herzustellen, ist es für sie wahrscheinlich gesünder, als sich zwanghaft auf dem Mittleren Weg aufzuhalten.«

»Frau Doktor Piepenstock, kann es sein, daß Sie mit dieser Einstellung ziemlich alleine dastehen? Ich meine, im Vergleich zu Ihren Arztkollegen, die sich auch mit chinesischer Medizin beschäftigen?«

»Stimmt. Aber ich glaube nicht an mittlere, sondern an individuelle Wege. Und das ist etwas, was den Chinesen fremd ist.«

Als später am Abend Arnold Piepenstock bekanntgab, daß draußen die Wagen zur Rückfahrt bereitstünden, griff der Baron nach Leos Hand, führte sie an die Lippen und dankte für den anregenden Abend. Leo bedankte sich ebenfalls, war aber froh, als die Zeremonie des Handkusses vorüber war.

Sie stieg mit ihrer Schwiegermutter, dem Siku-Manager und seiner Frau in einen der Wagen. Der Fahrer schaffte die Rückfahrt in nur zehn Minuten, und Leo atmete auf, als sie unbeschadet vor dem Haus des Geschäftsführers stoppten. Sie sah aus dem Fenster und erkannte im Licht der Straßenbeleuchtung eine hohe Mauer. Antennen und andere technische Geräte hoben sich vor dem grauen Nachthimmel ab, und ein starker Scheinwerfer flammte auf, als sich das Ehepaar dem Eingang ihrer Festung näherte. Leo dachte an die verrosteten Türriegel ihres Hauses und fragte sich, ob sie sich jemals zur Installation eines so aufwendigen Sicherheitssystems entschließen könnte.

Der Fahrer startete den Wagen erneut, und Leos Schwiegermutter lehnte sich entspannt in ihrem Sitz zurück.

»So ein Geburtstag ist Schwerstarbeit.«

Leo lächelte in der Dunkelheit des Wagens. Sie war sicher, daß Edith keine Ahnung davon hatte, was Schwerstarbeit war. Jedenfalls hatte sie den Abend genossen. Er hatte sie für einige Stunden von ihren Grübeleien befreit. Erst als sie in der gebügelten und gestärkten Bettwäsche im Gästezimmer lag, dachte sie noch einmal flüchtig an den Mann am Ehrenmal. Dann überwältigte der Schlaf ihre Gedanken.

16

Die Geburtstagsfeier lag drei Tage zurück.

Edith war strahlender Laune, als sie und ihr Mann mit dem Taxi vor ihrem Haus ankamen. Sie hatten eine amüsante Aufführung des Berliner Boulevardtheaters im Kulturhaus erlebt und anschließend mit Freunden zusammengesessen und etwas getrunken. Es kam selten vor, daß Edith ihren Mann zu einem solchen Abend überreden konnte, aber diesmal hatte sie einfach behauptet, er sei ein verspätetes Geburtstagsgeschenk von ihr.

Arnold Piepenstock betrat als erster das Haus. Er war auch der erste, der den fremden Geruch wahrnahm, der in der Luft hing. Ein schwacher Gestank nach verbranntem Kunststoff, der sich schon fast verflüchtigt hatte.

Sie gingen suchend durch die Räume und schalteten dabei alle verfügbaren Lichtquellen ein. Die Wohnräume waren in tadellos aufgeräumtem Zustand. Beim Rundgang durch die anderen Zimmer blieb Edith vor der Küchentür stehen, die hinaus in den Garten führte. Sie stand einen Spaltbreit offen. Edith bewegte die Klinke und glaubte festzustellen, daß das Schloß aufgebrochen worden war, obwohl es nicht so aussah, als habe jemand Gewalt angewendet.

»Das war ein Sicherheitsschloß«, sagte Arnold Piepenstock, der in die Küche geeilt war.

»Und es war ungefähr dreißig Jahre alt«, ergänzte seine Frau.

Arnold Piepenstock benachrichtigte die Polizei und seine Schwiegertochter. Er hatte das Gefühl, sie wegen der Ereignisse in Balve informieren zu müssen. Leonie versprach, sofort nach Lüdenscheid zu kommen. Ihr Schwiegervater versuchte, ihr dieses Vorhaben auszureden, aber Leo konnte hartnäckig sein.

Während sie ihren Variant über die einsame und nachtschwarze Höhenstraße steuerte, dachte Leo daran, daß sie diese Strecke in letzter Zeit wieder so häufig befuhr wie damals, als Florian bei seinen Großeltern in Lüdenscheid gelebt hatte. Sie würde Edith immer dankbar sein für ihre selbstverständliche Bereitschaft, sich um ihr Enkelkind zu kümmern. Flo liebte seine Großmutter und hatte das Toben in dem großen Garten und die vielen Spielzeuge in seinem Zimmer genossen.

Was hatte der Einbrecher gesucht? Ihr Schwiegervater

hatte am Telefon nicht gesagt, was gestohlen worden war. Ihre Unruhe wuchs. Gab es einen Zusammenhang? War der Höhlenmörder jetzt bis Lüdenscheid vorgedrungen, bis ins Haus ihrer Schwiegereltern? Sollte sie, Leonie Piepenstock, die Ursache für den Einbruch sein?

Als sie nach vierzig Minuten in Lüdenscheid ankam, war die Polizei bereits im Haus. »Es fehlt nichts«, sagte Edith statt einer Begrüßung und umarmte Leo. »Du hättest wirklich nicht kommen müssen.«

Leo ging ins Wohnzimmer, wo ein Beamter gerade die Aussage von Arnold Piepenstock aufnahm. Ihr Schwiegervater hielt ein Glas in der Hand, dessen Inhalt nach Cognac aussah. Er versuchte die Fragen des Polizisten ruhig und präzise zu beantworten, aber Leo bemerkte die Erregung in seiner Stimme. Es war das erste Mal, daß jemand es gewagt hatte, in die Geborgenheit seines Hauses einzudringen. Er erklärte, daß es ein Alarmsystem gebe, das jedoch von einer Person innerhalb des Hauses ausgelöst werden müsse. Die Haushälterin wohne im oberen Stockwerk, aber sie habe heute ihren freien Tag gehabt.

»Ich verstehe das nicht«, sagte er schließlich und erhob sich aus dem Sessel, um unruhig hin- und herzuwandern. »Es ist nichts gestohlen worden, überhaupt nichts.«

Der Polizist schrieb unentwegt in sein Notizbuch. Leo ließ ihre Augen durch das riesige Zimmer mit den kostbaren Teppichen wandern, wo vor drei Tagen gut gelaunte Geburtstagsgäste bei Kerzenlicht Champagner getrunken hatten. Jetzt war der Raum hell erleuchtet. Leo bemerkte den beißenden Geruch, der hier stärker war als draußen im Flur.

»Hast du nach deinem Safe gesehen?« fragte sie, weil sie das Gefühl hatte, irgend etwas sagen zu müssen.

»Natürlich. Alles in Ordnung. Aber in dem Tresor liegen sowieso nur ein paar Dokumente, mit denen kein Dieb etwas anfangen könnte.«

Arnold Piepenstock kehrte zum Tisch zurück und leerte das Cognacglas. Leo ging zum Barocktisch an der Wand, auf dem verschiedene Flaschen standen, um sich ebenfalls einen Cognac einzuschenken. Sie suchte nach der richtigen Flasche, als sie mitten in der Bewegung innehielt. Etwas, was sie Sekundenbruchteile vorher wahrgenommen hatte, war anders als sonst.

Irritiert löste sie ihren Blick von den Flaschen und Gläsern. Ihr Blick fiel auf die Wand über dem kleinen Barocktisch. Dort hing das Bild, das ihr so oft Zuversicht und Mut geschenkt hatte – aber »Der Traum« von Odilon Redon war nicht mehr da. Sie starrte auf die Wand, aber dort hing ein anderes Bild. Was sie vor einigen Sekunden so irritiert hatte, war ein großes Landschaftsbild, in kräftigen Farben gemalt.

»Das Bild von Redon«, sagte Leo, »wo ist es?«

Ihr Schwiegervater blickte verständnislos erst auf sie, dann auf das Landschaftsbild. Langsam weiteten sich seine Augen. »Das Bild. Das hätte ich mir denken können. Aber es war gesichert!«

»Und die Alarmanlage haben wir seit Jahren nicht mehr überprüfen lassen«, hörten sie Ediths Stimme von der Tür her. Dann standen Leo, ihre Schwiegereltern und der Kriminalbeamte gemeinsam vor der Landschaft in Öl und starrten sie schweigend an.

Schließlich fragte der Polizist: »Das gestohlene Bild war wertvoll?«

»Es war ein Redon«, sagte Edith.

»Zwei Millionen«, sagte Arnold Piepenstock, »mindestens.«

Sie setzten sich wieder an den Tisch, und der Polizeibeamte stellte neue Fragen. Plötzlich hörten sie einen Schrei. Edith war im angrenzenden Eßzimmer verschwunden. Sie stürzten in den Nachbarraum. Edith stand vor einer kleinen Pastellzeichnung, die dort an der Wand hing. »Mein Traum«, sagte sie leise, »hier ist er ja.«

Leo brauchte nur etwas über eine halbe Stunde, um wieder nach Balve zurückzufahren. Nachts um vier war sie allein auf den Straßen. Nachdem Edith den Redon entdeckt hatte, gab es nicht mehr viel zu tun. Ihr Schwiegervater hatte betont, er wolle einen Experten einschalten, der die Echtheit der Zeichnung bestätigen sollte. Was Leos Meinung nach völlig überflüssig war – wenn der Einbrecher sie hätte austauschen wollen, dann hätte er sie an ihrem alten Platz gelassen. So aber hing dort ein großes, auffallendes Landschaftsbild.

Warum nur? Leo sah noch das verblüffte Gesicht des Kriminalbeamten vor sich. Der Täter war in ein gesichertes Haus eingedrungen, hatte eine Alarmanlage ausgeschaltet, die altersschwach, aber noch funktionstüchtig gewesen war, er hatte ein Bild im Wert von zwei Millionen Mark in der Hand gehalten, es aber nicht mitgenommen, sondern einfach an eine andere Wand gehängt. Das mußte die Handschrift des Wahnsinnigen sein, der schon zwei Morde auf dem Gewissen hatte. Das Warum mußte endlich aufgeklärt werden. Wenn sie ausgeschlafen hatte, würde sie Kommissar Plate anrufen.

Leo hatte um zehn Uhr ihren ersten Akupunkturtermin und schaffte es mit viel Kaffee, einigermaßen munter zu werden. Das Telefongespräch mit dem Kommissar mußte noch eine Weile warten. Ihr Patient war Richard Schwartpaul. Sie beobachtete seit Wochen mit Interesse die Veränderungen, die mit ihrem alten Freund vor sich gingen. Er war ruhiger geworden, seine Nervosität war verschwunden, und Trinkexzesse schien es nicht mehr zu geben. Er war in eine kleine Wohnung nach Garbeck gezogen, und die Bewohner des Ortes hatten die einschneidende Veränderung im Leben des Apothekers so gut wie kommentarlos hingenommen. Neben einem Höhlenmörder, der irgendwo unerkannt unter ihnen leben mußte, wurde Richard Schwartpauls Schicksal nur am Rande wahrgenommen.

Dem Apotheker war dieser Umstand nur recht, er schloß sich dem allgemeinen Schweigen an und äußerte sich auch Leo gegenüber nicht, wie er mit seinem neuen Leben zurechtkam. Aber seine Kopfschmerzen plagten ihn nach wie vor, und Leo hatte zehn weitere Behandlungstermine mit ihm ausgemacht. Die Sitzung verlief routinemäßig, und Richard verabschiedete sich höflich und distanziert, als er die Praxis verließ.

Leo kochte sich noch einen Kaffee und rief dann bei der Kriminalpolizei in Lüdenscheid an. Hauptkommissar Plate bestätigte noch einmal, daß keine Gegenstände entwendet worden seien. Außer den beiden vertauschten Bildern habe der Täter so gut wie keine Spuren hinterlassen. Er sei handwerklich geschickt vorgegangen, habe das Schloß der Küchentür professionell aufgebrochen und die Alarmanlage ebenso fachmännisch stillgelegt.

Nach Fingerabdrücken würde zur Zeit noch gesucht, aber der Kommissar äußerte seine Überzeugung, daß der Einbrecher mit Sicherheit Handschuhe getragen habe. »Wer sich so etwas ausdenkt, der ist klug genug, so wenig Spuren wie möglich zu hinterlassen.«

»Und was glauben Sie, wer denkt sich so etwas aus – und warum?«

»Darf ich Sie heute nachmittag wieder anrufen?« fragte der Kommissar statt einer Antwort. »Ich kann Ihnen dazu etwas sagen, aber im Moment klingeln hier alle Telefone Sturm.«

»Ja, natürlich«, sagte Leo und legte nachdenklich den Hörer auf. Sollte die Polizei endlich einen Schritt weiter gekommen sein?

Nach der Behandlung von Elisabeth Michels, die eine schwierige Patientin war, da sich ihre Beschwerden ständig in einer anderen Region ihres Körpers bemerkbar machten, fühlte Leo sich erschöpft, wie so oft in den letzten Wochen.

Sie konnte sich sehr gut in den Zustand ihrer Patientin hineinversetzen. Lisa Michels litt unter Antriebslosigkeit und wechselnden psychosomatischen Beschwerden, die auf seelische Überlastung zurückzuführen waren. Sie würde ihr bei der nächsten Sitzung die Einnahme eines Medikamentes vorschlagen, das gegen Depressionen half, zur Ergänzung ihrer Therapie. Die Blockaden der Patientin waren offenbar schon so verfestigt, daß nur noch eine chemische Substanz sie auflösen konnte. Es gab mittlerweile wirkungsvolle Präparate, die nicht abhängig machten und deren Nebenwirkungen gering waren. Elisabeth Michels brauchte diese Hilfe. Sie würde mit eigenen Anstrengungen nicht mehr schaffen, aus ihrem dunklen Tal herauszukommen.

Eine der besonderen Stärken der Akupunktur liegt in der Verbesserung der Gesamtkonstitution des Patienten. Wenn der Körper gesund ist und die Seele leidet, zeigt sich die Krankheit in den Meridianen.

Ihre nächste Patientin war Beate Engelmann, die Leo nachdrücklich gebeten hatte, doch einmal zu einem Gespräch zu ihr in die Praxis zu kommen. Die junge Lehrerin hatte chronische Darmbeschwerden, fühlte sich müde und schlapp und wurde zusehends dünner und blasser. Darmentzündungen waren nicht leicht zu therapieren. Es ging darum, die richtigen Meridiane und Energiepunkte auszuwählen. Es würde ein ausführliches Anamnesegespräch notwendig sein, damit sie entscheiden konnte, wo sie die Nadeln setzen mußte.

Als Beate Engelmann kam, erschrak Leo, so zart und zerbrechlich wirkte die junge Frau. Schakal sprang ungestüm an ihr hoch und warf sie dabei fast um. Leo stellte eine Kanne Tee auf den Tisch und bat Beate, von den Symptomen ihrer Krankheit zu berichten und ob es momentan eine besondere Belastung gebe.

Wie Leo vermutet hatte, war die Schule der größte Streßfaktor. Beate Engelmann litt an der Respekt- und Disziplinlosigkeit der Schüler und an der Gleichgültigkeit der Kollegen, die nicht mehr die Kraft oder das Engagement hatten, um daran etwas zu ändern.

Leo hörte zu und litt mit ihr. Beate Engelmann schien ihr für den Kampf in Beruf und Schule schlecht ausgerüstet zu sein – sie glaubte immer noch an die Gleichheit aller Menschen und an die Allmacht der Vernunft. Wenn es möglich gewesen wäre, hätte sie alle aggressiven Lebensäußerungen auf dieser Welt einfach abgeschafft.

Leo entschied sich für eine Behandlung, die zunächst den Allgemeinzustand der Patientin verbessern sollte. Sie wählte die Nadeln aus und begann, die Energiepunkte unter der Haut zu suchen. Beate würde kämpfen müssen, auch wenn sie sich sträubte, es gehörte zum Leben dazu, das mußte sie begreifen, wenn sie gesund werden wollte.

Gewalt und Wut sind echte Gefühle in uns. Sie verdanken ihr Vorhandensein einem Prozeß, der in die früheste Kindheit zurückgeht und ein Symptom von Selbsthaß ist.

Als Beate Engelmann gegangen war, machte Leo es sich auf dem Sofa gemütlich. Sie erwartete den Anruf des Kommissars und brauchte vorher eine Ruhepause. Für einen Moment schloß sie die Augen und schreckte hoch, als das Telefon klingelte. Kommissar Plate meldete sich, und Leo brauchte ein paar Sekunden, um sich auf das, was er sagte, konzentrieren zu können.

»Unsere Spurensucher haben eine Nachricht vom Täter gefunden. Auf einer Glückwunschkarte, die hinter dem Flurspiegel steckte, stehen ein paar Worte, die mit Sicherheit nicht vom Absender der Karte stammen.«

»Eine Nachricht – wie bei dem Konrektor?«

»Ja. Nur der Wortlaut ist anders. Auf der Karte steht: *Fühlt euch nicht so sicher.*«

»Und was soll das bedeuten?«

»Ich finde, diesmal ist der Sinn eindeutig: der Einbruch, die Ausschaltung des Sicherheitssystems, das Vertauschen der Bilder – und dann diese Nachricht. Er kann kommen und gehen, machen, was er will, und niemand kann ihn daran hindern.«

»Glauben Sie, daß es der Höhlenmörder ist?«

»Wir müssen davon ausgehen. Die Nachricht klingt wie eine Warnung. Auf den ersten Blick sehen die Schriftbilder gleich aus, was wir natürlich noch untersuchen werden. Aber das Hauptargument, das für einen einzigen Täter spricht, ist die Tatsache, daß der Einbrecher nichts gestohlen hat. Er hatte ein Bild, das zwei Millionen wert ist, schon in der Hand und hat es nicht mitgenommen.«

»Er wußte wahrscheinlich nicht, was das Bild wert ist.«

»Das ist möglich. Aber er hätte tausend andere Dinge

stehlen können. Statt dessen hängt er nur zwei Bilder um.« Der Kommissar schwieg.

Dann fragte Leo: »Aber wo ist der Zusammenhang? Warum bricht er in das Haus meiner Schwiegereltern ein?«

»Vielleicht sind Sie der Zusammenhang«, sagte der Kommissar. Nach einer Pause fügte er hinzu: »Oder Ihre Schwiegereltern oder einer der Geburtstagsgäste.«

»Es waren hauptsächlich Geschäftsleute da. Und alle haben ziemlich viel Geld, nehme ich an«, sagte Leo nachdenklich.

»Wir werden sie in den nächsten Tagen aufsuchen und befragen.« Leo merkte, wie der Kommissar unruhig wurde, wahrscheinlich dauerte ihm das Gespräch schon zu lange.

»Ich will Sie nicht von Ihrer Arbeit abhalten«, sagte Leo und hoffte, daß es so freundlich klang, wie es gemeint war. Sie beendeten das Gespräch, und diesmal vergaß der Kommissar, Leo zu bitten auf sich aufzupassen.

17

Leo und Beate Engelmann hatten sich zum Joggen verabredet. Die Initiative war von Beate ausgegangen, und Leo hatte keines ihrer vernünftigen Argumente widerlegen können. Ihr fiel immer nur das gleiche ein – daß sie keine Lust dazu hatte und Laufen ungeheuer anstrengend fand. Dies ließ Beate natürlich nicht gelten, und so war es jetzt schon das dritte Mal, daß Leo eine uralte Jogginghose und ein Paar nagelneue Turnschuhe anzog. Sie liefen auf beliebten Wanderwegen rund um die Sorpe, die nicht so einsam waren wie die Waldwege ringsum Balve. Der dritte im Bunde war Schakal, der im Gegensatz zu seiner Besitzerin keinerlei Motivations- und Konditionsprobleme hatte.

Eine ihrer Lieblingsstrecken führte oberhalb der Talsperre am Berg entlang. Es gab von dort malerische Ausblicke auf die Segelboote, die bei leichtem Wind wie weiße Schilder auf dem glatten Wasser standen.

Sie liefen meist am späten Nachmittag. Ihr Tempo war so langsam, daß sie sich dabei unterhalten konnten, wobei Leo sich auf einsilbige Antworten beschränkte und Beate erzählte. Dabei erfuhr Leo auch die neuesten Informationen aus der Schule. Am Städtischen Gymnasium herrschten Unruhe und Angst. Es gab ein schreckliches Gerücht, der Konrektor könne das Opfer seiner Schüler geworden sein. Und immer neue Meldungen in den Medien über Angriffe von Schülern auf ihre Lehrer schürten den Verdacht, der mysteriöse Mord in Balve könne einen ähnlichen Ursprung haben.

»Aber warum um Gottes willen bringen Schüler ihre Lehrer um?«

»Die Schüler sind permanent unzufrieden«, erwiderte Beate Engelmann. »Diese Einstellung bringen sie schon von zu Hause mit. Sie suchen einen Schuldigen für ihre Unzufriedenheit und reagieren aggressiv auf Druck und Zurechtweisungen. Und es gibt kaum ein wirksames Mittel gegen aggressive Schüler. Die Lehrer fühlen sich hilflos und erhöhen den Druck: in Form von Leistungsanforderungen, denen die Schüler immer geschickter ausweichen. Es gibt keinen Respekt und keine Disziplin mehr. Frag mal die Schüler, wer von ihnen Lehrer werden möchte. Die lachen dir ins Gesicht und sagen, so einen Scheißjob würden sie nie machen.« Leo warf einen erstaunten Blick auf das zarte Profil von Beate. Gott sei Dank konnte sie endlich einmal wütend werden.

»Du mußt cool und erfolgreich sein. Alles andere zählt nicht. So einfach ist das. Und Lehrer sind weder das eine noch das andere, also kannst du sie vergessen.«

»Vergessen, ja, aber umbringen?«

Beate strich sich eine feuchte Haarsträhne hinters Ohr. Ihr Gesicht war gerötet und sah angespannt aus. »Ich glaube, sie können sich einfach nicht vorstellen, daß mit ihrer Tat tatsächlich ein Menschenleben ausgelöscht wird. Sie haben schon Tausende von Toten auf dem Bildschirm gesehen, und irgendwann können sie Realität und Scheinwelt nicht mehr richtig auseinanderhalten. Außerdem macht diese Tat sie berühmt – und das ist für die meisten offenbar das einzige Lebensziel.«

Beate verlangsamte plötzlich ihr Tempo und sah Leo an.

»Ich werde übrigens am Ende des nächsten Schuljahres die Schule verlassen. Ich kann nicht mehr Lehrerin sein. Es geht nicht mehr, ich werde krank. Da helfen mir deine Behandlungen auch nicht mehr. Ich habe es schon vor zwei Wochen der Direktorin mitgeteilt.«

Leo war vollkommen überrascht. Bei ihren Therapiesitzungen hatte Beate nie von ihrem Entschluß geredet, der jetzt so endgültig klang. Sie dachte daran, mit wieviel Engagement Beate in die Schule gegangen war.

»Warum?«

»Das weißt du doch.« Es klang, als hätte Beate keine Lust, sich noch weiter über das Thema zu unterhalten. Sie fiel wieder in ihr gleichmäßiges Lauftempo, und Leo schloß sich schwerfällig an.

»Die Erziehung berücksichtigt die Gegensätze nicht.«

»Wie meinst du das?«

»Man müßte Disziplin und Freiheit miteinander verbinden. Irgendein Philosoph hat gesagt, daß diese beiden Pole im Zusammenleben und bei der Entwicklung die entscheidende Rolle spielen, und ich glaube, er hat recht.«

Dann liefen sie schweigend weiter. Ab und zu kamen ihnen Wanderer und Spaziergänger entgegen, der Hund stöberte durchs Unterholz, kehrte aber immer wieder auf den Weg zurück.

Leos Beine wurden langsam bleischwer. Sie verlangsamte ihren Schritt, blieb stehen und ging in die Hocke. Es war mehr als genug für heute. Durch die Bäume konnte sie ein Stück der Talsperre sehen und ein kleines weißes Segel. Sie dachte an einen heißen Nachmittag und an die enge Koje eines Segelbootes. Schnell verdrängte sie die aufkommende Erinnerung. Sie wußte nicht, wie sie damit umgehen sollte.

Beate war noch ein Stück weiter gelaufen, drehte jetzt eine Kurve und kam zurück. Leo wollte umkehren und beim Auto auf Beate warten, die noch keine Lust hatte mit dem Laufen aufzuhören.

Freiheit und Disziplin – Leo dachte daran, wie traurig es war, daß Beate ihren Beruf aufgeben wollte. Vielleicht war es eine Krise, die wieder vorbeigehen würde. Aber sie ahnte, daß es nicht so war. Beate war nicht stark genug, um diesen Kampf zu gewinnen.

Leo betrachtete das in der Ferne glitzernde Wasser des Stausees. Ab und zu kamen ihr Wanderer entgegen, die meisten waren zu zweit und schritten schweigend und zügig voran. Wandern im Sauerland war eine ernsthafte Angelegenheit.

Bei ihrem Auto angekommen, öffnete Leo alle Türen, setzte sich auf den Fahrersitz und versuchte, die Füße irgendwie hochzulegen. Sie würde wieder einen schrecklichen Muskelkater bekommen.

Immer noch schien die Sonne warm. Leo lauschte in die Stille, die sie umgab. Sie beobachtete zwei Dohlen, die am Rand des Feldes spielerisch auf- und abflogen, wobei ihre Flugbahnen sich ständig kreuzten. Auch ihr Hund hatte die beiden Vögel im Blick, obwohl er scheinbar uninteressiert an Erdhaufen schnüffelte. Leo wußte, was gleich passieren würde – der Hund würde sich bis einige Meter an die Vögel heranpirschen, dann würde er die Beherrschung verlieren und laut bellend mit wilden Sprüngen auf sie zustürzen. Die Vögel, die ihn längst gesehen hatten, würden auffliegen und sich hundert Meter weiter wieder niederlassen.

Leo suchte die Umgebung nach einem neuen Objekt ab, dem sie ihre Aufmerksamkeit schenken konnte. Auf dem Feldweg, an dessen Rand sie das Auto geparkt hatte, stand in einiger Entfernung ein dunkelblauer BMW. Sie sah eine Weile zu dem Auto hinüber. Ein unangenehmes Gefühl breitete sich in ihr aus. Sie stieg aus und ging zum Wagen hinüber. Dabei redete sie sich ein, daß es hier, in diesem belebten Wandergebiet, höchst unwahrscheinlich war, von einem Mörder verfolgt zu werden. Trotzdem klopfte ihr Herz, als sie in das Innere des Wagens sah. Es war leer, bis auf einen Autoatlas und eine Lederjacke, die auf dem Rücksitz lagen. Dann betrachtete sie das Nummernschild. Der Wagen kam aus Olpe, und sie murmelte das Kennzeichen vor sich hin, während sie zurück zu ihrem Variant ging. Dort schrieb sie die Ziffern mit Lippenstift auf die Seitenscheibe, da sie nichts anderes zum Schreiben fand.

Dann saß sie auf dem Fahrersitz und starrte auf das Autokennzeichen auf ihrem Wagenfenster. Es war eine völlig überflüssige Aktion von ihr gewesen, und die Entfernung des Lippenstiftes würde eine ziemliche Schmiererei werden.

Sie sah auf die Uhr. Seit sie sich von Beate getrennt hatte, war fast eine Stunde vergangen. Wo blieb sie nur so lange? Es war unmöglich, sich in dieser Gegend zu verlaufen. Leo beschloß noch zehn Minuten warten und dann zu der Stelle zurückzukehren, wo sie sich getrennt hatten. Ihr Blick fiel auf Schakal, dessen gelbe Augen jeder ihrer Bewegungen folgten. Seine Ohren waren so steil aufgerichtet, daß sich ihre Spitzen fast berührten. Hunde, dachte sie, sind die besten Beobachter. Sie brauchen keine Sprache und keine Gedanken. Alles, was sie zum Leben brauchen, lernen sie durch das aufmerksame Betrachten der Dinge. So gesehen, war ihr Hund ein Taoist.

Die Kunst des Beobachtens ist die Grundlage für die Aufmerksamkeit. Aufmerksamkeit hat mit Gedanken nichts zu tun. Wir haben die Fähigkeit verloren, etwas um uns her anzusehen, ohne daß wir unsere Gedanken dazwischenschalten.

Diese Erkenntnis half Leo allerdings nicht weiter. Sie machte sich Sorgen um Beate und hatte das Gefühl, handeln zu müssen. Sie stieg aus dem Auto und rief den Hund an ihre Seite. Dann gingen sie gemeinsam zurück in den Wald.

Nicht weit von der Stelle, wo sie sich getrennt hatten, zweigte ein schmaler Waldweg von der Hauptwanderstrecke ab. Es war ein kleiner Rundweg, den sie vor einer Woche schon mal gelaufen waren, und Leo nahm an, daß Beate auch diesmal diesen Weg gewählt hatte. Der schmale Pfad war mit Fichtennadeln bedeckt, und sie hatte das Gefühl, auf einer dicken Watteschicht zu laufen.

Die Stille nahm zu, je weiter sie sich von der Talsperre

entfernte. Das Sonnenlicht fiel durch die dunklen Stämme und wurde von ihnen in Streifen geschnitten. Leo fand die Stille plötzlich unerträglich und fing an, laut Beates Namen zu rufen. Einige Krähen flatterten erschrocken auf. Rufend ging Leo mit schnellen Schritten voran, ihr Herz pochte, und sie hörte das Blut in den Ohren rauschen. Im hohen Farnkraut am Wegesrand raschelte es, irgendwo im Dämmerlicht des Unterholzes knackten Zweige. Ihre Stimme wurde von den dichten Zweigen der Fichten verschluckt.

Als Leo schließlich die Gestalt sah, die mit lang von sich gestreckten Beinen an einem Baumstamm lehnte, nicht weit vom Weg entfernt, wurde ihr bewußt, daß sie die ganze Zeit auf diesen Anblick gewartet hatte. Sie sprang über Farne und mit Moos bewachsene Wurzeln und hielt den Hund zurück, der hechelnd in Richtung des zusammengesunkenen Frauenkörpers strebte.

Dann kniete sie neben Beate nieder und sah ihren beschmutzen Trainingsanzug und ihren auf die Brust gefallenen Kopf. Ihr Gesicht war mit Erde beschmiert. Eine schmale Blutspur rann am Hals hinunter auf den hellgrauen Kapuzenkragen des Pullovers. Mit kalten Fingern tastete Leo nach der Halsschlagader. Die dunkelbraunen Haare waren feucht, und Leo strich sie vorsichtig nach hinten. Die weiche Haut des Halses fühlte sich warm an unter Leos suchender Hand.

Sie spürte das leichte Pulsieren der Arterie im gleichen Augenblick, als Beates Augenlider anfingen zu flattern. Der Oberkörper der jungen Frau rutschte seitlich am Stamm entlang, Leo fing sie auf und hielt sie fest an sich gedrückt.

»Es ist alles in Ordnung. Ich bin bei dir.« Beate sah sie mit einem geistesabwesenden Blick an, der sich dann ganz langsam auf Leos Gesicht konzentrierte.

»Er war hinter mir.«

Leo drückte ihren Arm fester um die dünnen Schultern. »Du kannst mir später alles erzählen. Ich rufe jetzt die Polizei an.« Leo kramte mit der freien Hand in ihrer Bauchtasche und holte das Handy heraus. »Er muß ihn endlich kriegen«, murmelte sie, während sie die Nummer von Kommissar Plate wählte.

Zwei Tage später war Leo schon wieder in Lüdenscheid und besuchte Beate Engelmann im Kreiskrankenhaus. Sie lag auf der gleichen Station, auf der Leo behandelt worden war. Auch die Verletzung war beinahe identisch. Ein Schlag mit einem stumpfen Gegenstand auf den Hinterkopf hatte eine Platzwunde und eine Gehirnerschütterung verursacht.

Beate war kalkweiß im Gesicht, aber sie lächelte, als Leo ihr einen Strauß mit gelben Rosen auf die Bettdecke legte. »Meine Lieblingsfarbe«, sagte sie.

»Kannst du dich erinnern, was passiert ist?« Leo setzte sich auf die schmale Metallkante des Krankenhausbettes. Beate seufzte. »Kommissar Plate hat mich auch schon ausgequetscht. Aber ich kann mich nicht an viel erinnern. Es war wahrscheinlich ein Jogger, ich habe jedenfalls einen gesehen, mit Sonnenbrille und Wollmütze, was ich komisch fand. Der Kommissar will mir morgen seine gesammelten Verbrecher zeigen. Aber ich bin sicher, daß ich ihn nicht wiedererkenne. Er war weder groß noch klein und sah aus wie ein ganz normaler Jogger.« Beates Hand fuhr glättend über die Bettdecke.

»Er war plötzlich hinter mir. Ich glaube, er hat sich hinter einem Baum versteckt. Ich wollte mich umdrehen. Aber er hat mir einen Stoß versetzt, und ich bin mit dem Gesicht nach vorne auf die Erde gestürzt.« Beate machte eine Pause und faßte vorsichtig an den Verband an ihrem Kopf.

»Er hat gesagt: *Nun kämpf doch, du Verräterin!*«

»Er hat mit dir gesprochen?« Leo war verblüfft.

»Er hat sehr laut gesprochen, fast geschrien. *Warum kämpfst du nicht, du Verräterin*? Das hat er gesagt, und dann bin ich wohl bewußtlos geworden. Was glaubst du, hat er damit gemeint? Ich konnte nicht kämpfen, ich lag mit dem Gesicht auf der Erde. Und warum bin ich eine Verräterin?«

Leo nahm Beates Hand. »Du darfst dich jetzt nicht aufregen. Vielleicht ein Perverser, der sich an der Hilflosigkeit von Frauen ergötzt.«

»Du glaubst nicht, daß es der Höhlenmörder war?«

Leo zögerte. Sie war davon überzeugt, daß es dieser Wahnsinnige war, der jetzt auch Beate auf seine Liste gesetzt hatte – aus welchem Grund auch immer. Aber es war nicht sinnvoll, Beate in ihrem jetzigen Zustand mit dieser Gewißheit zu konfrontieren.

»Es ist möglich, daß es Nachahmer gibt, psychisch gestörte Männer, die jetzt so tun, als seien sie der Täter – und die sich dabei nur ihren Kick holen wollen.«

Beate nickte und sagte leise: »Das stimmt. Warum sollte der Höhlenmörder ausgerechnet mich überfallen?«

Beates erschöpfte Stimme erinnerte Leo daran, daß sie schon viel zu lange mit der Patientin geredet hatte.

Sie suchte nach einer Vase, stellte die Rosen hinein und küßte Beate zum Abschied auf die Wange. »Ruf mich an, wenn du irgend etwas brauchst.« Beate hatte die Augen geschlossen, als Leo das Krankenzimmer verließ und ihr eine chinesische Weisheit durch den Kopf schoß: *Der erste Versuch führt manchmal nicht zum Ziel.*

Leo fuhr vom Krankenhaus direkt ins Polizeipräsidium. Kommissar Plate hatte ihr mitgeteilt, daß er noch einige ergänzende Fragen zu ihrem Joggingausflug habe. In der Polizeistation herrschte eine hektische Atmosphäre, und der Kommissar begann nach einer knappen Begrüßung sofort mit seinen Fragen und einer präzisen Schilderung des Ermittlungstandes.

»Wir sollten uns noch einmal die Ereignisse vor Augen führen. Wir wissen inzwischen, daß es eine Menge Leute gibt, die gute Gründe hatten, den Schüler Andrea zum Teufel zu wünschen. Ob diese Gründe auch ausreichen, um einen Mord zu begehen, ist eine andere Frage. Aber wer hatte ein Motiv, den Konrektor umzubringen? Außer vielleicht seinen Schulden, gibt es nichts, was ihn in irgendeiner Weise belastet. Sie haben mit Beate Engelmann über ihre Gründe gesprochen, die Schule zu verlassen?«

Leo nickte. Der Kommissar hob den Telefonhörer ab und sprach kurz und für Leo unverständlich mit einem Kollegen.

Dann wandte er sich wieder Leo zu. »Vielleicht war der Konrektor den Hehlergeschäften in der Schule auf die Spur gekommen und mußte deswegen sterben. Es gab schließlich außer Andrea noch andere Schüler, die davon profitierten.«

»Sie meinen, an dem Gerücht, Schüler könnten etwas mit dem Mord zu tun haben, ist wirklich etwas dran?« Leos Magen zog sich zusammen. Sie dachte an Jennifer und an deren Freunde.

»Genau das meine ich. Und ich werde sicher dazu noch einige Lehrer und die Direktorin befragen. Und natürlich Schüler. Aber ich nehme an, daß alle diesen Verdacht weit von sich weisen werden.«

»Es ist unvorstellbar«, wiederholte Leo laut ihre Gedanken.

»Der Tod mußte auf irgendeine Weise spektakulär sein. Wie eine Theaterinszenierung. Denken Sie an den abgebrochenen Stalagmiten und den Zettel in der Jackentasche des Toten. *Wieder einer weniger.* Ein Lehrer weniger? Ein Erwachsener weniger? Ein Spielverderber weniger?« Er sah Leo an, als erwarte er eine Reaktion. Aber sie fühlte sich wie betäubt. Schließlich sagte sie:

»Aber Sie haben gesagt, die beiden Morde hängen zusammen. Sie glauben doch nicht etwa, daß auch Andrea von Schülern umgebracht worden ist?«

»Warum eigentlich nicht? Es gab genug Schüler, die bei der Aufführung mitgespielt haben. Und viele hatten einen Grund, Andrea zu hassen – er hat sie bedroht, erpreßt und ihnen die Freundinnen weggenommen. Warum also nicht?« Weil Kinder und Jugendliche so etwas nicht tun, wollte Leo sagen, aber ihr blieben die Worte im Hals stekken.

»Wir haben keinerlei Hinweise auf einen Täter. Wir haben nur zwei Tote, die unterschiedlicher nicht sein könnten, deren Tod aber in einem Zusammenhang stehen muß. Und die Rache der Schüler wäre ein Motiv.«

»Und wo ist das Motiv für den Einbruch bei meinen Schwiegereltern? Und das Motiv für die beiden Überfälle? Wollen Sie dafür auch die Schüler verantwortlich machen?«

»Sie haben recht. Dafür nicht. Jedenfalls ist noch kein Zusammenhang erkennbar.«

Der Kommissar stellte die Kaffeemaschine an, die wenige Sekunden später anfing zu brodeln.

»Sie müssen die Kaffeemaschine entkalken«, sagte Leo.

Hauptkommissar Plate nickte und griff wieder zum Telefonhörer. Leo stand auf und ging grußlos hinaus.

18

Ein weiterer heißer Sommertag veranlaßte Leo dazu, die Baustelle in ihrem Badezimmer zu verlassen und zur Eisdiele auf der Hauptstraße zu spazieren. Dann saß sie vor einem großen Eisbecher und zerbiß eine dunkelrote Maraschinokirsche, die so süß war, daß sich ihr Mund zusammenzog. Sie war immer noch fassungslos, wenn sie daran dachte, in welche Richtung sich die Ermittlungen nun bewegten.

Gerade kratzte sie die letzten Reste aus ihrem Eisbecher, als sie das rote Cabrio von Bettina Lüsebrink langsam vorbeirollen sah. Bettina winkte ihr zu und parkte am Straßenrand, halb auf der Bushaltestelle.

Sie kam an Leos Tisch, beugte sich zu ihr hinunter und küßte sie mehrfach auf beide Wangen. Leo war irritiert, weil sie nie genau wußte, wann das Ritual beendet war. Außerdem hatten die Haare ihrer Freundin eine andere Farbe als sonst.

»Ja, sie sind blond«, sagte Bettina statt einer Begrüßung. »Macht mich zwanzig Jahre jünger, oder?«

»Ich wußte nicht, daß du wieder in den Kindergarten gehen wolltest«, sagte Leo, und sie lachten beide. Leo fühlte sich wie von einer Last befreit. Bettinas Existenz war ein Beispiel dafür, daß das Leben auch seine leichten Seiten hatte. Bettina bestellte sich einen Cappuccino und zählte fünfzehn Minuten lang ihre Probleme auf, von denen Leo nicht ein einziges ernst nehmen konnte. Es ging um unzuverlässige Putzfrauen, unbequeme neue Sessel und die Unfähigkeit von Verkäuferinnen, beim Kauf von teuren Hosenanzügen die richtigen beratenden Worte zu finden. Dann fragte sie übergangslos: »Wie geht es der überfallenen Lehrerin?«

»Ganz gut. Sie ist wieder zu Hause. Aber sie hat Angst.«

»Das ist doch klar, daß sie Angst hat. Jeder hier hat Angst. Nur du offenbar nicht. Wie machst du das eigentlich?«

Leo wußte, daß ihre Freundin sich dazu entschlossen hatte, die dunklen Seiten des Lebens zu ignorieren, und ihre Erklärung nicht verstehen würde. Sie hätte ihr etwas von Schicksal erzählen müssen und davon, daß nirgendwo wirkliche Sicherheit zu finden ist. *Das verzweifelte Suchen nach Sicherheit ist vergeblich, in jeder Sekunde können sich die Dinge grundlegend ändern.*

»Ich glaube, der Täter wollte mich nicht umbringen und auch Beate nicht«, sagte sie statt dessen. »Es ist unwahrscheinlich, daß er es noch einmal versucht. Er hätte es gleich beim ersten Mal richtig machen können.«

»Und warum dann diese beiden Überfälle?«

»Er hat mit Beate gesprochen und sie eine Verräterin genannt. Vielleicht bin ich in seinen Augen auch eine Verräterin. Aber wir wissen nicht, was er damit gemeint haben könnte.«

»Vielleicht ein Verrat von Geheimnissen aus deiner Praxis?« überlegte Bettina. »Oder irgendwelche Informationen über Schüler oder Eltern, die Beate Engelmann weitergegeben hat und die jemandem geschadet haben?«

»Und dieser jemand läuft herum, schlägt Frauen nieder, bricht in Häuser ein und bringt zwei Menschen um? Weil ein geheimnisvolles Detail aus seinem Leben bekannt geworden ist? Es muß schon ein furchtbares Geheimnis sein, um zwei Morde zu rechtfertigen.«

»Kein Mensch weiß, ob diese Taten wirklich miteinander in Zusammenhang stehen«, bemerkte Bettina.

Leo bestellte sich einen Espresso und mußte feststellen, daß ihre gute Laune wieder verflogen war. Es gab kein

Entrinnen vor diesem Thema. »Können wir nicht mal über etwas anderes reden?« fragte sie.

»Klar. Ich habe eine interessante Neuigkeit für dich.«

O nein, dachte Leo, Werner arbeitet zuviel, und Bettina hat wieder ein Auge auf einen hübschen Schüler geworfen. Hoffentlich nicht.

»Es betrifft deinen alten Kollegen Bernhard Stahlschmidt.«

»Hast du ein Verhältnis mit ihm?« Leo war bereit, sich über nichts mehr zu wundern. Aber Bettina schüttelte ernsthaft den Kopf.

»Nein, ganz im Gegenteil.«

»Was soll denn das heißen?«

»Das soll heißen, daß ich glaube, daß Bernhard Stahlschmidt dem eigenen Geschlecht zugeneigt ist.«

Leo starrte ihre Freundin an. Nicht schon wieder, dachte sie.

Bettina hatte Bernhard Stahlschmidt in Herscheid in einem Lokal gesehen, in Begleitung eines Mannes.

»Aha«, sagte Leo. »Zwei Männer essen zusammen, und das läßt natürlich darauf schließen, daß sie schwul sind.«

»Warte«, sagte Bettina, »es geht noch weiter.«

Ein paar Tage später hatte Bettina den Balver Arzt noch einmal getroffen, wieder in männlicher Begleitung. Diesmal in einem Dortmunder Möbelhaus.

»Und du kannst mir glauben, ich habe ein Gespür dafür, wenn ich ein schwules Paar sehe.« Bettina rührte andächtig in ihrem Espresso.

»Schön«, sagte Leo. Bernhard war eben auch schwul. Das schien irgendwie ansteckend zu sein. Leo wunderte allmählich überhaupt nichts mehr.

»Willst du gar nicht wissen, wer der Begleiter von unserem Bernhard war?«

»Wieso, kenne ich ihn denn?«

»Du kennst ihn gut. Es war Richard Schwartpaul.«

Leo sagte nichts mehr. Schon wieder ein Ereignis, das die Verwirrung in ihr und um sie herum vergrößerte. Richard hatte den Vorsatz, sein Leben umzukrempeln, sehr schnell und gründlich in die Tat umgesetzt. Dann fiel ihr der Brief ein. Andrea Merschmann hatte darin behauptet, er kenne Richard gut. Richard hatte dies abgestritten. Jetzt war Richard der Freund von Bernhard Stahlschmidt, was aber keiner wissen sollte. Weil Bernhard erst einmal Chefarzt werden sollte?

»Aber ich kann gut verstehen, daß Richard und Bernhard nicht wollen, daß ihr Verhältnis bekannt wird«, fuhr Bettina fort. »Zwei ältere Männer, die ihre Liebe zueinander entdecken! Das ist doch irgendwie lächerlich.« Leo sagte darauf nichts. Lächerlich war es nicht, aber auch sie mußte sich erst an den Gedanken gewöhnen. Und ohne daß sie es wollte, fiel ihr Marianne Schwartpaul ein, die sie nicht leiden konnte, der sie aber jede Unterstützung gewährt hätte, wenn sie darum gebeten worden wäre.

Die weitere Unterhaltung mit Bettina floß zäh dahin, weil Leo sich nicht mehr auf das Gespräch konzentrieren konnte. Schließlich verabschiedete sie sich mit dem Hinweis auf einen Behandlungstermin, was gelogen war. Aber sie mußte in ihr Haus fliehen und die Tür hinter sich zumachen können.

Er hatte sein Kommen telefonisch angekündigt und sah ganz anders aus, als Leo ihn sich vorgestellt hatte.

Der Profiler drückte ihre Hand und stellte sich als Kommissar Keitel vor. Sie bat ihn hereinzukommen, und sie gingen ins Wohnzimmer. Keitel setzte sich auf das Blumensofa und legte seine Unterlagen sorgfältig auf den niedrigen chinesischen Lacktisch. Leo ging in die Küche, um den Kaffee zu holen, und wunderte sich, daß sich hinter einer Stimme mit weichem schwäbischem Akzent eine Kopie von Bruce Willis verbergen konnte.

Sie setzte sich ihm gegenüber und war gespannt, welche Fragen er stellen würde. Aber der Profiler hatte offenbar einen anderen Arbeitsstil. Er reichte ihr zwei eng beschriebene Blätter über den Tisch, die nach schlechten Fotokopien aussahen.

»Sie müssen sich meine Arbeit wie ein Puzzlespiel vorstellen. Aus vielen Einzelteilen bemühe ich mich, ein Profil des Täters zusammenzusetzen. Wenn wir seinen Charakter, sein Aussehen, seine Lebensgewohnheiten kennen, können wir daraus das Motiv für seine Taten ableiten, jedenfalls in den meisten Fällen.«

Leo überflog den ersten Textabsatz. Er klang nach einer normalen Personenbeschreibung.

»Ich habe mit allen gesprochen, die mit den Ermordeten in einer Beziehung standen und bei denen ich das Gefühl hatte, sie könnten mir Fragen beantworten, die ihnen die Polizei noch nicht gestellt hat. Dann habe ich alle Hinweise, die an den Tatorten gefunden wurden, unter dem Aspekt untersucht, was sie über den Täter aussagen könnten.« Er machte eine kurze Pause, bevor er fortfuhr. »In der Hoffnung, die richtigen Rückschlüsse zu ziehen. Ich habe jetzt eine erste Skizze des Täterprofils erstellt und sie allen an der Ermittlung Beteiligten zukommen lassen. Ich möchte auch Sie um Ihre Meinung bitten.« Er sah Leo an. »Hauptkommissar Plate meinte, Sie seien dafür die richtige Person.« Leo hoffte, daß die Wärme, die sie plötzlich in ihrem Gesicht spürte, nur eine innerliche war.

Sie nickte wortlos. Profiler Keitel hatte sicher eine ziemlich hohe Erfolgsquote. Und ihr wurde klar, daß der

Höhlenmörder von der Kriminalpolizei als extrem gefährlich eingestuft wurde – ansonsten hätte man der Mordkommission in Lüdenscheid sicher niemanden wie Kommissar Keitel vom Landeskriminalamt zur Unterstützung geschickt. Der Profiler bat sie, ihm einige Fragen zu beantworten. Nebenher tätschelte er den Kopf des Hundes, der neben dem Sofa saß, und es dauerte nur ein paar Sekunden, bis Schakal auf dem Rücken lag und auf weitere Streicheleinheiten wartete.

»Das macht er sonst nicht«, sagte Leo.

»Ich finde, er benimmt sich völlig normal«, sagte der Profiler und grinste. In den Fragen, die er ihr stellte, ging es um Vermutungen, flüchtige Eindrücke, eventuelle Zusammenhänge, um Reaktionen von Menschen, die sie beobachtet hatte. Leo gab sich Mühe, sich an so viele Einzelheiten wie möglich zu erinnern. Sie wollte es Bruce Willis recht machen.

Nach einer Stunde stand Keitel auf, um sich zu verabschieden. Er bat sie, das skizzierte Täterprofil umgehend zu lesen und ihre Meinung dazu zu äußern. Als er zum Gartentor hinausging, mußte Leo den Hund festhalten, der drauf und dran war, ihm zu folgen.

Sie holte sich einen Campari, legte sich aufs Sofa und begann zu lesen.

Vorläufige Erkenntnisse / Zusammenfassung
Täterprofil Höhlenmörder

Ziel der Untersuchung: Erkenntnisse über die Persönlichkeitsstruktur des Täters. Dazu gehören u. a. das Erscheinungsbild des Täters, sein Lebensumfeld und sein Charakter. Davon abgeleitet werden Erkenntnisse, die auf ein mögliches Motiv hinweisen können. Eine detaillierte Auflistung der gefundenen Hinweise und die zugeordneten Persönlichkeitsmerkmale sind bei der Sonderkommission (Hauptkommissar Plate) einzusehen.

Das Erstechen und Erschlagen der Opfer deutet mit allergrößter Wahrscheinlichkeit auf einen männlichen Täter hin. Er ist kräftig und geschickt.

Er hat eventuell medizinische Grundkenntnisse. Man kann davon ausgehen, daß er nur dann tödlich trifft, wenn er es beabsichtigt. Er hinterläßt keine Spuren, keine Fingerabdrücke. Er ist vorsichtig, handelt überlegt und ist intelligent. Er tötet schnell und effektiv, es gibt keine Perversionen, keine sexuellen Handlungen. Er hat kein Interesse daran, seine Opfer leiden zu sehen. Er will schnell sein Ziel erreichen.

Das Erstechen einer Person erfordert Mut. Es ist keine anonyme Tötungsart wie z. B. das Erschießen, bei dem Täter und Opfer Distanz zueinander haben, sondern der Täter muß dem Opfer sehr nah kommen, um es töten zu können. Es gibt ein hohes Risiko, daß der Angegriffene sich wehrt, den Täter verletzt und den Anschlag überlebt.

Der Täter ist handwerklich geschickt (Aufbrechen der Schlösser) und hat eventuell eine kriminelle Vergangenheit, bei der er diese Fertigkeiten einsetzen konnte.

Die Auffindungsorte lassen darauf schließen, daß der Täter ein Interesse an der öffentlichen Meinung hat. Er stellt seine Opfer zur Schau. Er will Aufmerksamkeit.

Der Täter ist nicht auf persönliche Bereicherung bedacht, es geht ihm nicht um Geld. Wertgegenstände, die er problemlos hätte entwenden können, verblieben bei den Opfern.

Die Opfer: Andrea Merschmann und Clemens Schulte. Es gibt nur eine Gemeinsamkeit – sie verkehrten in homosexuellen Kreisen, wobei dies bei Schulte nur eine Vermutung ist.

Mögliches Motiv: Der Täter haßt Homosexuelle. Er ist ein Sektierer, ein Moralist. Er hegt ebenfalls Haßgefühle gegenüber allen Personen, die sich nicht an die üblichen gesellschaftlichen Normen und Regeln halten. Beispiele: Überfall auf Frau Doktor Piepenstock – sie ist in den Augen des Täters von ihrer normalen Arztlaufbahn abgewichen, arbeitet mit alternativen Heilmethoden, sie lebt alleine.

Überfall auf Beate Engelmann – sie ist eine unkonventionelle Lehrerin und will die Schule verlassen.

Weitere Möglichkeit: Er ist selber homosexuell, ohne es zu akzeptieren.

Weitere Möglichkeit, die ich für unwahrscheinlich halte: er ist ein eifersüchtiger Liebhaber, der sich zurückgestoßen fühlt.

Weitere Möglichkeit, die ich für wahrscheinlicher halte: Der Täter ist durch ein einschneidendes Ereignis aus der Bahn geworfen worden und will Rache üben an den Personen, die daran beteiligt waren und die seiner Meinung nach schuldig geworden sind.

Er will, daß andere seine Handlungen verstehen, er schickt Botschaften und Warnungen. Aber er will nicht deutlich formulieren, worum es ihm geht. Vielleicht ist sein Motiv so komplex, daß er nicht in der Lage ist, sich kurz und prägnant zu artikulieren. Oder er ist vollständig in seinem Gedankenkonstrukt verfangen und überschätzt die Bedeutung seiner Botschaft. Er glaubt, er brauche nur in Andeutungen zu sprechen, um verstanden zu werden.

Er ist nicht mehr jung. Er ist nicht spontan, aber

jähzornig. Er ist fähig, Leidenschaft zu entwickeln, aber diese wird in falsche Bahnen gelenkt. Er ist ein Fanatiker, ist unzufrieden mit seinem Leben und will Veränderungen. Er neigt dazu, Probleme zu vereinfachen und nur aus seiner Sicht zu sehen. Er fühlt sich als Einzelkämpfer. Er hat Geduld, kann beobachten und abwarten, vermeidet Fehler. Wenn der richtige Zeitpunkt gekommen ist, zögert er nicht, sondern greift an.

Der Täter ist mit Sicherheit ein psychisch angegriffener Mensch. Die Ursache der psychischen Verletzung ist uns nicht bekannt und wir können darüber nur Vermutungen anstellen. Er ist jedoch in der Lage, seine Taten gründlich zu planen und ein bestimmtes Ziel zu verfolgen.

Aufgrund der scheinbaren Motivlosigkeit der Taten ist es nicht völlig auszuschließen, daß es sich dennoch um einen psychopathischen Mörder handelt, der seine Opfer nach einem triebgeleiteten System findet und tötet, das nur ihm bekannt ist und von uns ohne weitere Indizien und Anhaltspunkte nicht nachvollzogen werden kann.

In diesem Fall haben wir die falschen Rückschlüsse aus den von ihm hinterlassenen Spuren gezogen.

gez. Kommissar T. Keitel

Leo legte die Blätter aus der Hand und sah vor sich hin. Sie hatte eine Gänsehaut. Ein psychopathischer Mörder, der seine Opfer nach einem nur ihm bekannten System findet und tötet … In diesem Fall haben wir die falschen Rückschlüsse gezogen … Das würde bedeuten, daß nichts von den zuvor erwähnten Merkmalen zutreffen mußte.

Sie rief nach Schakal und erlaubte ihm, aufs Sofa zu

springen. Im Moment brauchte sie dringend ein lebendiges Wesen in ihrer Nähe.

Dann versuchte sie, die Persönlichkeitsmerkmale, die der Profiler aufgeführt hatte, mit ihr bekannten Personen in Verbindung zu bringen. Sie zwang sich dazu, nicht an den Hintergrund zu denken, vor dem sie sich ihre Gedanken machen mußte, und nahm noch einmal die Kopien zur Hand. Beim zweiten Durchlesen fiel ihr auf, daß die Merkmale nicht so ungewöhnlich waren, als daß man den Personenkreis drastisch hätte einschränken können – wenn man davon ausging, daß jeder Mensch auch Seiten hatte, die er nicht offen zur Schau stellte.

Trotzdem … ein Gesicht und eine Stimme erschienen in ihren Gedanken und setzten sich fest. Sie kannte einen Mann, auf den das Täterprofil zutraf. Erschreckend genau zutraf.

19

Am Sonntag, als Leo den Fliesenkleber soeben großzügig im Badezimmer und über Hose und Hände verteilt hatte, erschien Markus Baumann, der es offenbar im Gefühl hatte, wann sie sich in eine Heimwerkerin verwandelte.

Sein Polohemd war blütenweiß und die beigefarbene Bundfaltenhose knitterfrei. Sie begrüßten sich förmlich. Schakal sprang elegant vom Küchentisch, und Leo hatte keine Lust, mit ihm zu schimpfen.

»Du mußt konsequent sein, sonst gehorcht er dir nie.«

»Bist du gekommen, um mir das mitzuteilen?« Sie haßte es, in Erziehungsfragen belehrt zu werden.

»Nein. Es ist schönes Wetter, ich wollte dich zu einem Segelausflug abholen.«

Leo unterdrückte ihr Erstaunen.

»Wie du siehst, bin ich gerade mit etwas anderem beschäftigt.«

»Du könntest aber mal eine kleine Pause machen. Um die Kreativität zu steigern.«

Leo seufzte. Markus Baumann schaffte es, ihre Abenteuerlust zu wecken.

Sie zog saubere Jeans an und packte das Handy in den Rucksack. Dann verließen sie zusammen das Haus. Leo schloß sorgfältig die Tür ab und prüfte noch einmal, ob das Küchenfenster verriegelt war. Im oberen Stock hatte sie bereits ihren Rundgang gemacht.

Der blaue BMW stand in der Einfahrt, und Markus sah gequält zu, wie der Hund auf den Rücksitz sprang. Leo bot an, mit ihrem Wagen zu fahren, was Markus ohne zu zögern ablehnte. Ein Hund auf dem Rücksitz war nicht ganz so schrecklich wie eine Fahrt in einem dreizehn Jahre alten VW Variant Diesel.

Dann fuhren sie viel zu schnell die Hauptstraße entlang und bogen an der Kirche in Richtung Mellen ab. Markus Baumann konzentrierte sich darauf, mehrere Motorradfahrer zu überholen, und Leo konnte darüber nachdenken, was sie nur dazu bewogen hatte, in dieses Auto zu steigen. Diesmal näherten sie sich dem Haus von Robert Merschmann nicht von der Seeseite, sondern fuhren mit dem Auto direkt vor die Haustür. Von der Straße aus sah man lediglich das Dach des ockerfarbenen Gebäudes, das versteckt hinter einer Weißdornhecke lag.

Markus Baumann schloß die Haustür auf. Der Wohnraum erstreckte sich über zwei Etagen. Eine gemauerte Steintreppe führte in den unteren Raum, von dem man durch eine große Glastür auf die Terrasse hinausgehen konnte. Alles in diesem Haus zeugte von Geschmack und Geld, und ein kleines Neidgefühl regte sich in Leo.

Sie ging auf die Terrasse hinaus, während der Anwalt in einem der Zimmer verschwand. Draußen sah alles so aus, wie Leo es in Erinnerung hatte. Auch das Segelboot lag unten am Anlegesteg und schaukelte leicht. Sie hatte plötzlich ein flaues Gefühl im Magen und war dennoch gespannt, wie der Tag weitergehen würde.

Markus Baumann kam mit einem Aktenordner wieder und legte ihn auf den Terrassentisch. »Ich möchte etwas mit dir besprechen – danach können wir gerne segeln.«

Leo war überrascht. Besprechen hörte sich offiziell an.

»Du erinnerst dich an unser Gespräch über einen Patienten, der wahrscheinlich an einer Akupunkturbehandlung gestorben ist?«

»Ja.« Leo würde dem Anwalt nicht sagen, daß sie seitdem beinahe täglich an diesen Fall gedacht hatte.

»Ich weiß, daß du nicht begeistert von dem Gedanken bist, diesen Arzt zu verklagen. Aber wenn er schuldig ist, sollte er bestraft werden. Oder sehe ich das falsch?«

»Du vereinfachst die Sache. Wie kann er denn überhaupt schuldig sein?«

»Ich habe Nachforschungen angestellt – ohne deine Hilfe. Und ich habe von einem Fall gehört, der ungefähr fünf Jahre zurückliegt. Damals ist eine Patientin gestorben, die ein angeborenes Loch in ihrem Brustbein hatte. Der Arzt wußte es nicht und hat mit seiner Nadel den dahinterliegenden Herzbeutel verletzt. Dieser lief voll Blut, und die Frau starb.«

Leo hätte sich denken könne, daß Markus einen Fall, mit dem er ins Licht der Öffentlichkeit treten würde, nicht so ohne weiteres aufgeben würde.

»Ich weiß. Aber ich habe es dir nicht gesagt, weil ich glaube, daß du die gesamte Heilmethode in Verruf bringen wirst – die Akupunkteure wissen um diese Gefahr und handeln auch danach.«

»Offenbar nicht alle«, sagte der Anwalt. Sie sahen sich schweigend an.

»Und was wolltest du mit mir besprechen?« fragte Leo schließlich.

»Wenn du den Fall kennst, dann weißt du auch, daß er sich in den USA ereignet hat. Der Arzt ist zur Zahlung von einigen hunderttausend Dollar Schmerzensgeld für die Hinterbliebenen verurteilt worden.«

»Das wußte ich zwar nicht, aber das ist in den Staaten ja so üblich. Mit solchen Summen ist hier doch überhaupt nicht zu rechnen. Wenn dem Arzt überhaupt ein fehlerhaftes Verhalten nachgewiesen werden kann. Und wenn der Patient wirklich ein Loch im Brustbein hatte.«

»Höchstwahrscheinlich war es so. Der Bruder hat eine alte Röntgenaufnahme des Brustkorbes aufgetrieben, Damals ging es um zwei gebrochene Rippen. Auf der Aufnahme ist ein solcher Geburtsfehler mit einiger Sicherheit zu erkennen.«

Leo staunte. Da schien eine ganze Menge Energie im Spiel zu sein.

»Und jetzt soll dem Arzt nachgewiesen werden, daß er tatsächlich mit seiner Akupunkturnadel durch dieses Loch das Herz des Mannes verletzt hat?«

»Das ist die übliche Vorgehensweise.« Markus räusperte sich, und Leo ahnte, daß er jetzt zu seinem eigentlichen Anliegen kommen würde.

»Ich wollte dich bitten, als Gutachterin in diesem Fall aufzutreten. Du bekommst sämtliche Informationen, die ich bisher gesammelt habe, und kannst natürlich mit allen Beteiligten sprechen.«

Leo mußte sich beherrschen, um nicht zu lachen, obwohl der Anlaß alles andere als lustig war.

»Und herauskommen soll dabei, daß es durchaus im Bereich des Möglichen liegt, daß der angeklagte Arzt seinen Patienten durch seine Unachtsamkeit getötet hat. Und daß der Patient noch leben würde, wenn er sich nicht einer Akupunkturbehandlung unterzogen hätte.«

»Ja, genau so ist es.«

»Und wie kommst du darauf, daß ausgerechnet ich die geeignete Gutachterin für diesen Fall bin?«

Markus räusperte sich wieder.

»Also gut, ich will es kurz machen. Der Bruder des Verstorbenen ist ebenfalls Arzt, allerdings einer, der nicht besonders begeistert davon ist, daß seine Kollegen mit den alternativen Heilmethoden ihm seine Patienten wegnehmen. Und er hat angedeutet, daß er mit seiner Angst vor Patientenschwund nicht alleine dasteht, sondern jede Menge Rückhalt bei seinen Standesgenossen hat. Übrigens auch finanziellen Rückhalt.«

Leo war das Lachen vergangen, und sie hörte nur noch staunend zu.

»Und dieses finanzielle Polster macht es möglich, daß mein Klient sehr anständige Honorare bezahlen kann. Das würde natürlich auch für dein Honorar zutreffen.« Als Leo immer noch schwieg, kam Markus auf sie zu und faßte ihren Arm. »Komm, laß uns die Segel setzen. Sonst wird es noch dunkel.«

Leo rief den Hund, der brav auf der Terrasse gelegen hatte, und sie stiegen die steilen Stufen zum Wasser hinunter. Das Gespräch hatte Leo verwirrt, und sie versuchte, ihre Gedanken zu ordnen, während sie mechanisch die Anweisungen von Markus befolgte, bis das Boot gewendet war und langsam über die Wasserfläche glitt. Der Wind wehte nur schwach. Schakal stand wie der geborene Schiffshund vorne am Bug und schaute in die Ferne.

Leo schwirrten Begriffe wie »anständiges Honorar« und »Patientenschwund« durch den Kopf. Gab es tatsächlich eine Interessensgruppe unter den niedergelassenen Ärzten, die mit unlauteren Mitteln versuchten, erfolgreiche Konkurrenten auszuschalten? Leo hatte nie über so etwas nachgedacht, aber sie mußte sich eingestehen, daß sie sehr wohl einige Kollegen kannte, für die der Eid des Hippokrates nur ein lästiges Relikt aus einer Zeit bedeutete, in der es noch keine Abschreibungsgesellschaften und Eigentumswohnungen gab. Der Markt war enger geworden und die Patienten wählerischer. Vielleicht wurde man skrupellos, wenn die Drittwohnung auf Norderney auf dem Spiel stand.

»Denkst du über das Honorar nach?« Markus saß am Ruder, und Leo konstatierte, daß ihm das Segeln gut stand, er war wirklich ein sehr attraktiver Mann.

»Ja, das tue ich.« Leo legte sich auf die warmen Bootsplanken und sah in den Himmel. »Wieviel würde ich denn bekommen?«

Markus ignorierte ihren ironischen Ton oder bemerkte ihn einfach nicht. Wahrscheinlich konnte er nicht begreifen, daß manche Dinge keinen Preis hatten.

»Das ist Verhandlungssache. Aber bestimmt genug, um dein Haus von einer Ruine in ein bewohnbares Heim zu verwandeln.«

Obwohl Leo den Ausdruck Ruine übertrieben fand, hatte Markus den richtigen Köder ausgeworfen. Sie zögerte fünf Sekunden.

»Ich bin nicht an diesem Honorar interessiert.«

Sie schloß die Augen und dachte an die Delphine, die sie in der griechischen Ägäis gesehen hatte. Damals war sie auch mit einem Segelboot unterwegs gewesen, mit einem gewissen Sokrates, der behauptet hatte, ein erfahrener Skipper zu sein. Sie wären beinahe ertrunken. Der Wind hatte plötzlich aufgefrischt, und das Boot war auf den hohen Wellen hin- und hergeworfen worden.

»Aber vielleicht an etwas anderem?« Markus hatte sich neben sie gesetzt, und sie spürte seine warme Hand auf ihrem Bauch. Ja, dachte sie, bin ich, aber du bist nicht der richtige Mann. *Wirkliche Liebe kann nur gefühlt und erlebt werden, niemals gedacht.*

Leo hielt die Augen geschlossen, als sich Markus über ihr Gesicht beugte und seinen Mund auf den ihren legte. Dafür, daß er nicht der Richtige ist, klappt das eigentlich sehr gut, dachte Leo.

Dann versuchte sie, nicht mehr zu denken.

Als Eva Eckart anrief und um einen Behandlungstermin bat, war Leo nicht weiter erstaunt. Sie war in der letzten Woche in der Bücherei gewesen, wo die Bibliothekarin bereits ihre Absicht geäußert hatte, zu Leo in die Praxis zu kommen. Sie vereinbarten einen Termin schon für den nächsten Tag, da Eva Eckart über akute Beschwerden klagte. Sie fühlte sich wie bei einer schweren Grippe, aber die medizinischen Befunde ihres Arztes sprachen dagegen – eigentlich müßte sie gesund sein.

Die Bibliothekarin trug einen hellblauen Angorapullover, hatte ihre Haare hochgesteckt, und einige blonde Strähnen fielen ihr auf die Schultern. Leo mußte bei ihrem Anblick an die eigenen vergeblichen Versuche denken, auch einmal so mädchenhaft und schutzbedürftig auszusehen wie Eva Eckart in diesem Augenblick.

Ohne zu zögern schilderte die junge Frau ihre Krankheitssymptome. Sie war überzeugt davon, daß die schrecklichen Ereignisse der letzten Monate die Ursache ihres Erschöpfungszustandes seien. Leo stellte nur ab und zu eine Frage, aber Eva Eckart hätte auch ohne Aufforderung weiter geredet. Sie erzählte von ihrer Liebe zu Andrea. Er sei anders gewesen als die Männer, die sie bisher gekannt habe. Voller Gegensätze, egozentrisch, wild und trotzdem romantisch. Er habe ein sehr gutes Verhältnis zu seiner Mutter gehabt und sei jedes Jahr mit ihr zu den Verwandten nach Italien gefahren. Als sie von seiner Hauptrolle im neuen Theaterstück hörte, habe sie alles daran gesetzt, die Rolle der Prinzessin zu bekommen. Was bestimmt kein Problem gewesen ist, dachte Leo. Aber Andrea hatte sie nur auf der Bühne begehrt.

»Er wollte mich nicht.« Leo dachte an das erstarrte Gesicht der schönen Prinzessin, auf einem Bildschirm im Polizeipräsidium.

»Aber Sie haben ihn trotzdem geliebt?«

»Ja. Vielleicht habe ich auch gehofft, daß er seine Meinung noch ändert. Wir haben ein paar Mal miteinander geredet, über persönliche Dinge, meine ich. Er hat sich nicht gut mit seinem Vater verstanden, der sei nur an seinen Schulnoten interessiert, an sonst nichts. Außerdem gab er ihm die Schuld an der Krankheit seiner Mutter – sie hatte Depressionen und trank wohl auch zuviel.« Als Eva Eckart schwieg, hatte Leo Gelegenheit, ihr eine Behandlungsmethode vorzuschlagen.

Sorgfältig suchte sie die richtigen Nadeln heraus. Sie erklärte Eva, daß sie die Yamamoto-Akupunktur zur Stärkung des Immunsystems anwenden wolle, die eventuell etwas schmerzhaft sein könne.

»Herr Yamamoto hat ein Akupunktur-Institut in Japan«, sagte Leo, die froh darüber war, nach langem Zuhören etwas erklären zu können. »Er hat eigentlich durch Zufall entdeckt, daß es bestimmte Punkte am Kopf gibt, die eine Wirkung auf den ganzen Körper haben. Erst einmal muß ich jedoch feststellen, welche Organe betroffen sind. Ich taste jetzt Ihren Bauch ab, und Sie sagen mir, wo es unangenehm ist.«

Eva Eckart schob ihren hellblauen Angorapullover nach oben, und Leo tastete den Bereich des Bauchnabels ab.

»Wundern Sie sich nicht, wenn ich Sie jetzt am Kopf nadele.« Sie nahm eine Nadel mittlerer Stärke und ertastete im Schläfenbereich die Punkte von Magen, Milz und Leber, die deutlich schmerzhaft waren. Dann bat sie ihre Patientin tief einzuatmen. Beim Ausatmen setzte sie die Nadeln, und Eva stöhnte leise.

»Nur noch ein oder zwei Punkte am Haaransatz.« Leo strich sehr kräftig mit dem Daumen von unten nach oben über ihre Stirn, und sie stöhnte noch einmal, als sie die richtige Stelle erreichte. »Bitte tief einatmen und wieder ausatmen.« Leo traf direkt den schmerzhaften Punkt und führte die Nadel ein.

»Sie haben es überstanden. Entspannen Sie sich jetzt. Ich komme in zwanzig Minuten wieder.«

Draußen in der Küche ließ sich Leo noch einmal das Gespräch mit ihrer Patientin durch den Kopf gehen. Das Geständnis ihrer unerwiderten Liebe hatte sie nicht überrascht, um so mehr erstaunten sie die Probleme im Hause Merschmann, von denen sie nichts gewußt hatte.

Leo war ein Stück am Bahndamm entlang gegangen, damit Schakal sein Geschäft verrichten konnte. Sie hatte zur Zeit wenig Lust, mit ihm lange Spaziergänge zu unternehmen. Die drei Waggons der Hönnetalbahn kamen nur jede halbe Stunde hier entlang, und zwischen den Gleisen wuchsen hohe Grasbüschel. Der Hund schnüffelte an weggeworfenen Dosen und verschwand dann in einer der beiden Betonröhren, die hier seit Jahren herumlagen. Leo ging weiter, aber der Hund folgte ihr nicht. Sie rief seinen Namen und wartete. Dann machte sie kehrt, um nachzusehen, wo er blieb. Gerade bückte sie sich, um in die Öffnung der Röhre zu schauen, als ihr der Gedanke durch den Kopf schoß, in dem Rohr könne sich etwas befinden, was sie ganz und gar nicht sehen wollte.

Sie richtete sich wieder auf und rief erneut nach dem Hund. Dann hörte sie ihn leise winseln. Leo starrte auf die graue Röhre zu ihren Füßen. Sie war fleckig und teilweise mit Moos bewachsen.

Einen Moment lang wollte sie der Versuchung nachgeben, sich herauszuhalten. Sie konnte einfach weitergehen. Ohne einen Blick in das Rohr zu werfen. Dann verdrängte sie den Gedanken. Sie wollte nicht feige sein und sich nicht lächerlich machen. Ein scharrender Hund in einer Betonröhre war kein Grund, in Panik zu geraten. Sie holte tief Luft und ging in die Knie. Ihre Augen brauchten einen Moment, um sich an die Dunkelheit zu gewöhnen. Gegen den hellen Kreis der gegenüberliegenden Öffnung sah sie den Hund, der seine Nase in etwas bohrte, was klein und dunkel war. Sie stieß erleichtert die angehaltene Luft aus. Sie erkannte einen kleinen Kopf und ein spitzes Ohr, es war ein Tier, wahrscheinlich ein totes Kaninchen.

Schakal hatte ein Stück dunkelbraunes Fell an der Schnauze, als er wieder ans Tageslicht kam. Leo würde nicht mehr feststellen können, ob das Kaninchen bereits tot gewesen war oder ob ihr Hund es getötet hatte. Ein Hund ist ein Hund, dachte sie. Aber sie würde ein paar Stunden Distanz zu ihm halten.

Anschließend machte sie ihren üblichen Rundgang durch den Ort. Sie fühlte sich gut. Sie war mutig gewesen, sie war den Dingen auf den Grund gegangen. Auf dem Weg zur Post überquerte sie den Parkplatz vor dem Rathaus. Auch heute standen dort mehrere Wagen mit fremden Kennzeichen. Genauso wie auf den Parkplätzen vor der Balver Höhle und der Reckenhöhle. Es gab seit vielen Wochen eine Art Tatort-Tourismus rund um Balve, und Leo dachte flüchtig daran, daß es sicher auch einige Geschäftsleute gab, die von diesem Tourismus profitierten. Auf der Post holte sie ein Paket aus China ab, für das sie Nachgebühren bezahlen mußte. Herr Miedenhof überreichte ihr einen in dickes braunes Papier eingewickelten Karton, der, wie sie wußte, endlich ihr original chinesisches Akupunktur-Zubehör enthielt. Der Postbeamte bedachte sie mit einem Lächeln, das Leo schon an seinem Sohn reizend gefunden hatte, und sagte: »Daniel geht es viel besser. Ich glaube, die Behandlung hat doch etwas genützt.«

Leo freute sich. Das Mißtrauen der Eltern war nicht gerade hilfreich bei einer Therapie. Sie bedankte sich und klemmte sich den Karton unter den Arm.

20

Die Leiche, die am letzten Tag der Sommerferien aus dem Stausee am Sägewerk unterhalb der Luisenhütte geborgen wurde, war in einem sehr schlechten Zustand. Der Gerichtsmediziner, der von der Polizei zur Fundstelle gerufen wurde, hatte zunächst Schwierigkeiten festzustellen, ob es sich um eine männliche oder eine weibliche Leiche handelte. Doch ein Schuh, der sich mit seinem Riemen an dem fast vollständig skelettierten Fuß festgehakt hatte, deutete auf eine Frau hin. Es war eine Sommersandalette mit einer hohen Plateausohle. Das Wasser hatte das Fleisch der Frau zum großen Teil von den Knochen gelöst. Die Überreste des Körpers, die wenigen Kleidungsfetzen, die eine schwarze Hose gewesen sein konnten, sowie ein gut erhaltenes Lederarmband um den Knochen des rechten Handgelenks, wurden nach Lüdenscheid in die gerichtsmedizinische Abteilung des Kreiskrankenhauses gebracht.

Leo las die ausführliche und bebilderte Reportage in der »Westfalenpost« an ihrem Küchentisch. Diesmal waren die Medien schneller als der örtliche Informationsdienst gewesen. Oder niemand hatte es für nötig befunden, Leo zu benachrichtigen. Sie erfuhr vom Leichenfund erst von ihrem Nachbarn, der ihr die Zeitung am frühen Morgen über den Gartenzaun reichte.

Bei der Reinigung des Überlauftrichters waren die Säuberungsspezialisten auf einen noch nicht vollständig skelettierten Körper gestoßen, der sich am Abflußrohr des Trichters verfangen hatte. Da sie aufgrund der schlechten Sicht im schlammigen Wasser zunächst nicht wußten, was sich dort verhakt hatte, nahmen sie an, es handele sich um die Überreste eines Tieres und holten ihren Fund ans Tageslicht. Eine Touristengruppe, die auf dem Weg zur Besichtigung der Luisenhütte war, blieb neugierig stehen, und eine Frau stieß beim Anblick der aus dem Schlamm auftauchenden knochigen Hand einen lauten Schrei aus. Die Reinigungsfachkräfte hatten die Überreste des Körpers wieder im Wasser versinken lassen und die Polizei benachrichtigt.

Leo legte ihr aufgebackenes Croissant in den Korb zurück. Ihr war der Appetit vergangen. Warum hatte niemand sie gestern abend benachrichtigt? Sie ging zum Telefon im Wohnzimmer und hielt den Hörer ans Ohr. Die Leitung war tot. Der Akku ihres Handys war ebenfalls leer, und Leo fluchte laut. Sie steckte das Gerät in die Aufladestation und rief die Störungsstelle an. Eine Frau, die eine halbe Minute brauchte, um sich vorzustellen und nach Leos Wünschen zu fragen, versprach ihr endlich, die Leitung zu überprüfen.

Dann ließ sie den Hund in den Garten, verriegelte Fenster und Türen und ging hinunter in den Ort. Niemand kam ihr entgegen. Auch auf der Hauptstraße war kein Mensch zu sehen. Nur Autos fuhren wie immer die Straße entlang.

Die Geschäfte waren leer. Es schien, als sei vor dem Hintergrund des letzten grausigen Leichenfundes ein allgemeiner Erschöpfungszustand eingetreten. Niemand sprach über die Tote, deren Namen man noch nicht kannte.

Leo kaufte in der Bäckerei Brot und ein Stück Bienenstich. Gülay stand nicht hinter der Theke, sondern eine ihr unbekannte Aushilfskraft. Auch Alfons Wagemut, in dessen Geschäft sie sich zwei weitere Zeitungen kaufte, war nicht in seinem Laden. Im Supermarkt am Drostenplatz kaufte sie zwei Dosen Hundefutter, Tomatenmark, Kapern und eine Flasche Campari. Schweigend tippte eine südländisch aussehende Kassiererin die Beträge in die Kasse und nahm ebenso schweigend Leos Geld entgegen.

Auf der gegenüberliegenden Seite des Platzes lag Richards Apotheke, und Leo näherte sich zögernd dem Eingang. Sie wollte unbedingt mit jemandem über den Leichenfund reden, aber dann sah sie Richards weißen Kittel hinter der Theke und ging schnell an der Apotheke vorbei. Sie konnte ihrem alten Freund nicht mehr unbefangen in die Augen sehen. Seit sie das Täterprofil des Kriminalpsychologen gelesen hatte, ging ihr Richard nicht mehr aus dem Kopf. Viele Eigenschaften, die dort beschrieben worden waren, paßten sehr genau auf den Apotheker. Aber es war absurd, ihn als Mörder zu verdächtigen, und sie würde seinen Namen weder dem Kommissar noch seinem Psychologen nennen.

Zu Hause ging Leo als erstes zum Telefon. Der Freiton war wieder zu hören, und sie wählte die Nummer des Kommissariats in Lüdenscheid. Es kostete sie Überwindung, da Kommissar Plate vermutlich gerade in Arbeit ertrank, aber sie war in diesen Fall verstrickt und brauchte jetzt mehr Informationen. Wie sie geahnt hatte, war der Kommissar in höchster Eile.

»Wir wissen noch nicht, wer die Tote ist. Aber es handelt sich um eine sehr junge Frau, ungefähr zwanzig Jahre alt. Ihr Tod liegt mindestens ein Jahr zurück. Bisher gibt es keine Hinweise, daß er mit den anderen Morden zusammenhängt. Am Schädel sind keine Spuren von Gewalteinwirkung zu erkennen, die Obduktion ist aber noch nicht abgeschlossen.«

Leo hörte die Hektik in der sonst so ruhigen Stimme des Kommissars. Sie bedankte sich für die Auskunft und der Kommissar versprach, sie zurückzurufen.

Zwei Tage später erfuhr Leo aus der Zeitung das Ergebnis der Obduktion. Die Leiche aus dem Stausee war eine zwanzigjährige Frau, deren Wirbelsäule von einer Kugel zertrümmert worden war. Der Körper hatte über ein Jahr im Wasser gelegen. Anhand der vollständig erhaltenen Zähne hoffte die Kriminalpolizei auf eine baldige Identifizierung. Es sei noch nicht geklärt, ob die aus dem Teich des Sägewerks aufgetauchte Tote in einem Zusammenhang mit den beiden anderen Mordtaten stünde. Aber die Tatsache, daß es innerhalb eines Jahres drei Mordopfer in einem Umkreis von nur wenigen Kilometern gegeben habe, ließe eigentlich keine anderen Schlüsse zu.

Am späten Nachmittag des selben Tages rief Kommissar Plate an. Ein Zahnarzt aus Menden hatte das Gebiß der Toten identifiziert – sie hatte sich bei ihm einer Zahnregulierung unterzogen und war noch in der aktuellen Patientenkartei registriert. »Es ist möglich, daß Sie die junge Frau kannten«, sagte der Kommissar. »Sie heißt Patricia Hellberg und kommt aus Balve.«

»Nein«, sagte Leo, »aber den Namen kenne ich. Der Vater ist Mitglied im Theaterverein, Peter Hellberg hat den Sultan gespielt.«

»Richtig. Und über die Tochter können Sie mir nichts erzählen?«

»Nein, tut mir leid. Die Familie wohnt, glaube ich, in Beckum. Das ist alles, was ich Ihnen sagen kann.«

»Gut«, sagte der Kommissar, »ich habe zu tun. Passen Sie auf sich auf.« Damit war das Gespräch beendet.

Familie Hellberg wohnte in einem Einfamilienhaus mit einer hölzernen Veranda. Es stand an einem wenig bebauten Hang etwas außerhalb der Ortsmitte von Beckum. Im Garten, der sich bis zur Straße hinabzog, gab es flache

Schalen mit gelben und blauen Stiefmütterchen. Eine hölzerne Windmühle stand gleich hinter dem geschmiedeten Gartentor. Leo hielt nicht an, sondern fuhr langsam am Haus vorbei. Sie wollte vermeiden, als neugierige Voyeurin entlarvt zu werden. Heruntergelassene Rolläden versperrten den Blick ins Innere des Hauses.

Sie folgte der Straße bis zum Waldrand. Dort hielt sie an und blickte hinunter auf die Häuser am Hang. Sie konnte das graue Schieferdach des Hellbergschen Hauses erkennen. Rechts und links davon standen schlichte Einfamilienhäuser, alle in gepflegten Gärten, jedes mit einer großen Garage.

Es war sehr ruhig hier um diese Zeit. Wahrscheinlich waren alle Einwohner auf ihrer Arbeitsstelle, in der Schule oder im Kindergarten. Die dunklen Fichten am Waldesrand rauschten im Wind. Ein unerwartetes Gefühl der Einsamkeit überfiel sie.

Die Nachricht von der Identifizierung der jungen Frau hatte heute morgen in allen Zeitungen gestanden. Die Eltern der jungen Frau hatten angegeben, ihre Tochter schon vor mehreren Monaten als vermißt gemeldet zu haben. Allerdings sei die Polizei nicht tätig geworden, sondern davon ausgegangen, Patricia Hellberg habe sich eine Weile in der Welt herumtreiben wollen, wie so viele junge Mädchen. Die Eltern hatten weiter angegeben, auch sie seien zunächst davon überzeugt gewesen, ihre Tochter sei irgendwo in Frankreich oder Holland, wo sie Freunde gehabt habe. Ihre Tochter sei sehr selbständig gewesen und habe öfter davon gesprochen, ins Ausland zu gehen und dort einen Job zu suchen, für ein Jahr oder auch länger.

Leo stellte sich vor, wie sich im Lauf des Tages die Reporter auf das Haus in Beckum und die Familie stürzen würden. Aber noch herrschte Ruhe.

Sie zuckte zusammen, als etwas Warmes und Nasses ihren Nacken berührte. Es war Schakals Schnauze, die sich in ihre Haare bohrte. Sie hatte den Hund, der sich unbemerkt vom Kofferraum auf die hinteren Sitze geschlichen hatte, völlig vergessen. Jetzt drehte sie sich um und sah in seine gelben Augen. »Du hast recht, hier ist es langweilig. Wir machen gleich einen Spaziergang.«

Aber nicht hier, fügte sie in Gedanken hinzu und startete den Motor. Bevor sie auf die Hauptstraße zurück nach Balve einbog, warf sie noch einen Blick auf das Haus der Hellbergs mit seinen heruntergelassenen Rolläden. Vor der Garageneinfahrt stand jetzt ein schwarzer Sportwagen mit Kölner Kennzeichen. Die Aasgeier sind schon da, dachte sie grimmig.

Sie fuhr durch Frühlinghausen und stellte den Wagen in der Nähe des Hochbehälters ab. Ein schmaler Waldweg führte von hier aus durch eine Fichtenschonung. Der Hund lief voraus, und als Leo die Schonung hinter sich gelassen hatte, erstreckten sich rechts und links des Weges frisch gepflügte Ackerflächen. Die Böden des Sauerlandes waren steinig und ihre Bewirtschaftung mühsam. Erst die Industrialisierung und die Gründung vieler kleiner Fabriken an den Flüssen des Landes, hatte die Bevölkerung aus der Armut geführt.

Oberhalb des Ackers stand eine Bank des Sauerländischen Gebirgsvereins. Leo setzte sich für einen Augenblick. Der stete Aufstieg hatte sie mehr als sonst angestrengt. Automatisch holte sie ihr Handy aus dem Rucksack und behielt es in der Hand. Eine Geste, die ihr zur Gewohnheit geworden war. Ebenso wie der ständige Blick in den Rückspiegel des Autos, wenn sie zu ihren Spazierfahrten aufbrach. Aber sie hatte seit dem Überfall nie wieder einen Verdächtigen in ihrer Umgebung bemerkt – bis auf jene Begegnung am Ehrenmal in Lüdenscheid, die wahrscheinlich reine Einbildung von ihr gewesen war.

Leo hatte Paul angerufen und ihn nach Patricia Hellberg ausgefragt. Sie war seine Schülerin gewesen, eine fleißige Schülerin mit einer besonderen Begabung für Physik und Mathematik. Soweit Paul wußte, hatte sie diese Fächer auch studieren wollen. Kurz vor dem Abitur habe es einen Leistungseinbruch bei ihr gegeben, ihre bis dahin erreichten Noten seien aber so gut gewesen, daß sie trotzdem als eine der besten die Reifeprüfung bestanden habe.

»Das paßt aber gar nicht zu dem Bild einer Herumtreiberin, wie es in der Zeitung steht«, hatte Leo eingewendet.

»Herumgetrieben hat sie sich mit Sicherheit nicht. Aber ich kann mir vorstellen, daß sie von zu Hause wegwollte. Vielleicht war ihr das alles zu eng, und sie wollte sich den Wind um die Nase wehen lassen, bevor das Studium anfing.«

»Aber sie ist nicht mehr dazu gekommen, sich die Welt anzusehen«, hatte sie gesagt. Wenn sie an das Telefongespräch dachte, bekam sie eine Gänsehaut.

Leo erhob sich von der Bank und ging weiter. Sie beobachtete, wie Schakal jaulend an einem morschen Baumstamm zerrte. Es war ein gefährliches Geräusch, das hoffentlich jeden Angreifer abschrecken würde. Leo beneidete ihren Hund um seine Kraft und Lebensfreude. Sie fühlte sich müde und ausgelaugt. Die monatelange Anspannung begann sich in körperlichen Symptomen zu äußern. Sie hatte Kopfschmerzen, wachte nachts ständig auf, hatte Herzrasen und einen zu hohen Blutdruck. Sie wußte, daß ihre Beschwerden psychosomatischer Natur waren. Ihre Energien wurden blockiert durch die Gedanken, die immer nur um die gleichen Fragen kreisten. Wer war dieser

Wahnsinnige, warum mordete er, warum hatte er Beate und sie überfallen, und wer würde das nächste Opfer sein?

Sie umklammerte ihr Handy. Sie wußte, daß es eine trügerische Sicherheit war, die ihr dieses kleine Gerät vermittelte. Gegen einen aus dem Wald stürzenden Mörder war es machtlos.

Der Hund bearbeitete jaulend einen weiteren Baumstamm, und auch dieses Geräusch zerrte an ihren Nerven. Sie drehte sich um und rannte den Weg zurück, bis das Blut in ihren Ohren rauschte und sie stehenbleiben mußte. Sie sollte keine Spaziergänge mehr machen, jedenfalls nicht alleine und nicht hier, wo dunkle Fichtenschonungen den Blick versperrten. Leo rief den Hund zu sich und versuchte, an nichts anderes zu denken als an die Steine unter ihren Füßen.

21

In der Wocklumer Reitanlage war nur einer der beiden Übungsplätze belegt. Ein dunkelbrauner Wallach trabte locker über die hellen Sägespäne, mit denen das große Viereck bedeckt war. In der Mitte des Platzes stand eine junge Frau in Polohemd und Reithosen, die scharfe Kommandos gab. Das Mädchen, das aufrecht mit durchgebogenem Rücken auf dem Pferd saß, war Jennifer. Man hörte das Schnauben des Pferdes und das leise Knirschen des Ledersattels. Die Sonne wärmte Leos Rücken, und sie konnte plötzlich ihre Nichte verstehen, die von dem tollen Gefühl auf dem Rücken eines Pferdes schwärmte. Mensch und Tier vertrauten einander.

Dann erinnerte sich Leo, warum sie überhaupt hergekommen war. Sie wollte Jenny an ihren heutigen Abendtermin erinnern – ein Kinobesuch in Neuenrade, wie in alten Zeiten. Nur daß diesmal nicht der König der Löwen auf dem Programm stand, sondern irgendein Film mit Leonardo di Caprio, Jennifers aktuellem Schwarm. Leo rief ihrer Nichte ein kurzes »Denk dran, ich hole dich um sieben ab« zu und erntete dafür einen bösen Blick der Reitlehrerin.

Als sie zu ihrem Variant auf dem Parkplatz der Reithalle zurückkam, stand dieser inzwischen in einer Ansammlung von teuren Geländewagen und sah alt und ärmlich aus. Leo dachte gerade an die Ungerechtigkeiten in dieser Welt, als sie ihren Namen hörte. Aus einem der Wagen stieg ein Mann in einem weißen Sommeranzug. Baron von Velenburg sah taufrisch und zwanzig Jahre jünger aus, als er tatsächlich war. Es folgte das lästige Ritual des Handkusses, dann nahm der Baron Leos Arm und führte sie zum Turnierplatz.

»Ich muß mich um die Tribünenaufbauten kümmern«, sagte er. »Begleiten Sie mich doch ein Stück.« Am Rand des Platzes lagen Bretterstapel, und ein eisernes Stahlgerüst stand in halbfertigem Zustand herum. Die gemauerte Haupttribüne mit den rotgelben Vorbauten und dem Turm in der Mitte verliehen der Anlage schon jetzt ein imposantes Aussehen. In der nächsten Woche würde hier das internationale Turnier der Spring- und Dressurreiter stattfinden, dessen Schirmherr der Baron von Velenburg war.

»Ich hoffe, daß dieser Verrückte endlich hinter Gittern verschwindet«, wechselte der Baron plötzlich das Thema. »Als Veranstalter trage ich die Verantwortung für die Sicherheit der Gäste.«

»Haben Sie denn Befürchtungen, daß während des Turniers etwas passieren könnte?« An diese Möglichkeit hatte Leo bisher nicht gedacht.

»Befürchtungen habe ich in der Tat. Ich bekomme jeden Tag Anrufe von Leuten, die Angst haben, hierher zu kommen. Auch von Reitern, die plötzlich nicht mehr starten wollen. Balve scheint sich in eine Art Chicago verwandelt zu haben.«

Leo ließ ihren Blick über die weitläufige Anlage gleiten und hörte das helle Wiehern eines Pferdes. Es würden Tausende von Besuchern kommen. Ein perfektes Umfeld für einen Mörder, der bei seinen Taten ein Publikum brauchte.

»Ich hoffe, Sie haben Ihr Haus gut geschützt, Frau Doktor Piepenstock«, sagte der Baron mit Nachdruck und nahm noch einmal ihre Hand. »Ich möchte Sie in nächster Zeit in Ihrer Praxis aufsuchen und möchte nicht, daß ein wahnsinniger Mörder mir dieses Vergnügen verdirbt.«

»Ich bin nicht sicher, ob es ein Vergnügen wird«, sagte Leo lächelnd. Die Anteilnahme und die Komplimente des Barons taten ihr gut.

»Aber ich bin sicher«, sagte Baron von Velenburg mit einer angedeuteten Verbeugung. Dann bedauerte er, daß er sie nun verlassen müsse und ging mit schnellen Schritten in Richtung Reithalle davon. Leo winkte noch einmal ihrer Nichte zu, die gerade mit ihrem Pferd in die Stallgasse einbog, bevor sie ins Auto stieg und losfuhr.

Zu Hause scheuchte sie den Hund mit dem Befehl »Such« durch alle Räume und fügte leise »den Mörder« hinzu, wobei sie sich absolut lächerlich vorkam. Nach einigen Minuten legte ihr Schakal schwanzwedelnd einen gammeligen Tennisball vor die Füße, wofür sie ihn sehr lobte.

Es waren noch zwei Stunden bis zu ihrer Verabredung mit Jennifer. Leo mußte etwas gegen ihre Müdigkeit unternehmen, wenn sie den Abend genießen wollte.

Sie ließ das Badewasser einlaufen und drehte den Fernseher im Schlafzimmer so, daß sie ihn durch die geöffnete Tür aus der Badewanne sehen konnte. Es gab keine bessere Erholung, als in einem heißen Schaumbad zu liegen und dabei einen amerikanischen Liebesfilm zu sehen. Möglichst mit Robert Redford in der Hauptrolle.

Leider gab es jedoch keinen Liebesfilm, sondern nur alberne Zeichentrickfilme und peinliche Talkshows. Sie schloß die Augen und dachte an Rom, wo sie vor vielen Jahren in einer Badewanne mit Löwenfüßen und goldenen Wasserhähnen gelegen hatte, für eine Nacht in einem sündhaft teuren Hotel. Traumverloren griff sie zum Shampoo und wusch sich die Haare, dann stellte sie die Handdusche an. Das heiße Wasser prasselte auf ihren Kopf. Es war eine traumhafte Nacht gewesen, nicht nur wegen des Badezimmers. Und der Mann hatte fast so ausgesehen wie Robert Redford.

Das Bellen des Hundes irritierte sie erst, als es kein Ende nehmen wollte. Es klang tief und wütend. Sie lauschte einen Moment, dann rief sie laut Schakals Namen, aber der Hund reagierte nicht.

Sie kletterte zu schnell aus der Wanne und rutschte auf den nassen Fliesen des Bades aus. Als sie mit dem Knie aufschlug, spürte sie einen stechenden Schmerz. Der Hund bellte ununterbrochen. Sie zog den Bademantel an und suchte dabei mit den Augen nach ihrem Handy. Dann erinnerte sie sich, daß sie es auf dem Küchentisch hatte liegen lassen. Sie öffnete die Schlafzimmertür, strich sich die tropfenden Haare aus dem Gesicht und befahl sich, ruhig zu bleiben.

Einen Moment blieb sie oben an der Treppe stehen, um zu lauschen. Das Gebell des Hundes wurde jetzt von kurzen Pausen unterbrochen. Sonst hörte sie nichts. Sie humpelte die Stufen hinunter und achtete darauf, nicht zu stolpern und kein Geräusch zu machen. Ihr Knie schmerzte, und ihre Füße hinterließen nasse Abdrücke auf den Holzdielen. Schakal stand inzwischen stumm vor der Eingangstür und starrte auf den winzigen Spalt zwischen Türrahmen und Fußboden. Seine Nackenhaare waren gesträubt. Leo humpelte ins Wohnzimmer und griff zum Telefon. Mit dem Apparat in der Hand ging sie zum Flurfenster und sah hinaus.

Die leere Terrasse wurde von einer goldenen Abendsonne beschienen. Auch der Teil des Gartens, den sie vom Fenster aus überblicken konnte, lag friedlich im Schatten der großen Fichten.

Sie blieb eine Weile am Fenster stehen und sah hinaus. Langsam beruhigte sich ihr Herzschlag.

Dann ging sie zu ihrem Hund und strich ihm über den kräftigen Brustkorb. Er blickte kurz zu ihr auf, bevor er wieder regungslos auf den Türspalt starrte. Seine Nackenhaare waren immer noch gesträubt. Was sollte sie tun? Sollte sie den Hauptkommissar anrufen? Aber was sollte sie sagen? Mein Hund bellt, und ich habe Angst?

Sie ging die Treppe wieder hinauf und zog sich an. In einer Schublade fand sie ein Pflaster und klebte es auf die Wunde am Knie. Dann wanderte sie mit dem Telefon in der Hand durchs Haus. Alles war wie immer. Sie ließ den Hund nach draußen und beobachtete, wie er, die Nase am Boden, durch den Garten schnüffelte.

Sie verließ das Haus eine halbe Stunde später. Das Licht und den Fernseher ließ sie eingeschaltet. Sorgfältig verschloß sie die Haustür und danach die Gartenpforte.

Es wurde ein angenehmer Abend. Jennifer sprühte vor guter Laune und steckte ihre Tante damit an. Die allgegenwärtige Bedrohung stand für ein paar Stunden nicht mehr im Mittelpunkt ihrer Gedanken. Nach dem Kino besuchten sie noch einen irischen Pub in Neuenrade, und Jennifer verzog das Gesicht, als sie von Leos Guiness-Bier probierte. Leo fand zwar, daß Leonardo di Caprio ein nichtssagender Junge von nebenan sei, aber es war amüsant, die Schwärmerei ihrer Nichte zu beobachten. Als sie vorsichtig die Sprache auf Andrea Merschmann brachte, um herauszufinden, ob sich der Schmerz von Jennifer verflüchtigt hatte, verschloß sich ihr Gesicht.

»Ich will nicht mehr darüber reden«, sagte sie, und ihre Tante fügte sich. Statt dessen sprachen sie über Pferde und über Jennifers Traum, einmal Tierärztin zu werden. Oder ein berühmtes Model. Leo mußte innerlich grinsen. Jede Generation hatte so ihre kollektiven Berufswünsche – in ihrer waren es Sozialpädagogen gewesen, in Jennifers waren es Models.

Es war schon fast Mitternacht, als Leo nach Hause kam. Sie hatte ihrer Schwester noch eine gute Nacht gewünscht und sich mit einer innigen Umarmung von ihrer Nichte verabschiedet.

Sie ließ den Hund in den Garten hinaus, aber statt in den Büschen zu verschwinden, schnüffelte er auf der Terrasse herum. Dann stieß er einen langgezogenen Jaulton aus. Leo stockte der Atem. So einen Laut hatte sie noch nie von ihm gehört. Sie ging die wenigen Schritte bis zum Rand der Terrasse, wo die Blumenbeete angrenzten.

Dort lag ein grauweißes Bündel. Leo bückte sich und streckte die Hand danach aus. Der Hund hatte sich winselnd ein paar Meter zurückgezogen. Ihr Schatten fiel auf einen Körper, dessen grauweißes Fell mit dunklen Flecken übersät war. Mit zitternden Knien ging Leo in die Hocke. Vor ihr lag ein kleiner Hund, dessen tote Augen sie anstarrten. Es dauerte nur wenige Sekunden, bis Leo erkannte, daß es der Jack-Russell-Terrier von Elisabeth Michels war. Sie berührte vorsichtig das Fell des Hundes, es war kalt und struppig. Sie sah, daß die Hinterbeine des Tieres in einem unnatürlichen Winkel vom Körper abstanden. Dort war das weiße Fell vom Blut dunkel gefärbt.

Leo scheute sich davor, das Tier hochzuheben und nach der Todesursache zu forschen. Das hatte Zeit und mußte nicht hier, im dunklen Garten, geschehen. Sie starrte noch eine Weile auf das zerdrückte Fellbündel und dachte an die vielen Kämpfe, die Schakal mit dem frechen kleinen Rüden ausgetragen hatte. Dann ging sie ins Haus, um Elisabeth Michels anzurufen.

Sie erzählte von ihrem traurigen Fund und bat sie, erst morgen zu ihr zu kommen, da sich wahrscheinlich die Polizei für den Tod ihres Hundes interessieren würde.

Erst am nächsten Morgen fand Leo den Zettel, der unter dem Halsband des toten Terriers steckte. *Das ist Ihre Schuld. Halten Sie Ihren Hund an der Leine, oder es passiert was.*

Sie rief sofort den Kommissar an und berichtete ihm alles. »Glauben Sie, er war es?«

»Ja. Ich schicke jemanden, der den Zettel abholt. Fassen Sie nichts an, den Hund müssen wir auch untersuchen.« Leo hörte die unterdrückte Erregung in seiner Stimme. »Sie müssen aufpassen. Vermeiden Sie Situationen, die den Täter zum Handeln reizen könnten. Sie sind intelligent genug, um sich angemessen zu verhalten.« Dann legte er auf.

Leo war verwirrt. Womit könnte Sie den Täter zum Handeln reizen?

Dann rief sie noch einmal bei Lisa Michels an. »Ich verstehe das nicht«, sagte die Frau, und Leo hörte, daß sie wieder kurz davor war, in Tränen auszubrechen. »Warum liegt Benni in Ihrem Garten und hat so einen Zettel am Halsband?«

»Ich werde von einem Psychopathen verfolgt. Und ich glaube, er hat auch Ihren Benni auf dem Gewissen.«

Lisa Michels weinte leise, und Leo versprach ihr, sie über den Verlauf der Ermittlungen zu informieren. »Ich bin sicher, daß er nicht an einer Bißverletzung gestorben ist«, fügte sie noch hinzu, ehe sie das Gespräch beendete.

Welches Interesse hatte ihr Verfolger daran, ihren Hund als blutrünstigen Beißer darzustellen?

22

Der Himmel leuchtete in einem fast durchsichtigen hellen Blau. Leo hatte es zu Hause nicht mehr ausgehalten und sich einen Spazierweg ausgesucht, der am Rande von Feldern und in Sichtweise einiger Häuser verlief.

Als sie einen Hochstand entdeckte, hatte sie plötzlich Lust, hinaufzuklettern und die Welt von oben zu betrachten. Das Holz der Leiter war rissig und hinterließ grüne Spuren auf ihren Handflächen. Von oben konnte sie die abgeernteten Felder sehen, die sich bis zum entfernten Waldrand erstreckten. Eine Lerche verharrte zwitschernd in der Luft. Wie immer in den letzten Wochen suchte Leo Felder und Wiesen ab nach einer Gestalt, die sie verfolgte. Vielleicht gab es ja Augen, die sie beobachteten, aber Leo konnte sie nicht sehen. Sie war sicher, daß der Mörder Kontakt suchte. Er gab Hinweise. *Fühlt euch nicht so sicher. Wieder einer weniger. Du Verräterin. Halten Sie den Hund an der Leine.*

Der Hund fiel ihr ein, der kleine tote Terrier mit dem Zettel unter dem Halsband. Er war überfahren worden, das hatte die Untersuchung ergeben. Sie hatte ihn einen Tag später zusammen mit Lisa Michels unter der Weißdornhecke in ihrem Garten begraben. Gab es auch eine Botschaft zum Tod von Patricia Hellweg, die bisher noch niemand entdeckt hatte?

Leo schrak aus ihren Gedanken auf, als sie unten am Hochsitz eine Stimme hörte: »Bist du unter die Jäger gegangen?« Es war Paul. Er begann, langsam die morsche Leiter nach oben zu klettern. Leo wünschte, sie hätte heute Morgen ein schöneres T-Shirt angezogen und sich die Haare gewaschen.

Er setzte sich neben sie auf den wackligen Holzsitz, steckte sich eine Zigarette an und sah schweigend in die Ferne. Leo warf einen Blick auf sein unbewegtes Profil. Sie wurde nicht schlau aus ihm und spürte, wie Ungeduld und Ärger über die vielen unausgesprochenen Gedanken in ihr aufstiegen. »Du solltest vorsichtiger sein und nicht alleine im Wald spazieren gehen. Er läuft noch frei herum«, sagte er dann, und Leo hatte plötzlich das Gefühl, als stünde sie auf einem hohen Turm ohne Geländer.

»Das hört sich schrecklich an: *Er läuft noch frei herum.*«

»Es *ist* schrecklich.« Paul schien einen bestimmten Punkt auf dem Feld zu fixieren. »Du solltest eine Weile verreisen«, sagte er schließlich. »Bis dies alles hier vorbei ist.«

»Es geht nicht«, sagte Leo. »Ich kann jetzt nicht einfach verschwinden, ich bin in die Sache verwickelt. Der Kommissar braucht meine Hilfe. Ich kann meine Patienten nicht im Stich lassen. Und es wird nicht besser, wenn ich nach zwei, drei Wochen wieder zurückkomme.«

Sie saßen eng nebeneinander, und Leo spürte die

Wärme von Paul. Erinnerungen wurden in ihr wach. Sie unterdrückte den Impuls, ihre Hand auf sein Bein zu legen. Nichts war einfach in dieser Welt. Sie zwang sich dazu, ihre Gedanken in eine andere Richtung zu lenken.

»Wenn Andrea das Opfer seines Lebenswandels geworden ist – was ist dann mit Clemens Schulte? Er hatte keine Feinde«, sagte sie.

»Vielleicht hatte seine Seele Abgründe, die wir nicht mal erahnen können.«

Leo sah über das abgeerntete Feld und roch den intensiven Fäulnisgeruch des Holzes. Eine schwarze Krähe steuerte im Gleitflug auf sie zu.

»Wie die Seele des Mörders«, sagte Leo. »Er muß von seinen Gefühlen überwältigt worden sein. Er ist ein Besessener, einer, der nicht mehr normal denken kann, der die Kontrolle verloren hat über alles, was er bisher gelernt und erfahren hat.«

Paul schüttelte den Kopf. »Du versuchst mal wieder, Verständnis zu haben. Er ist ein eiskalter Killer, der seine Morde sorgfältig geplant hat, nichts weiter. Er hat irgendwelche Vorteile von seinen Taten. Wahrscheinlich geht es letztlich um Geld oder um Macht. Wie immer.« Paul hatte sich nach vorne gebeugt, um seine Zigarette auszudrükken, und Leo blickte nachdenklich auf seinen Hinterkopf mit den etwas zu langen Haaren, die sich über dem Hemdkragen ringelten.

»Du hast etwas vergessen. Liebe. Manchmal geht es auch um Liebe.«

Paul äußerte sich nicht dazu.

Es war Zeit, wieder nach Hause zu gehen. Paul begleitete Leo, bis ihr Wagen in Sichtweite kam. Dann verabschiedete er sich förmlich. Sie fragte sich, wohin er jetzt wohl ging.

Es war der letzte Tag des Reitturniers, und die Befürchtungen des Barons, die Besucher würden nicht mehr nach Balve kommen, hatten sich nicht bewahrheitet. Jennifer hatte berichtet, die Tribünen rund um den Turnierplatz seien so gut besetzt wie noch nie. Offenbar hatte sich niemand abschrecken lassen – im Gegenteil, es gab genug Neugierige, die sich die Tatorte, die sie bisher nur aus dem Fernsehen kannten, nun auch in der Realität anschauen wollten.

Leo parkte den Wagen auf einer für diesen Zweck bereitgestellten Wiese vor dem Schloß. Die Reitanlage bot ein eindrucksvolles Bild: das Hauptgebäude mit seinen rot und gelb beflaggten Türmen, der von hellen Sägespänen bedeckte Platz und die seitlich davon aufgebauten Tribünen, wo jetzt in dichten Reihen die Zuschauer saßen. Dahinter erhob sich der Steinbruch, der von einer tiefstehenden Nachmittagssonne angestrahlt wurde und aussah wie das Bühnenbild einer Theateraufführung.

Leo ging langsam am Rand der Tribünen entlang, in der Hoffnung, irgendwo ihre Nichte zu entdecken. Sie würde heute in einer Pause mit ihren Reiterkolleginnen eine lang geprobte Dressureinlage vorführen. Es herrschte eine heitere und erwartungsvolle Stimmung. Rote Geranien begrenzten das Turnierfeld, und Leo wurde vom Anblick eines weißen Pferdes gefesselt, das soeben über den Platz schwebte. Es war eine vollendete Darstellung von kontrollierter Kraft und makelloser Schönheit. Das Publikum schien den Atem anzuhalten. Und man konnte nur ahnen, wieviel Ausdauer und Mühe notwendig gewesen waren, um diese Leichtigkeit hervorzubringen. Beifall brandete auf, und das Pferd trabte dicht an Leo vorbei. Die Trense im Maul des Tieres war mit weißem Schaum bedeckt.

Leo ging weiter zur Reithalle und den Ställen, wo Dutzende von Anhängern standen, aus denen das dumpfe Poltern von Pferdehufen klang. Die Stallgasse der Reithalle war voller Menschen und Tiere. Ein intensiver Geruch nach Pferden, Stroh und Leder hing in der Luft. Schlanke junge Mädchen in Turnierkleidung putzten und sattelten ihre Pferde. Alle trugen ihre Haare streng aus dem Gesicht gekämmt und im Nacken zu einem Knoten gedreht.

Jennifer konnte sie jedoch nicht entdecken. Leo fragte eines der jungen Mädchen und erfuhr, daß ihre Nichte ins Gelände geritten sei, aber jeden Moment zurückerwartet werde. Dicht an der Wand entlang verließ Leo die Stallgasse. Sie hatte Respekt vor den Pferden, die ruckhaft ihre Köpfe nach oben warfen oder ohne ersichtlichen Grund zur Seite sprangen.

Auch Leos Gedanken machten einen Sprung. Warum war Jennifer noch nicht zurück? Warum war sie überhaupt noch einmal so kurz vor ihrem Auftritt ins Gelände geritten? Unruhig wanderte sie über die Reitanlage und blieb schließlich an der Umzäunung des Übungsplatzes stehen.

Auf der gegenüberliegenden Seite sah sie einen Mann in einem dunklen Anzug. Nachdem sie ihn eine Weile beobachtet hatte, war sie sicher, in ihm Robert Merschmann zu erkennen. Er stand etwas abseits an der Umzäunung und ließ keinen Blick von einem braunen Pferd, das federleicht über den Sandplatz trabte

Leonie wanderte langsam in seine Richtung. Sie wußte nicht, ob er sie überhaupt kannte, aber es war egal – dann würde sie ihn eben begrüßen.

Robert Merschmann hatte ein fleischiges, aber charakteristisches Gesicht, das sie an Marlon Brando in seiner Rolle als »Pate« erinnerte. Natürlich wußte Leo, daß nicht Robert Merschmann, sondern seine Frau Maria aus Italien stammte. Aber trotzdem – ihr Mann erfüllte die Klischeevorstellung vom Aussehen eines Mafioso perfekt.

Leo beobachtete, wie Robert Merschmann, als habe er ihre Gedanken erraten, eine Sonnenbrille aus der Tasche zog und aufsetzte. Mit kaum wahrnehmbaren Kopfbewegungen verfolgte er den Trab des schwarzen Pferdes auf dem Sandplatz. Auch Leo wandte ihre Aufmerksamkeit dem Tier zu. Der Rappe wurde von seiner Reiterin an die Barriere herangeritten und zum Stehen gebracht, keine zwei Meter von Robert Merschmann entfernt. Die Reiterin lockerte die Zügel, das Pferd senkte den Kopf und schüttelte mit einer heftigen Bewegung seine Mähne. Im gleichen Augenblick nahm die Reiterin ihre Kappe ab und warf den Kopf zur Seite. Eine Flut blonder Haare ergoß sich über ihren Rücken. Es war Eva Eckart. Mit der schwarzen Kappe und ihrem Reiteranzug hatte Leo die junge Frau nicht erkannt.

Tausend Gedanken schossen ihr durch den Kopf. Sie dachte an die kranke Eva, die ihre Patientin war, und hatte große Schwierigkeiten, diesen Eindruck mit dem Bild der eleganten Reiterin zu vereinbaren, das sich ihr jetzt bot.

Eva Eckart hatte sich inzwischen vom Pferderücken gleiten lassen und war dicht an die Umzäunung herangetreten. Sie wechselte einige Worte mit Robert Merschmann. Dann nahm sie die Zügel in die Hand und führte das Tier vom Platz.

Auch Leo ging noch einmal zurück zu den Ställen. Dort kam eine der jungen Reiterinnen auf sie zu und sagte, Jennifer sei immer noch nicht von ihrem Ausflug zurückgekehrt. Das Mädchen war nervös und sah auf die Uhr. »Wir müssen gleich auf den Platz.«

Leo nickte. »Ich nehme nicht an, daß jemand von euch jetzt Lust hat, Jenny zu suchen?«

Die Reiterin sah sie unglücklich an. »Wir haben das ganze Jahr für diesen Auftritt geprobt. Wahrscheinlich hat sich Jenny nur mit der Zeit vertan, ist mir auch schon mal passiert.«

»Wahrscheinlich. Viel Erfolg bei eurer Vorführung«, sagte Leo, und das Mädchen ging zu seinem Pferd und schwang sich geschickt in den Sattel.

Leo ging ins Büro des Reitervereins und erzählte einer Frau, daß ihre Nichte von ihrem Ausritt noch nicht zurückgekehrt sei. Die Frau versuchte Leo zu beruhigen. Pferde seien schließlich keine Linienbusse, und es sei nicht ungewöhnlich, daß ein Reiter verspätet zurückkehre, kein Grund zur Aufregung.

Aber Leo war beunruhigt und machte sich auf den Weg. Vom Rande des Turniergeländes führte ein mit Hufspuren übersäter Pfad bergauf in den Wald hinein. Der Steinbruch lag im Schatten und stand wie eine dunkle Wand am Horizont.

Die Musik, die vom Reitplatz zu ihr hinaufdrang, wurde allmählich leiser. Die Wärme des Tages lag noch zwischen den Bäumen. Leo fühlte in der Jackentasche nach ihrem Handy. Bis zum Steinbruch waren es sicher noch zwei oder drei Kilometer. Nach einer halben Stunde begann Leo am Sinn ihrer spontanen Suchaktion zu zweifeln. In spätestens einer Stunde würde es dunkel werden. Sie sollte zurückkehren und Kommissar Plate anrufen. Im Geiste sah sie ihre Nichte verletzt, vom Pferd gestürzt und von einem psychopathischen Mörder in den Wald gezerrt. Jede Minute zählte. Der Weg führte jetzt nicht mehr bergauf, sondern am Waldrand entlang, von wo aus man auf die Reitanlage hinuntersehen konnte. Leo erkannte in der beginnenden Dämmerung den zu einem See gestauten Bachlauf hinter den Reitplätzen.

Das Handy in ihrer Tasche piepte, und sie schrak heftig zusammen. Sie würde sich nie daran gewöhnen, daß mitten im Wald ein Telefon läutete. Es war Hauptkommissar Plate. Er hatte noch einige Fragen zum toten Hund auf ihrer Terrasse. Vor allem aber wollte er wissen, weshalb der Täter Leos Hund beschuldigt hatte. Denn das Tier war eindeutig von einem Auto überfahren worden.

Leo hatte große Mühe, sich auf das Gespräch zu konzentrieren und seine Fragen zu beantworten. Dann beschloß sie, es als einen Wink des Schicksals anzusehen, daß der Kommissar sie ausgerechnet hier im Wald erreicht hatte.

»Ich wollte Sie übrigens gerade anrufen«, sagte sie so unbefangen wie möglich und schilderte ihm die Situation. Sie glaubte zu hören, wie der Kommissar die Luft anhielt. Dann war seine Stimme um so lauter. »Sie machen sich jetzt sofort auf den Rückweg. Ich rufe die Reithalle an. Wenn Jenny noch nicht da ist, sollen sie einen Suchtrupp losschicken. Haben Sie mich verstanden?«

»Ja«, sagte sie, »ich gehe zurück. Bitte finden Sie Jenny.«

Der Hauptkommissar hatte bereits aufgelegt.

Es war mittlerweile dunkel geworden, und Leo hatte Mühe, den Boden unter ihren Füßen zu erkennen. Sie stolperte und versuchte nicht vom Weg abzukommen. Der Gedanke an Jennifer, die irgendwo in diesem dunklen Wald liegen konnte, legte einen eisernen Ring um ihre Brust.

Jedesmal, wenn wir der Angst nur ein kleines bißchen nachgeben, entfernen wir uns ein Stück weiter von unserer Natur.

Das Pferd hob sich als schwarze Silhouette vom grauen Abendhimmel ab, während es langsam im Schritt auf sie zukam. Leo wurde vom Licht einer starken Taschenlampe geblendet. Die Stimme, die ihren Namen rief, war kräftig und jung. Dann stand das Tier direkt neben ihr, und der Reiter sprang auf den Boden.

»Wir haben Ihre Nichte gefunden. Wahrscheinlich hat sie sich einen Fuß gebrochen.« Er zückte sein Handy und sprach offenbar mit der Frau in der Reithalle. »Sie können schon mal aufs Pferd klettern«, sagte er und grinste Leo an.

Im hellen Licht des Reiterbüros sah Jennifer erbarmungswürdig aus. Ihr Gesicht war voller Dreck und wurde durch eine lange, blutige Schramme entstellt, die Reithose war zerrissen. Leo untersuchte den verletzten Fuß und stellte erleichtert fest, daß er nicht gebrochen, sondern nur verstaucht war. Aber Jennys Schmerzen in der Schulter rührten wahrscheinlich von einem Schlüsselbeinbruch her.

»Das ist die typische Verletzung, wenn man vom Pferd fällt«, sagte Jennifer ernsthaft. Leo nahm die Hand ihrer Nichte. An den hellen Streifen unter ihren Augen konnte sie sehen, daß ihre Nichte geweint hatte.

»Du mußt ins Krankenhaus«, sagte Leo. »Und dann erzählst du mir, was passiert ist.«

Sie fragte einen der Reiter, die im Büro standen und Kaffee tranken, ob das Kommissariat in Lüdenscheid benachrichtigt worden sei. Der Reiter bejahte und fügte hinzu, daß ein Kommissar Plate sie alle ganz schön auf Trab gebracht habe – im wahrsten Sinne des Wortes.

Leo rief im Krankenhaus an und kündigte die Einlieferung einer Patientin an. Dann wählte sie die Nummer ihrer Schwester und bat sie, in einer halben Stunde im Krankenhaus zu sein und für Jenny ein paar Sachen einzupacken. Sie bedankte sich bei den Reitern der Suchtruppe und ließ ihre Nichte zum Auto tragen.

»Was ist passiert?« fragte Leo, kaum, daß sie den Motor angelassen hatte.

»Ich habe einen lauten Knall gehört. Das Pferd hat gescheut und ich bin runtergefallen. Es hörte sich an wie bei einem Feuerwerk.« Jenny zögerte. »Aber es könnte auch ein Schuß gewesen sein … Ich weiß nicht, ich habe noch nie einen Schuß gehört. In echt, meine ich.«

»Und hast du sonst etwas Verdächtiges bemerkt?«

»Nein. Aber ich kann mich nicht mehr gut erinnern. Außer an den Knall.«

Leo fuhr schneller. Ihre Nichte hatte wahrscheinlich auch eine Gehirnerschütterung davongetragen. Als sie vor dem Marienkrankenhaus anhielt, sah sie, daß Ingeborg bereits vor der Tür stand.

»Ich habe immer gesagt, daß Reiten ein ausgesprochen gefährlicher Sport ist«, bemerkte Leos Schwester beim Anblick ihrer Tochter. Leo mußte sich beherrschen. Die unterkühlten Reaktionen ihrer Schwester machten sie wahnsinnig.

»Deine Tochter hat das Schlüsselbein gebrochen und einen Fuß verstaucht. Wahrscheinlich hat sie auch noch eine Gehirnerschütterung. Ist dir das klar?«

»Ja, natürlich. Du brauchst dich nicht so aufzuregen.« Ingeborgs Stimme blieb kühl.

»Gut.« Leo holte tief Luft. »Ich komme morgen bei dir vorbei. Wir müssen über diesen Vorfall reden. Der Kommissar aus Lüdenscheid wird sich mit Sicherheit auch bei dir melden.«

»Ja, natürlich. Das ist mir recht. Aber bitte nicht vor achtzehn Uhr.«

Leo wandte sich brüsk von ihrer Schwester ab. Sie küßte ihre Nichte und versprach, sie schon morgen zu besuchen. Dann überließ sie Jennifer ihrer Mutter und dem Krankenhauspersonal und fuhr in ihr leeres Haus am Berg.

23

Auf der Terrasse bei ihrer Schwester war es immer noch schattig und dunkel. Ingeborg hatte sogar auf die Nachricht, daß auf ihre Tochter möglicherweise geschossen worden sei, ohne besondere Emotionen reagiert. Leo betrachtete sie mit einer gewissen Hilflosigkeit. Ihre Reaktionen waren ihr fremd und würden es immer bleiben. Sachlich berichtete sie vom Besuch des Hauptkommissars, der ihrer Tochter viele überflüssige Fragen gestellt habe. Schließlich verlor Leo die Geduld.

»Ich habe das Gefühl, du nimmst das nicht ganz ernst, was passiert ist. Hier läuft ein Mörder herum, der so schlau ist, daß ein riesiges Polizeiaufgebot seit Monaten vergeblich versucht, ihn zu fassen. Es ist durchaus möglich, daß er auf deine Tochter geschossen hat. Vielleicht wollte er nur das Pferd erschrecken, aber auch das kann schlimme Folgen haben. Also, paß auf, daß dieser Verrückte sich nicht noch einmal an Jennifer heranmacht.«

Leo wartete auf eine Reaktion ihrer Schwester, die stumm auf ihre gestärkte Tischdecke starrte.

»Du solltest sie zur Schule bringen und wieder abholen«, fügte sie hinzu. »Nachmittags bleibt sie zu Hause und schließt die Türen ab. Sie wird protestieren, aber du mußt hart bleiben. Sie ist fast noch ein Kind, und du willst doch nicht, daß ihr noch einmal irgend etwas zustößt.«

Ingeborg schwieg immer noch. Leo traute ihr zu, daß sie gerade überlegte, wie sie es einrichten konnte, ihre Tochter von der Schule abzuholen, ohne ihren gewohnten Tagesablauf in Unordnung zu bringen.

»Du brauchst mir das nicht extra zu erzählen«, sagte sie schließlich mit beherrschter Stimme. »Außerdem hat der Kommissar auch schon mit mir darüber gesprochen.«

»Um so besser.« Leo stand auf. »Ich fahre jetzt ins Krankenhaus zu Jenny. Soll ich ihr etwas mitnehmen?«

»Nein, vielen Dank, das ist nicht nötig. Ich bringe ihr morgen frische Wäsche vorbei.«

Leo nickte. Frische Wäsche ist natürlich das allerwichtigste, dachte sie.

Leos Tage waren in erster Linie von Krankenbesuchen bei ihrer Nichte geprägt, der es schnell besser ging, so daß sie schon bald wieder entlassen werden konnte. Zugleich wuchs die Anzahl von Leos Patienten, und sie war so beschäftigt, daß es ihr gelang, drohende Gedanken bis zum Abend zurückzudrängen. Dann fiel sie todmüde ins Bett. Allen schrecklichen Ereignissen zum Trotz ging es ihr so gut wie schon lange nicht mehr.

Bei ihren Krankenbesuchen lernte Leo viel über die Wünsche und Gefühle einer Vierzehnjährigen. Hinter Jennifers abwechselnd cooler oder überdrehter Fassade gab es eine große Sehnsucht nach Romantik und Liebe. Leo wunderte sich nicht darüber. Eine distanzierte und kalte Umwelt verlangte nach einem Gegenpol, um die innere Harmonie wiederherzustellen.

Sie erfuhr, daß ihre Nichte außer einigen Küssen noch keine Intimitäten mit einem Jungen ausgetauscht hatte. Außerdem hatte ihre Begeisterung für Leonardo di Caprio nachgelassen – sein Bild über ihrem Bett hatte dem Poster einer gelangweilt aussehenden Boygroup weichen müssen.

Auch Andrea Merschmann schien vergessen zu sein. Jennifer erwähnte seinen Namen kein einziges Mal. Dagegen errötete sie, wenn die Rede auf Jan Krebbers kam. Der Junge machte regelmäßig Krankenbesuche bei ihr, und als Leo ihm begegnete, erkannte sie in ihm den jungen Schauspieler, der damals in der Höhle den Diener des Prinzen gespielt hatte. Leo beglückwünschte ihre Nichte im stillen für ihr flexibles und robustes Innenleben und hoffte, sie möge es sich noch eine Weile erhalten.

Eines Tages erfuhr sie, daß der Theaterverein mit den Vorbereitungen für ein neues Stück begonnen hatte. Peter Pan sollte auf dem Spielplan stehen, und Jennifer überraschte sie mit der Nachricht, daß Jan Krebbers sich für die Hauptrolle beworben hatte.

»Bist du eigentlich sicher, daß im nächsten Jahr eine Aufführung stattfindet?« fragte Leo. »Es könnte ja sein, daß der Mörder immer noch nicht gefaßt ist. Oder daß niemand mehr in der Höhle spielen will. Oder daß keine Besucher mehr kommen.«

»Natürlich spielen wir. Die letzten Stücke waren immer alle ausverkauft. Und jetzt ist Balve richtig bekannt geworden. Da können wir sogar die Eintrittspreise erhöhen.« Jennys Stimme war sachlich. Natürlich, dachte Leo, ich hatte es für einen Moment vergessen, es geht ja ums Geschäft.

Sie stand auf. »Soll ich dir einen Kakao kochen?«

Jenny sah sie strahlend an. »Das würdest du echt tun?«

»Klar, echt«, antwortete Leo.

Die Haut von Eva Eckart war so weiß, als hätte es im Sauerland nicht den schönsten, sondern den schlechtesten Sommer des Jahrhunderts gegeben. Die junge Frau war zu ihrem vierten Behandlungstermin gekommen und antwortete einsilbig auf Leos Fragen. Nein, ihr gehe es noch nicht besser, sie sei erschöpft und könne kaum die Arbeit in der Bibliothek bewältigen. Leo sah in Gedanken eine elegante Reiterin auf einem schwarzen Pferd. Und eine Prinzessin mit Tränen in den Augen. Sie hatte das Gefühl, überhaupt nichts mehr zu verstehen.

Dann schob sie die Bilder in ihrem Kopf beiseite und konzentrierte sich auf ihre Patientin. Heute würde sie andere Energiepunke aktivieren, um ein allgemeines Wohlgefühl auszulösen. Sie begann, Punkte in der Ellenbeuge und der Hand zu nadeln, und danach noch einen Punkt unterhalb der Knie und einen auf dem Kopf. Nach den Angaben von Eva konnte Leo genau die Stelle lokalisieren, an der sie das De-Qi-Gefühl auslösen konnte. Dann legte sie eine Kassette mit Meditationsmusik ein und ging aus dem Raum.

Draußen setzte sie sich an den Küchentisch und sah aus dem Fenster. Eva Eckart hatte ein Problem, über das sie nicht sprechen wollte. Leo würde versuchen, ihr einige Fragen zu stellen, aber sie war keineswegs sicher, eine Antwort zu bekommen. Und sie konnte es der jungen Frau nicht übelnehmen – Eva mußte wissen, was sie ihrer Ärztin anvertrauen wollte und was nicht. Ob es ihr helfen würde, gesund zu werden, darüber mußte sie allein entscheiden.

»Ich habe Sie neulich auf dem Turnier gesehen«, sagte Leo, nachdem sie die Nadeln bei Eva entfernt hatte. »Ich wußte gar nicht, daß Sie so gut reiten können.«

Eva lächelte. »Ich bin nur im Rahmenprogramm aufgetreten.«

»Und Sie saßen auf einem wunderschönen Rappen.«

»Oh ja. Das ist Loredo.«

»Ist Loredo Ihr Pferd?«

»Nein.« Sie zögerte kurz. »Er gehört Robert Merschmann. Aber ich darf ihn reiten.« Sie machte erneut eine Pause. »Weil ihn sonst niemand mehr reiten will. Er hat früher Maria Merschmann gehört, aber sie ist ja krank geworden. Und Andrea hatte keine Zeit. Also hat Robert Merschmann mir das Pferd angeboten. Es muß bewegt werden. Ich habe Zeit, und ich kann reiten.«

Und du verdrängst ein großes Problem, dachte Leo.

»Es ist sehr großzügig von Herrn Merschmann, daß er Ihnen sein Pferd überläßt und auch noch die Kosten dafür trägt.«

Eva erwiderte nichts darauf. Ihre blauen Prinzessinnenaugen waren in die Ferne gerichtet.

»Ich möchte Sie gerne etwas fragen«, sagte Leo, »aber Sie müssen natürlich nicht antworten, wenn Sie nicht wollen.«

Die junge Frau sah sie erstaunt an.

»Haben Sie ein Verhältnis mit Robert Merschmann?«

Eva schien zu überlegen, dann antwortete sie: »Also gut, ich sage es Ihnen. Ich habe seit fast vier Jahren ein Verhältnis mit ihm. Er hat sich um mich gekümmert, als ich hierher gezogen bin und niemanden kannte. Und ich habe ihn bewundert. Ich habe immer gedacht, seine Ehe ist kaputt. Und das denke ich auch heute noch.«

»Sie haben Ihr Verhältnis gut versteckt.«

»Ja. Wir haben uns meistens in einer anderen Stadt getroffen.«

Leo hatte das Gefühl, daß Eva nicht mehr weiterreden wollte, und stellte eine letzte Frage: »Sie haben mir erzählt, daß Sie in Andrea verliebt waren. Aber Sie hatten ein Verhältnis mit seinem Vater. Das ist eine ziemlich komplizierte Situation.«

Die junge Frau senkte den Kopf. »Es war mehr als das. Ich wußte nicht mehr, was ich machen sollte. Robert war furchtbar eifersüchtig, obwohl ja mit Andrea nichts war. Aber ich konnte meine Gefühle wohl nicht gut verbergen. Und dann war Andrea plötzlich tot.« Sie sah Leo an. »Ich kann seitdem nicht mehr schlafen. Ich glaube, ich habe Angst vor Robert, obwohl es absurd ist. Können Sie das verstehen?«

Leo nickte. Ihre Patientin hatte ein jahrelanges Gefühlschaos durchlitten, hatte verdrängt und gelogen und hatte jetzt einfach keine Kraft mehr.

Leo holte ihren Terminkalender hervor. Sie wußte nicht, wie viele Sitzungen sie noch benötigen würde, um Eva Eckart von ihrer Angst und ihrer Müdigkeit zu befreien.

Auf dem Blumenbeet direkt vor der Terrasse standen die Astern in voller Blüte. Die Farbpalette reichte von Orange bis Zyklamrot, und die kräftigen Blütenblätter der Pflanzen strotzten vor Kraft. Sie würden auch den ersten rauhen Winden des Herbstes standhalten.

Leo pflückte eine der dunkelroten Blüten, um sie neben ihr Bett zu stellen. Dabei dachte sie an das grauweiße Fellbündel, das hier auf der Terrasse gelegen hatte. Jedesmal, wenn sie die Blumen betrachtete, schob sich dieses Bild in ihren Kopf.

Sie war unruhig. Ihr stand eine schwierige Behandlung bevor. Vor zwei Tagen hatte Peter Hellberg angerufen und um einen Termin gebeten. Als sie seinen Namen hörte, war sie am Telefon zusammengeschreckt. Seine Tochter war eines grausamen Todes gestorben. Es gab nichts Schlimmeres, als ein Kind zu verlieren. Und wenn es auf diese Weise starb, mußte der Schmerz unvorstellbar sein.

Peter Hellberg quälten Schmerzen im Knie, bisher hatte kein Arzt die Ursache gefunden. Seine älteste Tochter, Arzthelferin in Iserlohn, habe ihm die Praxis von Frau Doktor Piepenstock empfohlen.

Leo war darauf vorbereit gewesen, einen von Schmerzen gezeichneten Mann vor sich zu sehen, trotzdem erschrak sie, als Peter Hellberg zur Behandlung erschien. Das Gesicht des Mannes wirkte wie aus Stein gemeißelt. Die Nase sprang wie der Schnabel eines Raubvogels zwischen den eingefallenen Wangen hervor, und jede Regung aus seiner Miene schien für immer verschwunden zu sein. Seine Bewegungen liefen wie in Zeitlupe ab, und nur seine Augen wanderten unruhig durch den Raum. Es war ihm nicht möglich, Leo länger als ein paar Sekunden anzusehen, dann irrte sein Blick erneut durchs Zimmer. Leo wehrte sich mit aller Kraft gegen ihr heftiges Mitleid. Sie war Ärztin und mußte sich auf die Therapie konzentrieren.

Sie ließ sich genau zeigen, wo die Schmerzen saßen und wohin sie ausstrahlten. Dann ertastete sie die empfindlichen Sehnenansätze und einzelne schmerzhafte Punkte in der Muskulatur. Sie prüfte die Beweglichkeit des Knies und untersuchte, ob ein Gelenkerguß vorhanden war. Bestimmt waren die Beschwerden muskulär bedingt und würden auf die Akupunktur ansprechen.

Mit für sie ungewohnter Zurückhaltung führte sie das obligatorische Anamnesegespräch. Sie wußte nur zu gut, welche seelischen Belastungen dieser Mann in den letzten Monaten ertragen haben mußte. Und Peter Hellberg beschränkte seine Antworten auf wenige Worte, wobei seine Augen wieder an Leos Gesicht vorbei unruhig durch den Raum wanderten. Zu ihrer Überraschung erkundigte er sich, wer das Bild an der gegenüberliegenden Wand gemalt habe. Er nickte kommentarlos, als sie sagte, es stamme von ihr.

Dann schob Leo ihrem Patienten eine Rolle in die Kniekehlen. Da seine Schmerzen an der Außenseite des Knies lagen, wählte sie Punkte auf der Shao-Yang-Achse. Sie setzte zwei Nadeln und ertastete einen starken Druckschmerz im Oberschenkelmuskel, wo sie ebenfalls eine Nadel setzte. Gegen den Akutschmerz gab sie ihrem Patienten eine Injektion in die Unterlippe. Sie bat ihren Patienten, ruhig zu atmen und die Augen zu schließen. Nach zwanzig Minuten würde sie ihn wieder von den Nadeln befreien.

Draußen in der Küche setzte sie sich an den Tisch und legte den Kopf auf die Arme. Sie sah das versteinerte Gesicht von Peter Hellberg vor sich. Seine Tochter würde nie wieder zu ihm zurückkehren, sie war tot, erschossen und in einen Teich geworfen. Welche Gedanken gingen einem Vater durch den Kopf? Wie würde sie selber reagieren, wenn Florian dieses grausame Schicksal erlitten hätte? Würde sie auf eigene Faust nach dem Täter suchen? Wären ihre Verzweiflung und ihre Wut so groß, daß sie den Wunsch hätte, ihn ebenfalls zu töten?

Sie konnte die Fragen nicht beantworten, sie konnte sich den Tod ihres Kindes genauso wenig vorstellen wie ihren eigenen.

Als sie in den Behandlungsraum zurückkehrte, lag ihr Patient mit weit geöffneten Augen auf der Liege. Sie zog die Nadeln, ohne daß er seinen starren Blick von der Decke löste. Dann bewegte er sein Knie und sagte, daß er keine Schmerzen mehr habe. Leo erklärte ihm, daß weitere Behandlungen nötig seien, wenn der schmerzfreie Zustand vielleicht nicht anhielt. Dann solle er sie einfach anrufen und einen weiteren Termin vereinbaren.

Peter Hellberg erhob sich wie in Zeitlupe von der Liege und ging dann aufrecht und hölzern zur Tür. Beim Hinausgehen warf er noch einen Blick auf das Bild an der Wand.

24

In Lüdenscheid war Schützenfest. Markus Baumann rief an und erklärte Leo, daß sie sich dieses gesellschaftliche Ereignis – noch dazu in seiner Begleitung – nicht entgehen lassen dürfe.

Leo hatte nicht damit gerechnet, jemals ein Schützenfest zu besuchen, und ganz bestimmt nicht in Begleitung von Markus Baumann. Die Festhalle auf einem Hügel am Loher Wald kannte sie nur aus der Ferne. Christoph hatte nie Ambitionen gehabt, Mitglied in der Lüdenscheider Schützengesellschaft zu werden. Aber ihr war klar, daß ein Abend mit Markus Baumann in der Schützenhalle durchaus seinen Reiz haben könnte, und so sagte sie zu.

Vor ihrer Abfahrt brachte sie Schakal zu Beate Engelmann, die sich angeboten hatte, ihren Hund mal wieder ein paar Stunden zu verwöhnen. Beate war immer noch krank geschrieben, aber Leo wußte, daß sie nicht mehr an den körperlichen Verletzungen litt, sondern vielmehr an den psychischen Belastungen, die ihr der Überfall und die Probleme in der Schule zugefügt hatten. Sie hatte sich zurückgezogen und auch ihre Behandlung bei Leo noch nicht wieder aufgenommen.

Leo trank die angebotene Tasse Tee und versuchte ihr schlechtes Gewissen zu unterdrücken. Sie hätte sich mehr um die junge Lehrerin kümmern müssen. Beate erzählte, daß Kommissar Keitel auch bei ihr gewesen sei und ungewöhnliche Fragen gestellt habe. Sie stellten beide die Ähnlichkeit des Profilers mit Bruce Willis fest und mußten plötzlich lange und ausgelassen lachen. Dann unterhielten sie sich noch eine Weile, und Beate erzählte ihr, daß sie nach wie vor die Absicht habe, die Schule zum Ende des Schuljahres zu verlassen.

Während Leo sich verabschiedete, klingelte das Telefon, und beim Hinausgehen hörte sie, wie Beate Pauls Namen nannte. Einen Moment lang war Leo irritiert, bis ihr einfiel, daß Paul schließlich ein Kollege von Beate war und es keineswegs ungewöhnlich war, daß sich Kollegen untereinander anriefen.

Leo hatte sich mit Markus auf dem Parkplatz vor der Schützenhalle verabredet. Sie vergewisserte sich, daß sich ihr Handy in der Handtasche befand, und bedachte das häßliche kleine Ding mit einem liebevollen Blick. Am anderen Ende der imaginären Leitung sah sie Hauptkommissar Plate, der an seinem Schreibtisch saß, das Telefon stets griffbereit in seiner Nähe. Sie war nicht allein.

Markus war immer noch nicht zu sehen, und sie drehte sich zum Rücksitz um, wo sie einen Kassettenrekorder deponiert hatte. Sie legte eine von ihren beiden Kassetten ein, und die Moody Blues sangen »Nights in white satin«. Leo lehnte sich im Sitz zurück und betrachtete die Schützenhalle. Sie stammte aus der Zeit der Jahrhundertwende und war das Gegenteil der sonst üblichen Vielzweckhallen – sie hatte einen Turm mit einem zwiebelförmigen Dach und eine fliederfarbene Fassade, die von hohen Fensterbögen unterteilt wurde. Auf dem Asphaltplatz und inmitten der Bratwurststände und Autoscooter sah der historische Bau wie ein Fremdkörper aus.

Sie schrak zusammen, als Markus ans Fenster des Wagens trat.

»Ich wußte nicht, daß du unter die Discjockeys gegangen bist«, sagte er, und sie hörte an seiner Stimme, daß ihm die laute Musik peinlich war. »Wollen wir nicht lieber hineingehen?«

Sie drückte die Stoptaste, nahm ihre Handtasche und stieg aus.

Im Foyer der Schützenhalle standen viele gutgekleidete Menschen, die jeden neu eintreffenden Besucher interessiert musterten. Leo atmete einmal tief durch. Sie war nicht sicher, wie sie bei dieser Musterung abschneiden würde, und erst recht nicht, wieviel Wert sie auf das Ergebnis legen sollte. Markus holte zwei Bier und stellte ihr dann einen jungen Kollegen vor, der sich demnächst mit einer Anwaltskanzlei selbständig machen wollte.

Leo trank mit Genuß ihr Bier und ließ sich von dem jungen Mann über die Ereignisse in Balve ausfragen. In diesem Augenblick waren sie für Leo weit weg und fern jeder Realität. Durch die geöffnete Flügeltür konnte man in den gut gefüllten Festsaal sehen, hörte die Musikkapelle, und Leo hatte plötzlich Lust, sich in das Menschengewühl zu stürzen.

Sie wanderte mit dem Bier in der Hand ein paar Schritte in den Saal hinein. An den Biertheken standen Trauben von Menschen, die langen Tischreihen waren vollbesetzt. An der hinteren Wand der Halle befand sich eine Bühne, die von roten Samtvorhängen eingerahmt wurde. Dort saßen Männer in grünen Uniformen und Frauen in langen Kleidern. Der Schützenkönig mit seinem Hofstaat, dachte sie und staunte ein wenig, daß es so etwas im 21. Jahrhundert immer noch gab.

»Haben Sie Ihre Schwiegereltern schon gesehen?« hörte sie die Stimme des jungen Juristen neben sich, der sich wohl bemühte, wieder mit ihr ins Gespräch zu kommen.

Leo war überrascht. Sie hatte nicht damit gerechnet, auf ihre Schwiegereltern angesprochen zu werden.

»Nein. Ich weiß gar nicht, ob sie hier sind.«

Jetzt schien der junge Mann überrascht zu sein.

»Ich denke doch, Markus hat es erwähnt. Er wollte etwas mit Ihrem Schwiegervater besprechen.«

Leo versuchte, sich ihre Verwirrung nicht anmerken zu lassen. Ihr Schwiegervater hatte eine Verabredung mit Markus Baumann? Sie hatte nicht gewußt, daß die beiden sich überhaupt kannten. Und sie hatte auch nicht gewußt, daß ihre Schwiegereltern Mitglied in der Lüdenscheider Schützengesellschaft waren. Aber vielleicht war das so selbstverständlich, daß man nicht darüber sprach.

Sie sah zu einer der Biertheken hinüber, wo gerade das Sauerlandlied angestimmt wurde. In der Menschentraube glaubte sie den Verleger der Lokalzeitung und den Manager der Spielzeugwagenfabrik zu erkennen. Aber Arnold Piepenstock konnte sie nicht entdecken.

Sie entschuldigte sich bei dem jungen Juristen und ging zurück ins Foyer. Als sie Markus nach seiner Verabredung befragte, sah er auf einmal aus wie ein Anwalt, der unerwartet einen Prozeß verloren hat.

»Du hast recht, wir kennen uns nicht«, sagte er schließlich schroff.

»Aha«, gab Leo zurück und wartete.

»Aber es wäre ja möglich gewesen, daß wir uns kennenlernen. Du bist schließlich die Schwiegertochter von Arnold Piepenstock.«

Markus wechselte das Thema, doch Leo ging dieser scheinbar unbedeutende Vorfall nicht mehr aus dem Kopf. Langsam ahnte sie die Zusammenhänge. Markus wollte durch sie ihren Schwiegervater kennenlernen. Er hatte auf ein zufälliges Zusammentreffen gehofft und darauf, daß sie ganz privat einige Worte wechseln und ein paar Biere miteinander trinken würden.

Offenbar war es schwierig, an den einflußreichen Fabrikanten Piepenstock heranzukommen. Und so mußte sich ein cleverer Anwalt eben einen Umweg einfallen lassen, um neue Kontakte zu knüpfen – die ihn zu weiteren einflußreichen und zahlungskräftigen Klienten führen würden.

Leo war enttäuscht und wütend. Es hätte ihrem Selbstbewußtsein gut getan, wenn Markus sie aufgrund ihres Charmes oder ihrer schönen Beine eingeladen hätte. Aber das war offenbar nicht der Fall. Männer, dachte sie bitter, tun eben nichts, ohne dabei an ihren Profit zu denken.

Sie hörte sich das intelligente Geplauder des Anwalts und dessen immer noch faszinierende Stimme so lange an, bis sie ihr Bier ausgetrunken hatte. Dann erklärte sie ihm, daß sie leider das Fest vorzeitig verlassen müsse. »Aber ich nehme an, du willst noch hierbleiben, um auf meinen Schwiegervater zu warten.«

Leo fand ihren Abgang zwar theatralisch, aber es tat ihr gut, ohne ein weiteres Wort die Halle zu verlassen. Markus war offenbar so verblüfft, daß er ihr nicht folgte. Aber das hatte sie auch nicht erwartet.

Ihr Variant hatte Schwierigkeiten anzuspringen, und sie hoffte inständig, daß er sie dieses Mal nicht im Stich lassen würde. Es war keine gute Vorstellung, wieder zurückzugehen und um Hilfe bitten zu müssen. Kurz bevor die Batterie völlig leer war, sprang der Wagen schließlich an.

Verdammt, dachte Leo, ich brauche ein neues Auto. Ihr fiel das Angebot von Markus ein. Das Gutachten, das sie für ihn hätte verfassen sollen, hätte ihr viel Geld eingebracht – und mit Sicherheit seiner Karriere genützt.

Sie drehte sich zur Rückbank um und drückte auf die Starttaste des Kassettenrekorders. Ein französisches Lied erklang, eines ihrer Lieblingslieder, eindringlich und traurig: »La neige du Kilimandscharo … je dois mourir bientôt …«

Diesmal wählte sie die längere Talstrecke nach Werdohl, weil sie keine Lust hatte, sich über kurvige dunkle Höhenstraßen zu quälen. Nach einer Dreiviertelstunde fuhr sie die Bergstraße zu ihrem Haus hinauf. Sie stieg aus dem Wagen und lauschte in die Nacht. Eine Amsel, die offenbar Tag und Nacht verwechselt hatte, flötete laut und klar.

Es war noch nicht Mitternacht, und die beleuchteten Fenster des Hauses auf dem angrenzenden Grundstück schimmerten durch die Fichten. Die kleine Außenlampe, die auf Bewegungen reagierte, leuchtete auf, als sich Leo dem Haus näherte. Sie schloß die Haustür auf und vermißte das Begrüßungsgebell ihres Hundes, bis ihr einfiel, daß sie ihn zu Beate Engelmann gebracht hatte.

Sie knipste überall in den unteren Räumen das Licht an und setzte sich dann im Wohnzimmer auf ihr Sofa. Die bunten Blumen vermittelten ihr das Gefühl, als sei die Welt noch in Ordnung. Es war ein guter Abgang gewesen. Sie streckte sich aus und legte die Beine hoch. Es war so ruhig, daß sie hören konnte, wie in der Küche der Kühlschrank ansprang. Sie verschränkte die Arme unter dem Kopf und sah zur Decke hinauf, die mit einer runden Stuckrosette verziert war. Sie erinnerte sich, daß diese Rosette auch ein Grund gewesen war, das Haus zu kaufen. Jetzt bröckelte der Stuck und mußte dringend ausgebessert werden.

Sie spürte, wie ihr Herz regelmäßig und kräftig schlug. Es schien den heutigen Abend unbeschadet überstanden zu haben. Ob Markus auch auf dem Segelboot an ihren Schwiegervater gedacht hatte? Leo schloß die Augen und mußte trotz allem lächeln. Jedenfalls hatte sie nichts davon gemerkt. Wie gut, daß ihr Herz verschont geblieben war. Als das Telefon läutete, schoß sie in die Höhe. Es war Mitternacht, und ein Anruf um diese Zeit konnte nichts Gutes bedeuten.

Sie nahm den Hörer ab und meldete sich. Es war ihr

Nachbar. Er war ein alter Mann und entschuldigte sich zunächst umständlich für den späten Anruf, aber Leo habe ja darum gebeten, benachrichtigt zu werden, wenn etwas Auffälliges geschehe. Er habe ein Licht in ihrem Garten gesehen, wie von einer Taschenlampe, das habe er ihr nur sagen wollen.

Leo bedankte sich für den Anruf und legte langsam den Hörer auf. Verdammt, dachte sie. Schon wieder eine Nacht, in der ich nicht schlafen werde. Was um Himmels willen sollte sie mit dieser Nachricht anfangen? Sie hatte, bevor sie ging, die Fenster und Türen kontrolliert, alle waren verschlossen gewesen. Sie mußte den Rundgang jetzt wiederholen. Und wenn sie nun ein offenes Fenster fand? Hatte ihr Nachbar überhaupt eine Person im Garten gesehen oder nur das Licht der Taschenlampe, das vielleicht auch der Scheinwerfer eines Autos gewesen sein konnte?

Leo beschloß, alle Lichter brennen zu lassen und unten auf dem Sofa zu schlafen. Sie fühlte sich sicherer, wenn sie die Türen im Blick hatte und nicht auf das Knarren von Treppenstufen lauschen mußte. Mit dem Telefon in der Hand ging sie hinauf ins Schlafzimmer und holte Bettdecke und Kopfkissen. Die Fenster waren alle geschlossen. Sie stolperte über einen Haufen Kleidung und fühlte, wie ihr der Schweiß ausbrach. Ihr Rücken war innerhalb von Sekunden so naß, als sei sie unter der Dusche gewesen. Sie wußte, was das bedeutete – ihr Körper sagte deutlich, was ihr Kopf nicht wahrhaben wollte: Sie hatte Angst.

Im hell erleuchteten Wohnzimmer breitete sie das Bettzeug auf dem Sofa aus und legte sich hin, ohne sich auszuziehen. Sie schloß die Augen und versuchte nicht mehr zu denken. Aber ihr Hirn registrierte jedes noch so leise Geräusch im Haus und im Garten. Sie dachte an den zerschundenen kleinen Hundekörper auf ihrer Terrasse. Der

Täter war zweimal gekommen – er war problemlos in ihren Garten eingedrungen und ebenso problemlos wieder verschwunden.

Dann wurde ihr klar, daß sie es auf diese Weise nicht schaffen würde einzuschlafen. Sie stand wieder auf, holte sich einen Campari aus der Küche und bedauerte, daß sich der Fernseher oben im Schlafzimmer befand. Dann nahm sie ein Buch aus dem Regal, an dessen Inhalt sie sich nicht mehr erinnerte. Nachdem sie zwei Seiten gelesen hatte, merkte sie, daß sie kein einziges Wort behalten hatte.

Vor der Haustür war ein undefinierbares Geräusch zu hören. Es klang, als kratze ein Tier am Holz entlang, kurz und wie zufällig. Dann herrschte wieder völlige Stille. Sie war sich fast sicher, daß es tatsächlich ein Tier gewesen war, nachts kamen oft Igel, Fledermäuse oder Füchse in den Garten, und es war nicht das erste Mal, daß sie in der Dunkelheit Geräusche hörte.

Sie saß wie erstarrt auf dem Sofa und lauschte. So mußte es sich anfühlen, wenn das tödliche Gift einer Schlange sich im Körper ausbreitete. Das Gift betäubt langsam den ganzen Körper, Arme und Beine erstarren zuerst. Das Gehirn ist nicht mehr in der Lage, den Körper zu steuern. Und das Herz, das anfangs noch vor Entsetzten gerast hatte, wird ganz zuletzt von diesem Gift ergriffen. Ganz allmählich wird es langsamer, bis es schließlich aufhört zu schlagen. Und die ganze Zeit weiß das Opfer, was mit ihm geschehen wird.

Mit aller Energie, die sie noch aufbringen konnte, erhob sich Leo und zog die Schuhe an. Sie nahm das Handy und ihren Schlüsselbund und ging zur Haustür. Sie mußte das Haus verlassen. Heute nacht konnte sie nicht alleine hier sein. Es überstieg ihre Kräfte.

Der Garten war beinahe taghell, als sie draußen vor dem

Haus stand und die Tür abschloß. Hinter allen Fenstern brannte Licht. Der Schein fiel auf die Weißdornhecke und erreichte den Wagen, der in der Einfahrt stand. Leo ging hin, ohne sich umzusehen, und stieg ein. Sie fuhr ein Stück den Berg hinunter und bog dann rechts in die Straße ein, die oberhalb der Bahnstrecke entlangführte. An der Kreuzung sah sie im Rückspiegel ihr Haus wie einen leuchtenden Würfel am dunklen Berghang liegen.

Beate wohnte so nah, daß Leo ihre Wohnung auch problemlos zu Fuß hätte erreichen können, aber nichts auf der Welt hätte sie dazu gebracht, heute noch allein in der Dunkelheit herumzulaufen.

Die Wohnung lag im ersten Stock eines Zweifamilienhauses, und Leo hoffte, daß sie nicht das ganze Haus aufwecken würde. Es dauerte lange, bis sie Beates Stimme in der Sprechanlage hörte. Leo meldete sich, und dann dauerte es wieder eine Weile, bis endlich der Türöffner summte.

Sie war erleichtert, als sie endlich bei Beate in der Küche stand und Schakal daran zu hindern versuchte, mit seinem Freudengebell die anderen Hausbewohner zu wecken. Leo schilderte ihre Situation und sagte dann: »Ich hoffe, ich kann heute nacht hier bei dir schlafen. Eine Wolldecke genügt mir.«

Beate zögerte. »Meinst du nicht, du solltest die Polizei benachrichtigen, damit die dann das Haus durchsucht?«

»Warum? Weil meine alten Nachbarn angeblich das Licht einer Taschenlampe gesehen haben?« Leo setzte sich unaufgefordert auf einen der Küchenstühle. Sie wollte irgendwo schlafen, und wenn es sein mußte, auf dem Fußboden.

»Du kannst im Wohnzimmer schlafen«, sagte Beate. »Ich hole Bettzeug.«

Leo ging in den Wohnraum, der Hund klebte an ihrer Seite. Sie zog die Schuhe aus und fing an, das Sofa umzubauen. Als sie sich zur Tür umdrehte, weil sie dachte, Beate sei mit dem Bettzeug gekommen, hielt sie vor Überraschung die Luft an. In der Tür stand Paul. Er trug ein kariertes Hemd und keine Schuhe.

»Paul!«

»Hallo, Leo.«

Was sollte sie sagen? Sie konnte schlecht fragen, was er hier tat – es gab eigentlich nur eine Antwort darauf. Also sagte sie nichts.

»Beate hat Angst. Sie kann nicht alleine sein«, sagte Paul.

Ich kann auch nicht alleine sein, dachte Leo, jedenfalls nicht im Moment. Aber das interessiert ja niemanden.

Wenig später kam Beate ins Zimmer und legte ihr einen Schlafsack und Bettwäsche aufs Sofa.

»Vielen Dank. Ich bin todmüde. Gute Nacht«, sagte Leo.

Der Hund sprang zu ihr und legte sich auf ihre Füße. Es war wie ein Wunder, aber sie schlief tatsächlich sofort ein.

Als Leo am nächsten Morgen erwachte, war die Wohnung leer.

Sie ging ins Badezimmer. Am Spiegel hing eine Nachricht von Beate – sie sei zu einer medizinischen Nachuntersuchung nach Lüdenscheid gefahren. In der Küche sei Kaffee in einer Thermoskanne. Leo wusch sich flüchtig und benutzte etwas von Beates Feuchtigkeitscreme aus dem Reformhaus. Dann ging sie in die Küche, wo nichts herumstand außer der blauen Warmhaltekanne und einer Tasse mitten auf dem Tisch.

Sie goß sich einen Kaffee ein. Mit der Tasse in der Hand wanderte sie in der Wohnung herum. Sie dachte an Paul.

Wie er in der Wohnzimmertür gestanden hatte. Dann setzte sie sich an den Küchentisch und trank ihre Tasse leer. Der Hund legte sich neben sie.

»Wir gehen gleich«, sagte sie zu ihm und ihre Stimme hörte sich anders an in der fremden Wohnung. Schakals Ohren zuckten. Sein Schwanz klopfte leicht auf den Küchenboden. Leo dachte an ihr einsames Haus, in das sie jetzt zurückkehren würde.

Die Luft war feucht, als sie die Wohnung verließ. Wasserpfützen standen auf der Straße. Unterhalb des Berghangs fuhren die drei Waggons der Hönnetalbahn in Richtung Neuenrade, und Leo hörte das surrende Geräusch der Räder auf den Schienen. Sie hatte Mühe, die Ereignisse der letzten Nacht als Realität zu akzeptieren. Sie sah wieder Paul, ohne Schuhe, mitten in der Nacht. Mit fahrigen Bewegungen schloß sie die Autotür auf.

Sie fuhr langsam die kurze Strecke bis zur Kreuzung, von wo sie das Haus bereits sehen konnte. Der Anblick der erleuchteten Fenster im diffusen Morgenlicht war so ungewöhnlich, daß sie erschrak. Sie hatte nicht mehr daran gedacht, wie sie das Haus zurückgelassen hatte.

Als sie in der Einfahrt hielt, kam ihr der Gedanke, daß es gut tun würde, jetzt möglichst viel Lärm zu machen. Lärm vertreibt die Geister der Nacht. Sie betätigte ein paar Mal die Hupe, dann stieg sie aus und knallte die Autotür zu. Ihr Nachbar erschien im Garten und kam zur Hecke, die ihre Grundstücke voneinander trennte. Er ging gebückt, die weißen Haare waren ungekämmt.

Leo erklärte ihm, daß sie die Nacht bei ihrer Freundin verbracht habe. Dann bedankte sie sich noch einmal für seine Aufmerksamkeit.

»Wir haben sehr schlecht geschlafen, meine Frau und ich.«

»Das tut mir leid.« Leo wußte nicht, was sie sonst darauf antworten sollte und sah hilflos auf den gesenkten Kopf des alten Mannes, dessen rosa Kopfhaut durch die Haare schimmerte. Ihr war bewußt, daß ihre Nachbarn beunruhigt waren bei der Vorstellung, neben einer Frau zu wohnen, die offenbar in irgendeiner Beziehung zu einem wahnsinnigen Mörder stand. Aber sie konnte es nicht ändern.

»Ich werde die Kriminalpolizei von dem Vorfall unterrichten«, sagte sie, wobei sie noch nicht wußte, ob sie dieses Versprechen auch einlösen würde. Dann ging sie ins Haus, um endlich die Beleuchtung auszuschalten.

Der Hund lief freudig mit ihr durch alle Räume, und sie war plötzlich sicher, im Haus nichts Ungewöhnliches vorzufinden. Die Geister der letzten Nacht waren spurlos verschwunden.

25

Die Karte steckte zwischen zwei Briefen, die Rechnungen enthielten.

Es ist bald vorbei. Die Welt ist überall gleich.

Der Text stand in ungelenken Druckbuchstaben auf einer Ansichtskarte. Es war die gleiche Schrift. Die Karte war auf der Vorderseite in viele kleine Felder unterteilt, und in der Mitte stand *Viele Grüße aus Attendorn im Sauerland.*

Leo hatte sie gegen Mittag in ihrem Briefkasten gefunden. Sie setzte sich an den Küchentisch und starrte auf die Ansichtskarte mit den kleinen bunten Fotos. Sie zeigten Sehenswürdigkeiten aus Attendorn, unter anderem die

Kalksteinsäulen einer Tropfsteinhöhle. Leo erinnerte sich. In Attendorn gab es die größte Tropfsteinhöhle Deutschlands. Dann drehte sie die Karte um und las den Text noch einmal.

Es ist bald vorbei. Die Schrift erinnerte sie an ihre eigenen Versuche, mit der linken Hand zu schreiben. Hoffentlich ist es bald vorbei, dachte sie. Aber ihr war bewußt, daß ihr Beobachter es in einem ganz anderen Sinne gemeint haben könnte. »Vorbei« könnte sich auch auf ihr Leben beziehen, oder das Leben eines anderen.

Die Welt ist überall gleich. Was um Himmels willen sollte das bedeuten? Ihr fiel auf, daß die Briefmarke nicht entwertet war. Sie mußte den Hauptkommissar anrufen. Eigentlich hatte sie ihm nichts von dem nächtlichen Geschehen erzählen wollen, das offenbar nur in ihrer Phantasie stattgefunden hatte. Aber die Karte änderte alles.

Der Mörder hatte ihr eine Ansichtskarte geschickt. Oder sie sogar eigenhändig in ihren Briefkasten geworfen.

Hauptkommissar Plate hörte ihrem Bericht zu, ohne Fragen zu stellen. Er ließ sich den Text der Karte zweimal vorlesen und sagte dann: »Ich möchte bei Ihnen vorbeikommen. Paßt es Ihnen um fünf Uhr?« Leo nickte in den Telefonhörer.

Dann beschrieb sie ihm den Weg zu ihrem Haus.

Sorgfältig wischte sie den Küchentisch ab und stellte dann die Espressomaschine auf den Herd. Der Hauptkommissar mußte jeden Moment kommen. Sie hätte es vorgezogen, einen Spaziergang zu machen, anstatt sich bewegungslos am Küchentisch gegenüberzusitzen. Aber das Wetter hatte sich seit dem Morgen nicht gebessert, und der Nieselregen verlockte nicht gerade dazu, sich draußen aufzuhalten.

Die Espressomaschine gab gluckernde Geräusche von sich, und Leo schaltete die Herdplatte aus. Einen Moment später klingelte es, und sie öffnete die Tür.

Hauptkommissar Plate machte einige höfliche Bemerkungen über die schöne Lage des Hauses und den schönen Garten, dann holte er eine Klarsichthülle aus seinem Aktenkoffer. Er steckte die Karte, die Leo schon auf den Küchentisch gelegt hatte, sorgfältig hinein.

»Gut. Erzählen Sie mir bitte, was in der letzten Nacht passiert ist.« Während sie sprach, betrachtete der Hauptkommissar die Ansichtskarte intensiv von allen Seiten.

Leo berichtete von ihrem Besuch in Lüdenscheid, ihrer vorzeitigen Rückkehr und der Warnung ihres Nachbarn. Sie erzählte auch, daß sie die Nacht bei Beate Engelmann verbracht hatte. Der Hauptkommissar sah sie aufmerksam an.

»Sie haben Angst, nicht wahr? Ich wundere mich schon lange, wie Sie bisher so ruhig bleiben konnten.«

»Es gibt so etwas wie ein Schicksal. Und das kann man nicht beeinflussen.«

»Das glauben Sie wirklich?« Der Hauptkommissar legte die Karte in der Klarsichthülle auf den Tisch zurück.

Leo dachte daran, daß er als Polizist sicher nicht an ein Schicksal glauben durfte, das die Dinge auch ohne menschliches Dazutun regelte.

»Manchmal glaube ich es, manchmal nicht«, sagte Leo. »Auf jeden Fall hilft es, die Angst in Grenzen zu halten.« Was nicht immer gelingt, fügte sie in Gedanken hinzu.

Der Kommissar sah aus dem Fenster. Draußen huschte ein rotbraunes Eichhörnchen auf der Fensterbank herum und suchte nach den Brotkrümeln, die Leo hier manchmal ausstreute.

»Und jetzt glauben Sie nicht mehr daran, daß eine höhere Macht alles regelt, und haben deshalb Angst bekommen?« fragte der Kommissar.

»Wenn man alles getan hat, was man tun kann, dann bleibt einem nichts anderes übrig, als abzuwarten und zu beobachten, wie sich die Dinge entwickeln.« Sie sah dem Eichhörnchen in die schwarzen Augen, die sie neugierig durch das Fensterglas anblickten. »Ich bin an einem Punkt, wo meine Geduld und meine Energie erschöpft sind. Es passiert einfach nichts, was diese ganzen Verwirrungen endlich auflöst. Ich fühle mich alleine, sozusagen vom Schicksal verlassen.« Leo merkte, daß es ihr gut tat, mit dem Hauptkommissar zu reden. Er zwang sie dazu, ihre Gedanken zu ordnen.

»Ich glaube nicht, daß man vom Schicksal verlassen werden kann. Entweder es ist da oder nicht. Es kann nicht einmal da und dann wieder weg sein.«

Leo nickte. Das Eichhörnchen sprang mit einem Satz in den Strauch neben dem Fenster und verschwand zwischen den Ästen.

»Was meinen Sie, ist es die gleiche Schrift wie bei den anderen Nachrichten?« fragte sie.

»Ich denke, ja. Unsere Experten werden das sicher sofort herausfinden.« Der Hauptkommissar trank seinen Kaffee mit schnellen Schlucken aus und stellte die Tasse geistesabwesend irgendwo mitten auf den Tisch.

»Und warum, glauben Sie, hat er Ihnen diese Karte geschickt?« fragte er dann.

»Ich weiß es nicht. Ich hatte gehofft, daß Sie mir das sagen können.« Sie sahen sich schweigend über den Küchentisch hinweg an.

»Kann es sein, daß Sie den Täter besser kennen, als wir bisher angenommen haben?«

»Was meinen Sie mit besser kennen?«

»Bisher sind wir davon ausgegangen, daß der Mann, der Sie und Beate Engelmann überfallen hat, Ihnen aus irgendeinem Grund einen sehr brutalen ... Denkzettel verpassen wollte. Eine Warnung, sich nicht überall einzumischen oder etwas zu verraten, von dem wir noch nicht wissen, was es sein könnte.«

Leo nickte.

Er räusperte sich. »Gibt es oder gab es einen Mann, der versuchen könnte, Ihnen durch diese Aktionen Angst einzujagen oder sich in Ihr Leben einzumischen?«

»Nein. Ich kenne niemanden, dem ich so etwas zutrauen würde.« Und es gibt leider auch sonst niemanden, fügte sie im stillen hinzu.

»Wir müssen jeder Spur nachgehen.«

Leo brannte eine Frage auf der Zunge: »Woran liegt es eigentlich, daß die Polizei so wenig Erfolge aufweisen kann?«

Der Kommissar sah sie nachdenklich an.

»Wir bekommen kaum einen Hinweis aus der Bevölkerung. Der Täter ist sehr vorsichtig. Und die Leute haben Angst. Es steckt ein System hinter den Morden und Überfällen. Der Mörder hinterläßt Botschaften, die wir bisher noch nicht deuten konnten. Und er ist kein Dummkopf. Er scheint ein bestimmtes Ziel zu verfolgen. Jeder hat Angst, das nächste Opfer zu werden. Die Menschen verkriechen sich in ihren Häusern, sie reden nicht mehr miteinander. Und das ist immer eine schlechte Ausgangsbasis, wenn man einen Mörder finden will.«

»Und glauben Sie, daß die Angst berechtigt ist?«

»Ich glaube, er konzentriert sich auf ganz bestimmte Personen, die er eine lange Zeit vorher beobachtet. Er kümmert sich nicht um Leute, die der Polizei irgendwelche Tips geben. Er hat etwas anderes im Auge.«

»Und zwar?«

»Unser Psychologe arbeitet daran, es herauszufinden.«

Der Kommissar rollte die Klarsichthülle zusammen und steckte sie in die Tasche. Leo sah sein angestrengtes Gesicht, und es tat ihr plötzlich leid, daß sie ihm bisher so wenig hatte helfen können. »Ich denke über die Männer nach, die in Frage kommen könnten«, versprach sie.

»Gut.« Der Kommissar stand auf. »Seien Sie vorsichtig. Ich werde bei der Post nachforschen, ob der Briefträger die Ansichtskarte gebracht hat oder nicht. Wenn Sie glauben, daß Sie Schutz brauchen, sagen Sie mir Bescheid.«

Sie brachte ihn zur Gartenpforte und ließ sich seine letzten Worte durch den Kopf gehen. Es war nicht mehr ausgeschlossen, daß sie Schutz brauchte und den Kommissar auch darum bitten würde. Aber noch nicht heute.

Sie hörte, wie der Wagen des Kommissars den Weg hinunterfuhr. Der Kaffee in ihrer Tasse war kalt geworden, aber sie trank trotzdem noch einen Schluck. Dann ging sie hinüber in den Behandlungsraum und legte sich auf die Liege, um ihre Gedanken zu ordnen. Sie war sicher, daß es keinen Mann in ihrem Leben gab, der sie verfolgen und überfallen und ihr tote Terrier vor die Tür legen würde. Richard Schwartpaul war der einzige, auf den das Täterprofil in großen Teilen zutraf – aber gerade ihm traute sie nicht die geringste gewalttätige Handlung zu.

Dann zogen einige Gesichter und Namen vor ihrem inneren Auge vorbei, ohne daß sie bei einem verweilen wollte: Markus Baumann und Paul Reininghaus, dann sogar Bernhard Stahlschmidt, Alfons Wagemut und Baron von Velenburg. Es war absurd. Und es gab natürlich noch die Männer ihrer Freundinnen, Jochen Rottmann aus Lüdenscheid und Werner Lüsebrink, Bettinas stets abwesenden Ehemann, und die Männer in ihrer eigenen Familie: Florian, Arnold Piepenstock und ihren Noch-Ehemann Christoph Piepenstock, der seit zehn Jahren in Costa Rica lebte.

Sie lauschte in die Stille des Raumes hinein. Zum ersten Mal, seit sie in diesem Haus lebte, fühlte sie sich unwohl. Die vielen Räume mit den wenigen Möbeln und den knackenden Heizkörpern kamen ihr plötzlich leer und abweisend vor. Ein Gefühl des Unbehagens beschlich sie, wenn sie an die beiden Zimmer im ersten Stock dachte, die auf ihre Renovierung warteten und mit Gerümpel vollgestopft waren. Sie waren ein ideales Versteck.

Leo mußte den Tatsachen ins Auge blicken. Sie wurde verfolgt und hatte Angst. Sie war ständig müde, aber sie konnte nicht schlafen. Ihr Körper war in dauernder Alarmbereitschaft. Die kleinste Anstrengung rief Schweißausbrüche hervor. Ihre Vorstellungskraft reichte nicht aus, sich ihren eigenen Tod vorzustellen. Aber irgend etwas Schreckliches konnte geschehen.

Sollte sie die Praxis nicht einfach schließen und ein paar Wochen verreisen, zu Florian nach München zum Beispiel? Oder würde der Alptraum nach ihrer Rückkehr nicht noch schlimmer sein, als er jetzt schon war? Man konnte nicht davon ausgehen, daß die Polizei nach monatelanger vergeblicher Ermittlungstätigkeit in ihrer Abwesenheit endlich den Mörder verhaften würde. Leo seufzte tief und starrte an die Decke.

In der Natur gab es zwei Verhaltensregeln, die ein verfolgtes Tier instinktiv befolgte, wenn sein Leben bedroht war: fliehen oder kämpfen. Abwarten dagegen war tödlich. Im Bruchteil von Sekunden mußte die Entscheidung fallen.

Sie erhob sich von der Liege, und sofort wurde ihr

schwindelig. Sie mußte sich erneut hinsetzen, dann ging sie ins Wohnzimmer und trat an ihr Bücherregal. Sie nahm einen kleinen Band über Taoismus heraus und blätterte in den Seiten. *Ruhe und Gelassenheit bewahren, dem Schicksal vertrauen, nicht fliehen, nicht zwanghaft handeln, intuitiv das Richtige tun.*

Natürlich, dachte sie erschöpft, intuitiv das Richtige tun. Aber was war das Richtige? Fliehen oder kämpfen? Nicht fliehen, sagten die Taoisten, aber auch nicht kämpfen – intuitiv das Richtige tun. Leo mußte sich eingestehen, daß ihre Intuition im Augenblick schwieg.

Sie stellte das Buch wieder ins Regal und ging zurück in den Praxisraum. Dort öffnete sie einen der Glasbehälter und suchte ein Päckchen Akupunkturnadeln heraus. Die goldenen, dachte sie, sind genau die richtigen für diesen Anlaß. Wenn die Ärztin sich selbst behandeln will.

Sie lag noch auf der Liege, als das Handy klingelte, das sie mittlerweile sogar im Behandlungsraum bei sich trug.

Am Apparat war der Kommissar und Psychologe Keitel. Nachdem er sich höflich nach ihrem Befinden erkundigt hatte, kam er zu seinem eigentlichen Anliegen: »Frau Doktor Piepenstock, ich möchte mir noch einmal die Tatorte ansehen. Und ich möchte Sie bitten, mich zu begleiten. Ich bin auf Ihre Informationen und auf Ihr Einfühlungsvermögen angewiesen.«

»Mein Einfühlungsvermögen?«

»In bezug auf die möglichen Motive des Täters und in bezug auf seine psychische Verfassung. Ich darf Ihnen sagen, daß uns die Karte, die Sie bekommen haben, in höchste Alarmbereitschaft versetzt hat. Wir fürchten, daß er wieder zuschlagen wird.«

Leos Entscheidung war gefallen. »In Ordnung. Ich komme mit.«

Sie verabredeten sich für den nächsten Vormittag. Leo würde einige Behandlungstermine absagen müssen, aber der Termin mit dem Profiler war wichtiger.

26

Kommissar Keitel sah immer noch aus wie Bruce Willis, als er auf die Sekunde pünktlich bei Leo klingelte und von Schakal wie ein alter Freund begrüßt wurde. Wenig später saßen sie am Küchentisch, und Keitel breitete eine topographische Landkarte aus, die er mitgebracht hatte. Jedes Haus und jede Bodenerhebung in Balve und Umgebung waren eingezeichnet. Die Tatorte waren mit rotem Filzstift markiert. Sie legten gemeinsam eine Route fest, dann brachen sie auf. Es würde ein langer und anstrengender Tag werden, und Leo unterdrückte einen Anflug von Panik. Sie mußte durchhalten.

Der Gitterzaun vor der Balver Höhle stellte diesmal kein Hindernis dar. Das Tor an der Kasse ließ sich problemlos mit dem Schlüssel des Kommissars öffnen.

Im hellen Licht der Morgensonne sah die Höhle so unromantisch und harmlos wie eine Mehrzweckhalle aus. Aufgebaute Stellwände mit Fotografien und Grundrissen von Fertighäusern verstärkten diesen Eindruck. Die Ausstellung »Mein Eigenheim« sollte in zwei Tagen eröffnet werden. Der seitliche Gang, in dem sich die Garderobenräume der Schauspieler befunden hatten, war noch nicht für die Ausstellung hergerichtet worden. Dämmriges Licht fiel von oben auf die grauen Wände.

Der Profiler bat Leo, ihm noch einmal zu erzählen, wie

sie den Toten vorgefunden hatte. Während sie sprach, sah er zur Höhlendecke, an der einzelne Wassertropfen glänzten. Er fragte nach den Schauspielern, nach ihren Reaktionen und bat sie, intuitiv zu sprechen, nicht nachzudenken, ihrer Vernunft keinen Raum zu geben.

Es war wie immer kalt und feucht unter der Erde, und Leo war froh, als der Kommissar schließlich wieder zum Höhleneingang zurückging. Er schloß das Tor hinter ihnen zu. In Gedanken sah Leo, wie Paul im Dunkeln über das Gitter geklettert war.

Ob er schon damals bei Beate übernachtet hatte, weil sie nicht allein sein konnte?

Von der Höhle aus waren sie in wenigen Minuten auf der Straße, die ins Hönnetal und zur Reckenhöhle führte.

»Der Mörder mußte die Leiche des Konrektors von der Requisitenkammer an der Schule bis zur Reckenhöhle bringen. Er brauchte einen Wagen und muß nachts gefahren sein. Tagsüber hätte er die Leiche nicht ungesehen in die Höhle schaffen können.«

Leo fiel plötzlich eine Frage ein: »Haben Sie eigentlich die Fahrzeuge von allen Verdächtigen untersucht? Zum Beispiel von den Mitgliedern des Theatervereins?« Sie dachte an einen dunkelblauen BMW. Einer hatte sie verfolgt, der andere hatte ein Olper Kennzeichen gehabt. Aber diese Spur hatte ins Leere geführt – Plate hatte ihr mitgeteilt, daß der Besitzer des Wagens keinerlei Verbindungen nach Balve habe.

»Natürlich. Wir haben auch die Autos der Angehörigen und der Bekannten der Toten untersucht. Ohne Ergebnis.«

Nach ein paar Minuten hatten sie das Gasthaus im Hönnetal erreicht und stellten den Wagen auf dem Parkplatz ab. Sie meldeten sich an der Rezeption des Gasthauses und holten den Schlüssel zur Höhle ab. Dann überquerten sie die Straße, um den Ausgang der Höhle zu erreichen. Diesen Weg hatte auch der Mörder gewählt.

Die Beleuchtung in der Höhle war eingeschaltet, und sie gingen zwischen rosa und grün angestrahlten Kalksteingebilden bis zur »Kapelle«. Dort hatte die Leiche gelegen, mit einem abgebrochenen Stalagmiten in der Brust. Der Profiler sah sich nur flüchtig um und sagte dann: »Ich möchte die Stelle sehen, wo man Sie niedergeschlagen hat.«

Sie gingen unter tropfenden Stalaktiten auf einem glitschigen, schmalen Weg entlang. Die Luft war noch kühler, als Leo sie in Erinnerung hatte. Sie war nicht sicher, ob sie die richtige Stelle finden würde. Wieder bat der Profiler sie, über ihre Erinnerungen zu reden. Und tatsächlich fühlte sie plötzlich wieder den Stoß in den Rücken, der sie zu Fall gebracht hatte. Aber sie sah auch ein scharfes Profil und eine dunkle Mütze, die sie im Bruchteil einer Sekunde bei einer kurzen Wendung ihres Kopfes erblickt haben mußte.

»Sie haben den Täter gesehen«, sagte der Profiler.

Leo schüttelte den Kopf.« Ich glaube, gerade sind meine Phantasien sichtbar geworden.«

Sie verließen die Tropfsteinhöhle. Inzwischen hatte sich der Parkplatz gefüllt, und die ersten Touristen kletterten aus den Bussen.

Sie bogen von der Hauptstraße nach links ab, fuhren an den Pferdekoppeln vorbei und sahen nach wenigen Minuten den Stauteich und die Wocklumer Mühle vor sich liegen, wo man die Leiche von Patricia Hellberg gefunden hatte. Sie fuhren noch ein Stück den Weg hinauf, dann stellte Kommissar Keitel den Wagen auf den Parkplatz unterhalb der Luisenhütte. Von hier aus konnte man auf den

Flußlauf der Borke sehen, der sich langsam zu einem See verbreiterte.

Sie wanderten am Ufer entlang und blieben schließlich an der Stelle stehen, wo früher das Mühlrad vom herabstürzenden Wasser angetrieben worden war. Der Überlauftrichter befand sich nur wenige Meter davon entfernt. Ein metallisch schimmerndes Rohr durchbrach die glatte Oberfläche des Wassers.

»Patricia war schon ein Jahr tot, als sie gefunden wurde. Sie war die erste, die ermordet wurde. Aber wo ist das Motiv? Ist die Polizei denn sicher, daß die drei Morde zusammenhängen?«

Der Profiler nickte. »Natürlich gibt es die Möglichkeit, daß Patricias Tod nichts mit den beiden anderen Morden zu tun hat, aber es ist nicht sehr wahrscheinlich. Dann müßte es zwei Mörder geben, vielleicht sogar drei. Und das ist so gut wie ausgeschlossen – schon rein statistisch gesehen. Wir sind in Balve und nicht in Berlin.«

Unterhalb der Wocklumer Mühle bogen sie auf einen Spazierweg ein, der jenseits des gestauten Flusses wieder zurück zur Luisenhütte führte. Kommissar Keitel forderte Leo auf, ihm etwas über die Familie Hellberg zu erzählen, aber die wenigen Informationen, die sie hatte, schienen ihm alle bereits bekannt zu sein. Mittlerweile waren sie auf der Höhe der ehemaligen Eisenhütte angekommen, deren Fachwerkbauten auf der gegenüberliegenden Seite des Baches zu sehen waren.

Leo fühlte sich wie ausgebrannt, und sie setzten sich neben die Holzbrücke auf ein Wiesenstück, das sanft zum Bach hin abfiel. Sie sahen auf das langsam strömende Wasser.

»Der Fund der Leiche von Patricia Hellberg hat unsere Ermittlungen vor ein neues Problem gestellt«, meinte Keitel. »Bisher sind wir davon ausgegangen, daß der Mörder ein bestimmtes Ziel verfolgt. Er hat Botschaften hinterlassen. *Wieder einer weniger. Fühlt euch nicht so sicher. Warum kämpfst du nicht, Verräterin. Die Welt ist überall gleich. Es ist bald vorbei.* Es schien so, als stehe ein System hinter den Morden. Aber was machen wir mit der Leiche dieser jungen Frau? Sie war das erste Opfer, auch wenn sie zuletzt gefunden wurde. Wo ist das Motiv, das diesen Mord mit den anderen verbindet? Die erste Möglichkeit ist: Es gibt ein Motiv, das hinter allen Morden steckt, wir haben es nur noch nicht gefunden. Die zweite Möglichkeit: Es gibt kein gemeinsames Motiv und kein System. Der Mörder ist krank, ein Psychopath, der Befriedigung darin findet zu morden. Aus diffusen Rachegefühlen, aus sexuellen Motiven, auch wenn wir dafür keine Anzeichen gefunden haben – es gibt viele Möglichkeiten. Vielleicht haben die Opfer eine Gemeinsamkeit, die den Mordgedanken beim Täter auslöst. Bei einem Sexualtäter könnten das zum Beispiel die langen blonden Haare einer Frau sein oder ihr Gang oder ihre Stimme. Aber wo ist die Gemeinsamkeit bei unseren Opfern?« Der Profiler sah nachdenklich auf das träge braune Wasser.

»Der Täter ist ein Einzelgänger und Sektierer, der die Welt in seinem Sinne verbessern will«, fuhr er fort. »Was ihm böse oder nicht lebenswert erscheint, muß ausgerottet werden. Er kann nichts ertragen, was aus der Norm fällt und was sein festgefügtes Weltbild ins Wanken bringt. Er ist ein auf Sicherheit bedachter Mensch, der lange überlegt und beobachtet, ehe er handelt. Er überfällt zwei Frauen, damit er wieder im Licht der Öffentlichkeit steht, damit man ihn nicht vergißt. Er verfolgt sein Ziel mit Fanatismus und mit Beharrlichkeit. Ich glaube, daß dieser Mörder nicht auf äußere Reizen achtet, sondern die Opfer müssen eine andere Gemeinsamkeit haben, eine innere sozusagen.« Kommissar Keitel schwieg einen Moment bevor er hinzufügte: »Ich kenne allerdings keinen ähnlichen Fall, bei dem solche … inneren Reize der Auslöser für eine Mordserie gewesen wären.«

Sie standen auf und gingen über die Brücke zu den Fachwerkbauten der Hüttenanlage. Hier hatte Leo damals mit Jennifer gesessen, und ihre Nichte hatte über ihre erste unglückliche Liebe geweint. Sie erzählte von ihren gemeinsamen Wanderungen und von ihren Gesprächen. Von dem verhängnisvollen Reitturnier und wie sie in Panik durch den Wald gelaufen war, um Jennifer zu suchen. Kommissar Keitel hörte zu, nur selten machte er eine Bemerkung oder stellte eine Frage. Auf der Treppe, die hinauf zum Kühlteich führte, wurde Leo plötzlich von einem heftigen Schwindel erfaßt. Sie hielt sich am Geländer fest.

»Die Hitze«, sagte sie, und ihre Stimme drang wie aus weiter Ferne zu ihr. Und die Anspannung der letzten Monate, dachte sie, und die Gedanken, die sich mit nichts anderem mehr beschäftigen können. Sie hatte das Gefühl, alle Kraft, mit der sich ein Mensch aufrecht halten konnte, habe sie auf einmal verlassen, und sie setzte sich auf die schmutzigen Treppenstufen.

»Es ist alles zuviel«, sagte der Profiler. »Bleiben Sie sitzen. Ich hole den Wagen, und dann fahre ich Sie nach Hause.«

Leo fühlte eine große Erleichterung. Sie wollte nur noch im Bett liegen und schlafen. Um nicht mehr denken zu müssen.

Kommissar Keitel brachte sie in ihr Haus am Berg und achtete darauf, daß sie sich mit einer Decke aufs Sofa legte und ihr Telefon in Reichweite stand.

»Keine Sorge, es ist bald vorbei.« Er zögerte, als er

merkte, daß er dieselben Worte benutzt hatte, die auf der Karte gestanden hatten.

»Warum glauben Sie das?«

»Es könnte sein, daß wir endlich auf die richtige Spur gestoßen sind. Wir kriegen ihn.«

Die Worte hingen noch im Raum, als Leo die Haustür hinter Kommissar Keitel ins Schloß fallen hörte.

Laß es vorbei sein, dachte sie, lieber Gott, laß es einfach endlich vorbei sein.

Elisabeth Michels erzählte Leo bei ihrer nächsten Sitzung von den neuesten Gerüchten. Sie betrafen Frau Doktor Piepenstock und den Höhlenmörder. Es mußte, da war man sich einig, eine Verbindung zwischen der Ärztin und dem Täter geben, einem psychopathischen Killer.

Der Hauptkommissar hatte Leo dazu verpflichtet, über alles zu schweigen, was sie miteinander besprachen, und natürlich hielt sie sich an seine Anweisung – trotzdem schienen die Bürger von Balve über alles informiert zu sein, was sich im Leben der Ärztin während der letzten Monate abgespielt hatte. Die Überfälle auf Leo und auf ihre Nichte, der tote Hund, schließlich noch eine rätselhafte Postkarte – Leo hatte Verständnis dafür, wenn einige Leute ihr mit Mißtrauen begegneten. Doch die Zahl ihrer Patienten veränderte sich nicht, sie gaben Leo zu verstehen, daß sie ihr auch weiterhin vertrauten.

Leo war dankbar für die Ablenkung, die ihr die Arbeit bot. Sie spürte Zufriedenheit, wenn sie abends todmüde ins Bett fiel. Dann schlief sie meist traumlos bis zum nächsten Morgen, und um acht Uhr stand bereits wieder der erste Patient vor der Tür. Sie versuchte, so normal wie möglich weiter zu leben und ihr Bestes zu tun.

Das Mißtrauen der Bevölkerung traf auch die Sonderkommission der Kriminalpolizei und damit Hauptkommissar Plate. Man warf ihm Unfähigkeit und Tatenlosigkeit vor, die Medien fielen seit Wochen mit wütender Kritik über ihn her. In Pressekonferenzen berief sich der Hauptkommissar auf die laufenden Ermittlungen und schwieg zu den meisten Fragen der Presse.

In Ermanglung neuer Informationen und Ereignisse schürten die Journalisten die Angst der Bevölkerung durch Spekulationen, die meistens darin gipfelten, daß der Wahnsinnige, der versucht hatte, eines seiner Opfer mit einem Stalagmiten zu erstechen, bereits sein nächstes Opfer ausgesucht habe und jetzt geduldig wie eine Spinne im Netz auf den richtigen Zeitpunkt für die Vollendung seiner blutigen Pläne warte.

27

Kurz nach achtzehn Uhr klingelte das Telefon, genau zu dem Zeitpunkt, an dem Leos Schwester immer anzurufen pflegte. Ingeborgs Tonfall klang so, als spräche sie mit ihrem Finanzberater und nicht mit einem Familienmitglied.

Jennifer ging es schlecht, und Ingeborg wußte nicht, was der Grund dafür sein könnte. Sie bat Leo, möglichst bald zu kommen und mit ihrer Tochter zu reden.

»Mit mir will sie nicht sprechen«, sagte Ingeborg, und selbst diese Aussage klang irgendwie gefühllos.

Leo hatte ein schlechtes Gewissen, denn sie hatte sich in letzter Zeit wenig um ihre Nichte gekümmert. Aber Jennifer hatte den Eindruck erweckt, als habe sie keine Hilfe nötig. Den Sturz vom Pferd hatte sie gut verkraftet und schien überhaupt keine Angst vor einer weiteren Bedrohung zu haben.

»Ich komme sofort«, sagte sie und legte den Hörer auf.

Diesmal hatte Leo keinen Blick für die flügeldrehenden Holzenten. Sie war beunruhigt – zum einen wegen ihrer Nichte und zum anderen wegen ihres Wagens, dessen Handbremse gefährlich geknirscht hatte, als sie sie in der Garagenzufahrt bis zum Anschlag angezogen hatte. Ein neues Auto muß her, dachte Leo.

Die Wohnung roch schwach nach Desinfektionsmittel und Raumspray, und Leo mußte an ihre ungeputzten Schuhe denken, als sie durch den antiseptischen Flur ins Wohnzimmer ging. Auf dem Tisch standen Porzellanschalen mit Erdnüssen und Kartoffelchips. Leo ließ sich in einen der ausladenden Sessel fallen.

»Wo ist denn meine Patientin?«

»Oben in ihrem Zimmer. Aber ich wollte erst einmal mit dir alleine reden.«

Ingeborg stellte eine Flasche Mineralwasser und zwei Gläser auf den Tisch. Dann berichtete sie, daß ihre Tochter stark abgenommen habe und oft geistesabwesend wirke. Ihre Leistungen in der Schule seien miserabel.

»Glaubst du, daß deine Tochter womöglich magersüchtig ist?« erkundigte sich Leo.

Bevor Ingeborg antworten konnte, stand Jennifer plötzlich im Wohnzimmer. Das Schweigen zwischen ihnen breitete sich bis in den letzten Winkel des Raumes aus. Das junge Mädchen warf sich aufs Sofa und schwang die Beine über die Seitenlehne. »Das ist der totale Quatsch. Ich bin nicht magersüchtig. Außerdem will ich alleine mit Tante Leo reden.«

Ingeborg stand abrupt auf. Sie konnten hören, wie sie

die Treppe in den ersten Stock hoch lief und oben eine Tür zuschlug. Leo betrachtete ihre Nichte und wartete. Jennifer sah beinahe unverändert aus, sie hatte vielleicht drei oder vier Kilo abgenommen, und Leo war erleichtert.

»Also, ich habe in letzter Zeit weniger gegessen als sonst, das stimmt, und Mama macht da plötzlich ein Drama draus. Aber ich will nicht wie eine fette Tonne durch die Gegend laufen. Alle Mädchen in der Klasse sind so schlank, und ich will das eben auch sein. Das ist alles. Kate Moss, zum Beispiel, die ist superdünn und verdient jede Menge Geld damit, und niemand sagt, daß sie magersüchtig ist.« Leo fand, daß ihre Nichte damit nicht ganz unrecht hatte.

»Gibt es noch einen Grund, warum alle so dünn sein wollen?« fragte sie. Jennifer starrte ihre Tante an, als habe sie gefragt, ob sie noch an den Weihnachtsmann glaube.

»Tante Leo, überleg mal, *alle* sind dünn, das habe ich doch schon gesagt!« Leo seufzte innerlich, auch im Zeitalter der hemmungslosen Individualität herrschten offenbar Gruppenzwänge, vor denen es kein Entrinnen gab.

Dann erzählte Jennifer munter von ihrer neuen Liebe Jan Krebbers und seinen guten Chancen, die Rolle des Peter Pan bei der nächsten Höhlenaufführung zu bekommen. Leo versuchte sich vom sprunghaften Erzählstil ihrer Nichte nicht irritieren zu lassen und machte ab und zu eine einigermaßen passende Bemerkung. Mehr wurde von ihr im Moment auch nicht erwartet.

Dann kam Jennifer von alleine auf das Thema Schule zu sprechen. Ihre schlechten Noten hätten einzig und allein mit der Tatsache zu tun, daß sie die Schule im Moment nicht ausstehen könne und außerdem fast jeden Nachmittag in der Reithalle sei. Während Jenny redete, aß sie zwei Schälchen mit Erdnüssen leer.

Schließlich trat eine Pause in ihrem Redefluß ein, und Leo fand, daß sie ihren Besuch allmählich beenden könne. Ihre Frage nach der Stimmung in der Schule hatte Jennifer nur mit einem knappen »ganz gut« beantwortet.

Leo hatte sich schon aus ihrem tiefen Sessel hochgestemmt, als ihre Nichte sagte: »Ach, Tante Leo, ich wollte dir noch sagen, ich habe die Patricia ganz gut gekannt. Weil ... na ja, sie war hinter Andrea her, das hat jeder gemerkt. Ich habe sie beobachtet, nur so, ich war ja damals noch ein Kind, du weißt schon, ich war noch nicht in Andrea verliebt.« Jennifer warf sich noch ein paar Erdnüsse in den Mund. »Also, die Patricia hat den Andrea regelrecht verfolgt. Immer hat sie in seiner Nähe gestanden und ihn angeguckt. Er hat dann in die andere Richtung geguckt, es war ihm echt lästig, das war sonnenklar.«

Leo war nicht überrascht über diese Auskunft. Wieder ein Liebesopfer des jungen Mannes. Sie würde es Kommissar Plate erzählen, war aber jetzt schon überzeugt, ihm damit nichts Neues zu berichten. Dann fiel ihr noch etwas ein. »War Patricia eigentlich ein hübsches Mädchen?«

Jennifer zuckte die Schultern. »Sie sah ganz okay aus. Etwas zu dick. Früher hat sie mal eine Brille getragen, glaube ich, aber dann nicht mehr. Ohne stand ihr besser.« Jennifer war zur Tür gegangen. »Ich dachte, das interessiert dich vielleicht. Weil du immer so neugierig bist.« Sie guckte bedeutungsvoll und verschwand. Leo grinste, ihre Nichte war ein vernünftiges Mädchen.

27

Morgens, wenn Leo zu ihrem Briefkasten ging, spürte sie, wie ihr Blutdruck nach oben schnellte. Trotz ihrer Eigenbehandlung, mit der sie ihren Allgemeinzustand kräftigen und stabilisieren wollte, überfielen sie Panikattacken, bei denen das Herz raste und ihr der Schweiß ausbrach. Dann gab es wieder Tage, an denen es ihr beinahe gelang, die ständige Bedrohung, mit der nicht nur sie, sondern alle Bewohner von Balve leben mußten, aus ihrem Alltag zu verdrängen. An solchen Tagen öffnete sie mit erzwungener Ruhe die Klappe des Briefkastens. Es nützte nichts, eine bereits geschriebene Botschaft nicht zur Kenntnis zu nehmen. Wenn sie in ihrem Briefkasten lag, existierte die Bedrohung bereits, egal, ob sie sie las oder nicht.

Doch außer einigen Rechnungen und Werbesendungen, einer Ansichtskarte aus Spanien von einem Patienten und einer medizinischen Fachzeitschrift gab es zu ihrer Erleichterung keine mysteriösen Postsendungen in ihrem Briefkasten.

Als es klingelte, dachte Leo, es könne Jenny sein – der Hund stand freudig bellend und schwanzwedelnd vor der Tür. Aber als sie nachfragte, meldete sich Hauptkommissar Plate. Er tätschelte Schakals Kopf, und Leo nahm an, daß ihr Hund seine Vorliebe für den Profiler nun auch auf andere Mitglieder der Polizei ausgedehnt hatte.

»Ich war gerade in der Gegend«, sagte der Kommissar, und Leo bot ihm einen Platz am Küchentisch an. Ohne zu fragen, stellte sie eine weitere Tasse auf den Tisch und goß Kaffee hinein.

»Es hat ziemlich lange nicht mehr geregnet«, sagte Plate und kippte drei Löffel Zucker in seine Tasse.

»Sie wollten sich mit mir über das Wetter unterhalten?« fragte Leo und lächelte ihn an.

Der Kommissar blieb ernst.

»Wir haben den Stauteich vor dem Sägewerk noch einmal abgesucht. Der Wasserstand ist im Moment sehr niedrig. Sie wissen, daß wir immer noch nach der Tatwaffe gesucht haben.«

Leo ahnte, warum ihr Besucher gekommen war. »Sie haben die Waffe gefunden?«

»Ja. Die Strömung hat sie zu einer abgelegenen Stelle getrieben, außerdem war sie im Schlick versunken. Es handelt sich um eine Pistole, die von Angehörigen der SS im Zweiten Weltkrieg bevorzugt wurde.«

Um Himmels willen, dachte Leo, es wird immer komplizierter.

»Und es gibt eine Erklärung dafür«, sagte Kommissar Plate, der anscheinend wirklich Gedanken lesen konnte. »Die Waffe gehört Peter Hellberg. Sie ist auf seinen Namen registriert. Und er hat sie identifiziert. Wir wußten, daß er eine Sammlung alter Waffen besitzt – für die er auch die erforderlichen Berechtigungsscheine hat. Es stellt sich natürlich die Frage, weshalb Patricia mit der Waffe ihres Vaters getötet wurde.«

Leo mußte diese Informationen erst einmal verarbeiten. Patricia Hellberg war mit einer Pistole erschossen worden, die ihrem Vater gehörte. Eine Waffe, die ursprünglich von der SS verwendet worden war.

»War die Waffe denn noch im Besitz von Peter Hellberg, als seine Tochter getötet wurde?«

»Das ist der springende Punkt. Wahrscheinlich nicht. Sie gehörte zu seiner Sammlung. Aber er hat angegeben – und wir haben das überprüft –, daß er die Waffen in einem gesicherten Schrank in seinem Keller aufbewahrt. Er habe den Verlust der Pistole nicht bemerkt, da er sich seit Monaten nicht mehr um seine Sammlung gekümmert habe.«

Der Kommissar trank seine Tasse Kaffee mit wenigen Schlucken leer, bevor er fortfuhr. »Die Pistole hat übrigens seinem Vater, also Patricias Großvater, gehört. Er starb vor fünf Jahren.«

»Und der war früher bei der SS?«

»Genau.«

Leo sah aus dem Fenster und betrachtete den Oleanderbusch, der den vergangenen Winter im Sauerland überlebt hatte. »Bedeutet dies, daß Peter Hellberg mit dem Tod seiner Tochter etwas zu tun hat?«

»Es ist zweifellos seine Waffe. Aber sie kann ihm gestohlen worden sein.« Der Kommissar sah Leo an. »Ich bin gekommen, um Sie über den Fund der Tatwaffe zu informieren. Mehr kann ich Ihnen jetzt zu den Ermittlungen nicht sagen. Vielleicht können Sie Ihre eigenen Schlüsse ziehen.«

Er stand auf. »Ich muß wieder an die Arbeit. Ich denke, wir haben es bald geschafft. Passen Sie auf sich auf.«

Sobald Plate gegangen war, begab sich Leo auf ihren routinemäßigen Hausrundgang. Auch der Hund hatte sich an dieses Ritual gewöhnt, und sie gingen gemeinsam hinauf ins Dachgeschoß, wo Leo zuerst die Fenster überprüfte. Im weiteren Verlauf des Rundgangs schloß sie alle Zimmertüren auf und wieder zu. Im Badezimmer stapelten sich nur noch in einer Ecke einige übriggebliebene Fliesen. Die Renovierung war endlich beendet. Demnächst konnte sie mit dem Anstrich der Fensterrahmen beginnen.

Was hatte der Kommissar wohl gemeint, als er sagte, sie könne ihre eigenen Schlüsse ziehen? Ihr war klar, daß die Kriminalpolizei ihr nicht sämtliche Ermittlungsschritte und Erkenntnisse mitteilen konnte. Aber welche Rückschlüsse konnte sie daraus ziehen, daß die Waffe, mit der Patricia Hellberg erschossen worden war, ihrem eigenen Vater gehörte? Und vorher ihrem Großvater, der im Zweiten Weltkrieg bei der SS gewesen war? Das einzige, was ihr in diesem Zusammenhang einfiel, war der zugemauerte Eingang der Balver Höhle, hinter dem Kriegsgefangene für die deutsche Rüstung geschuftet hatten. Aber welche Verbindung gab es von hier zu der zwanzigjährigen Patricia – und welche zu Andrea Merschmann und Clemens Schulte?

Leo dachte an das versteinerte Gesicht von Peter Hellberg. Er war nach der ersten Sitzung nicht mehr wiedergekommen. War es überhaupt denkbar, daß ein Vater seine eigene Tochter umbrachte? Leo dachte an Fälle von Inzest, die tödlich geendet hatten, allerdings meistens für den Vater. Welche Gründe mochte es noch geben? Alles, was ihr einfiel – Enttäuschung, Wut, Kränkungen – schien ihr als Motiv bei weitem nicht auszureichen.

Viel wahrscheinlicher war es, daß irgend jemand, und zwar nicht unbedingt der Mörder, die Pistole an sich genommen hatte, als sich ihm eine Gelegenheit dazu bot. Ein Eindringling, den niemand bemerkt hatte, ein Bekannter der Familie, vielleicht ein Handwerker, der im Haus zu tun hatte.

Leo versuchte Plates Gedankengänge nachzuvollziehen. Der Kommissar dachte an einen Vater, der sein eigenes Kind getötet haben könnte. Und dann den Freund seiner Tochter, weil dieser von der grausamen Tat gewußt hatte. Und einen weiteren Zeugen, der ihn hatte erpressen wollen, weil seine Schulden ihn erdrückten und seine berufliche Existenz auf dem Spiel stand. Es war folgerichtig. Ein Motiv ergab sich aus dem anderen.

Leo atmete tief durch. Sie konnte sich beim besten Willen nicht vorstellen, daß Peter Hellberg seine Tochter umgebracht hatte. Niemals.

Sie war todmüde. Und sie konnte und wollte keine Rückschlüsse ziehen. Das war die Aufgabe eines Psychologen und des Leiters der Mordkommission, der sie mit seinen mysteriösen Andeutungen alleine gelassen hatte.

Es war allein deren Sache, das schreckliche Rätsel zu lösen, und sie sollten ihre Aufgabe endlich erfüllen.

In einer ihrer schlaflosen Nächte, in denen sie das Licht anmachte, ein Buch las oder den Fernseher einschaltete, immer wieder aufstand, um nach draußen in den Garten zu sehen, holte sie sich einen ihrer alten Zeichenblöcke und einen Bleistift. Sie stopfte sich zwei Kissen in den Rücken, drehte den Ton des Fernsehers leiser und begann vorsichtig, Linien auf das Papier zu bringen.

Es war lange her, daß sie das letzte Mal gezeichnet hatte, aber schon nach wenigen Sekunden erinnerte sich ihre Hand wieder daran, wie der Bleistift geführt werden wollte. Locker fuhr sie in einer ständigen Hin- und Herbewegung über das Blatt. Eine menschliche Figur zu zeichnen, ein Porträt, war schwierig, und sie hatte keine großen Ansprüche an das Resultat.

Im Fernsehen lief eine englische Komödie, während Leo versuchte, das Porträt eines Mannes zu zeichnen, dessen Gesicht ihr Unterbewußtsein den Bruchteil einer Sekunde wahrgenommen hatte. Sie wollte versuchen, sein Profil wiederzugeben. Die Wangenpartie und die hervorspringende Nase, die sie sich immer wieder ins Gedächtnis gerufen hatte und deren flüchtigen Eindruck sie nun festhalten wollte, um ihn endlich in Ruhe betrachten zu können.

Der Zeichenblock lag auf ihren angewinkelten Knien. Langsam entstand aus den vielen dünnen Linien, die sich aneinanderfügten und überlagerten, ein Kopf. Immer wieder ließ sie den Bleistift über die Konturen von Wange und Nase gleiten, in einer unaufhörlichen Bewegung, bis sie eine Form angenommen hatten.

Leo löste ihren Blick von der Zeichnung und starrte auf den Fernseher, ohne etwas wahrzunehmen. Als sie wieder auf das Bild blickte, entdeckte sie plötzlich Ähnlichkeiten. Das Profil erinnerte sie an Paul Reininghaus. Die zweite Ähnlichkeit fiel ihr erst nach längerem Nachdenken ein. Dieses Profil hatte sie neulich bei einem Patienten gesehen, bei Peter Hellberg.

Dann kam ihr das Gesicht von Robert Merschmann in den Sinn, den sie während des Reitturniers beobachtet hatte. Auch er besaß ein markantes Profil mit einer großen Nase. Und ihr fiel ein, daß auch Markus Baumann mit einer ausgeprägten Nase ausgestattet war.

Ernüchtert dachte sie daran, daß ihre Zeichnung wahrscheinlich ein Profil wiedergab, das ihr in einer alltäglichen Situation begegnet war und nicht im Augenblick des Überfalls. Sie legte den Zeichenblock neben das Bett. Zwar wußte sie nicht, wie sie das Resultat ihrer Bemühung bewerten sollte, doch es war eine gute Erfahrung gewesen, wieder einen Bleistift in der Hand zu haben. Der Stift war nur ihrer Intuition gefolgt, es hatte keine störenden Gedanken mehr gegeben.

Sie schlief ein, ohne den Fernseher auszuschalten.

28

Dorothee Coller hatte Leo eine Einladung geschickt. In der Städtischen Galerie in Lüdenscheid wurde eine Ausstellung mit ihren Fotografien eröffnet. Schon vor Wochen hatte Leo sich vorgenommen, diesen Termin wahrzunehmen. Es war eine Gelegenheit, aus Balve zu fliehen und sich von den ewigen Grübeleien abzulenken. Vor zwei Tagen hatte sie Paul angerufen und gefragt, ob er sie begleiten wolle. Sie hatte beschlossen, vernünftig und erwachsen zu sein. Schließlich war ihre Beziehung seit Jahren vorbei. Nachdem sie beteuert hatte, daß es sich bei den Exponaten diesmal nicht um gegenständliche Landschafts- und Blumenbilder, sondern um Fotografien handelte, mit denen Dorothee Coller eine neue Phase ihres künstlerischen Schaffens beginnen wollte, sagte Paul zu.

Bei der gesellschaftlichen Stellung der Künstlerin war zu erwarten, daß einige lokale Prominenz anwesend sein würde. Mit großer Wahrscheinlichkeit auch Leos Schwiegereltern, da Arnold Piepenstock, wie Leo wußte, keine Ausstellungseröffnung seiner Lieblingsmalerin ausließ. Allerdings würde er von ihrem Stilwechsel überrascht sein, nahm Leo an.

Leo hatte Paul angeboten, mit ihrem Wagen zu fahren, da sie zur Zeit ohnehin keinen Alkohol trinken konnte. Sie vertrug einfach nichts mehr. Im Parkhaus in der Innenstadt waren nur noch wenige Plätze frei. Die Menschen strömten an ihnen vorbei, als sie die Fußgängerzone überquerten, um zum alten Rathaus zu gelangen, wo die Galerie untergebracht war. Paul ging schweigend neben ihr her. Während der Autofahrt hatten sie kaum miteinander gesprochen, und Leo fing schon an, ihren Anruf, der sie einige Überwindung gekostet hatte, zu bereuen. Aber sie war gewillt, diesen Abend zu genießen, und verdrängte alle störenden Gedanken.

Dann betraten sie die weißgestrichenen, hohen Räume des historischen Gebäudes, und Leo ließ sich gleich vom ersten Bild in den Bann ziehen. Es war die Innenansicht eines menschenleeren Hallenbades, großformatig und in überwiegend hellen grünen und blauen Farben.

Sie nahm sich ein Glas Sekt von einem der weißgedeckten Tische und ging durch die Ausstellungsräume, blieb vor einigen Fotografien stehen und suchte dann nach Dorothee Coller, um sie zu begrüßen und mit ihr über die Bilder zu sprechen. Die offizielle Eröffnung hatte noch nicht stattgefunden, erst allmählich sammelten sich die Besucher in einem der Räume, wo auf einem Podest ein einsames Mikrofon stand.

Leo hatte ihre Schwiegereltern noch nicht gesehen, dafür aber einige Geschäftspartner ihres Schwiegervaters, unter anderem auch Fabrikant Ludwig Coller, den Ehemann der Künstlerin, sowie Gisela und Jochen Rottmann und Baron von Velenburg. Sie beschloß, letzterem aus dem Weg zu gehen, denn sie fühlte sich seinen Liebenswürdigkeiten heute nicht gewachsen. Wie immer lähmte sie die Anwesenheit von Dorothee Coller, die ihr stets ihre eigene Bedeutungslosigkeit vor Augen führte. Und jetzt noch diese faszinierenden Bilder!

Aber Leo freute sich, daß Gisela gekommen war, und schlenderte langsam in ihre Richtung. Sie hatten seit drei oder vier Wochen nichts mehr voneinander gehört. Ob ihr Mann endlich zur Polizei gegangen war und den Brief vorgelegt hatte? Wahrscheinlich nicht. Leo würde auch nicht mehr danach fragen.

Dann wurde von einem Professor der Kunstakademie in Münster die Eröffnungsrede gehalten. Anschließend stellte sich Dorothee Coller vor das Mikrofon und bedankte sich bei den Gästen für ihr Interesse. In wenigen Minuten gelang es ihr, ihre künstlerischen Absichten zu erklären, wobei Leo besonders der Satz im Gedächtnis blieb, in dem die Künstlerin davon sprach, sie habe einige Dinge in ihrem Leben geändert und damit auch sich selbst verändert, was sich nun in ihren neuen Werken widerspiegele. Von welchen Dingen sprach Dorothee Coller? Leo war wahrscheinlich die einzige im Raum, die nichts von irgendwelchen Veränderungen wußte. Zum Abschluß trat noch ein Flötentrio auf. Es spielte moderne Musik, die, wie Leo fand, eine Qual für die Ohren war.

Auf der gegenüberliegenden Seite des Halbkreises, der sich um die Redner und Musiker gebildet hatte, entdeckte sie Paul. Er schnitt eine Grimasse, als er sie ansah, und meinte damit sicher ebenfalls die Musik. Der Baron stand zwei Schritte vor ihm und nickte lächelnd zu Leo herüber. Dann zupfte jemand an ihrem Ärmel, und Gisela schob sich neben sie. »Ich dachte schon, du bist tot«, sagte ihre Freundin etwas zu laut. »Du meldest dich ja gar nicht mehr!«

»Ich hatte viel zu tun«, flüsterte Leo. Wenig später wurden die Flötenspielerinnen mit herzlichem Applaus verabschiedet. Leo und Gisela holten sich noch ein Glas Sekt und stellten sich in eine stille Ecke vor ein ebenso stilles Foto von einem leeren Theaterraum.

»Wie geht es dir?« fragte Leo ihre Freundin und bemerkte gleichzeitig, daß Gisela ihre künstlichen Locken geglättet und ihr orangefarbenes Batikkleid gegen einen hellgrauen Hosenanzug eingetauscht hatte. »Du siehst verändert aus«, fügte sie hinzu.

»Gefällt es dir?«

»Ja. Es steht dir gut.« Das stimmte zwar, dachte Leo,

aber es war nicht mehr die alte Gisela, die so aussah wie sonst niemand. Gisela erzählte von ihrer Fortbildung im Reisebüro, die hauptsächlich aus Computerkursen bestand. Von Jochen, der in seiner Beratungsfirma in Arbeit erstickte und heute abend das erste Mal seit Wochen wieder mit ihr ausgegangen sei. Von ihren Töchtern, die wenig mit ihrer Mutter sprachen, denen sie aber immer neue und immer teurere Wünsche zu erfüllen hatte.

Leo hätte gerne auch mit Dorothee Coller über ihre Fotografien gesprochen, aber die Künstlerin war von Besuchern umringt. Dann fiel ihr ein, daß Gisela sicher eine Antwort geben konnte auf die Frage, welche Dinge sich im Leben von Dorothee Coller geändert hatten.

»Das weißt du nicht?« Giselas Stimme hörte sich an, als wolle sie sagen: Das kommt davon, wenn man als Einsiedlerin sein Leben fristet. Dann sagte sie: »Dorothee Coller und ihr Mann haben sich getrennt. Ludwig Coller ist ausgezogen, das heißt, er hat eine andere. Aber es soll im gegenseitigen Einvernehmen geschehen sein, wie es so schön heißt. Sie macht ja auch nicht den Eindruck, als sei sie deprimiert. Ihr Mann ist heute abend auch hier, das spricht eigentlich für eine freundschaftliche Trennung.«

»Hat er seine Freundin mitgebracht?« Leo konnte sich eine bissige Bemerkung nicht verkneifen. Sie erinnerte sich, daß ihre Schwiegereltern vor zwei oder drei Jahren auf der silbernen Hochzeit der Collers eingeladen gewesen waren, es mußte ein rauschendes Fest gewesen sein.

»Ich kenne die Frau nicht, aber sie ist sicher nicht hier. Das wäre doch etwas geschmacklos«, antwortete Gisela.

»Ich nehme an, daß sie mindesten zwanzig Jahre jünger ist als er«, erwiderte Leo und hatte plötzlich keine Lust mehr, über das Thema zu sprechen. Sie überlegte, wie sie den Abend weiter gestalten sollte, und dachte gerade an ein gemütliches Bier mit Paul im Brauhaus, als er auf sie zukam, Gisela begrüßte und dann Leo beiseite nahm.

»Würde es dir etwas ausmachen, alleine nach Hause zu fahren? Baron von Velenburg hat sich wohl den Magen verdorben, auf jeden Fall geht es ihm nicht besonders gut, und er hat mich gefragt, ob ich seinen Wagen nach Balve fahren könne.«

Leo erschrak. Der Baron war schließlich zweiundachtzig, und man mußte auf der Hut sein, wenn es ihm schlecht ging.

»Wo ist der Baron? Ich möchte ihn mir mal ansehen.«

»Das ist nicht nötig. Er hat extra gesagt, wir sollten uns keine Sorgen machen, er möchte nur nicht mehr mit dem Auto fahren. Außerdem ist er schon vor ein paar Minuten gegangen und wartet jetzt draußen auf mich.«

Leo nickte. Sie war enttäuscht – mit dem gemütlichen Abend würde es also nichts mehr werden. Außerdem mußte sie jetzt alleine nach Hause fahren, was ihr tatsächlich etwas ausmachte.

»Es macht mir etwas aus«, sagte sie, »aber die Gesundheit des Barons geht natürlich vor.« Und das meinte sie auch so. Paul verabschiedete sich und verschwand zwischen den Besuchern der Galerie.

Leo unterhielt sich noch eine Weile mit Gisela, während sie ihre Augen durch den Ausstellungsraum schweifen ließ. Arnold und Edith Piepenstock waren immer noch nicht eingetroffen, dafür aber Bettina und Werner Lüsebrink, die wieder ein Beweis dafür waren, daß sich manche kulturellen Ereignisse bis Balve herumsprachen. Bettina begrüßte Leo überschwenglich mit mehreren Wangenküssen, und Werner Lüsebrink drückte ihr zerstreut die Hand.

»Ich habe Werner gegen seinen Willen hergeschleppt«, sagte Bettina gut gelaunt. »Er soll mir so ein großes Foto kaufen, ich habe bald Geburtstag, und die Wand hinter unserem Ehebett ist immer noch leer.« Sofort hatte Leo das Bett der beiden vor Augen, in einem barocken Schlafzimmer, von Bettina üppig mit Brokatkissen und Überwürfen ausgestattet.

»Meinst du, diese Fotografien passen in euer Schlafzimmer?« fragte Leo zweifelnd.

»Klar«, sagte Bettina. »Diese sanften Farbtöne sind wunderbar. Außerdem mag ich leere Räume. Sie sind so still und harmonisch ... passen also perfekt ins Schlafzimmer.« Werner Lüsebrink sah unbeteiligt durch die Gegend, Leo verdrehte die Augen.

»Es sind sehr schöne Bilder«, sagte sie dann. »Ich wünschte, ich hätte das Geld, mir eines zu kaufen.«

»Du solltest deinen Schwiegervater darum bitten«, meinte Bettina.

»Nein. Er hat schon ziemlich viel für mich getan. Außerdem glaubt er, ich hätte keinerlei finanziellen Probleme, und ich möchte ihn nicht vom Gegenteil überzeugen. Er ist der Meinung, es wäre eine von meinen Marotten, wenn ich ständig am Haus herumbastele.«

»Dabei ist es die nackte Not«

Leo mußte lachen. »Genau. Aber es wird besser. Ich arbeite daran.« Es war eine gute Idee gewesen, hierher zu fahren. Die düsteren Gedanken hatten ein paar Stunden lang keine Chance gehabt, ihren Geist zu überwältigen. Leo holte sich noch ein Glas Sekt, und Bettina versorgte sie mit den neuesten Gerüchten, unter anderem über die Freundin von Ludwig Coller, die tatsächlich sehr jung sein sollte, die aber offenbar noch niemand kennengelernt hatte.

Langsam neigte sich der Abend dem Ende entgegen. Dorothee Coller war immer noch umringt von Verehrern, und Leo dachte an ihren langen Heimweg, den sie jetzt ohne Paul antreten mußte. Sie schlenderte noch einmal an den Bildern vorbei. Wenige Besucher standen noch in kleinen Gruppen in den Räumen. Plötzlich ertappte sie sich dabei, wie sie den Männern ins Gesicht starrte und nach Ähnlichkeiten mit ihrer Zeichnung suchte. Der Gedanke hatte sich wohl unbewußt in ihren Kopf geschlichen ... Warum sollte der Mörder nicht auch hier sein, heute abend, mitten unter ihnen? Die Galerie war ein idealer Ort für einen heimlichen Beobachter. Er würde nicht auffallen, sondern konnte sich einfach unter das Publikum mischen und sein nächstes Opfer in aller Ruhe beobachten. Leo dachte an den Bildertausch im Haus ihrer Schwiegereltern. Der Täter hatte den »Traum« von Odilon Redon von der Wand genommen und an einen anderen Platz gehängt. Warum ausgerechnet dieses Bild? Hatte er gewußt, welchen Schatz er in Händen hielt? War er ein Kunstkenner oder ein Künstler?

Leo zwang sich, den Blick vom Profil eines jungen Mannes abzuwenden, der gerade eine der Fotografien aufmerksam betrachtete. Am besten fuhr sie jetzt nach Hause und schenkte ihre Aufmerksamkeit nur noch der nächtlichen Straße, statt einem Phantombild hinterherzujagen. Beim Hinausgehen sah sie in einer der Besuchergruppen Bernhard Stahlschmidt und Richard Schwartpaul. Die beiden Männer hatten sie nicht bemerkt, und sie ging rasch hinter ihnen zur Tür hinaus.

Sie wollte jetzt nicht mit ihnen reden, denn sie brauchte noch eine Weile, um sich an dieses Paar zu gewöhnen. Und schließlich war Richard Schwartpaul immer noch derjenige, auf den das Täterprofil zutraf, und sie hatte dem Kommissar seinen Namen genannt. Sie kam sich vor wie eine Verräterin.

Draußen atmete sie tief die kühle Abendluft ein. Die Fußgängerzone lag verlassen im Schein der Bogenlampen. Am Aufgang zum oberen Parkdeck, wo sie den Wagen abgestellt hatte, bemerkte sie zwei Jugendliche, die sich an einem Zigarettenautomaten zu schaffen machten. Als sie näherkam, sah sie ein blankes Werkzeug in der Hand des einen. Die Jugendlichen sahen kurz zu Leo hinüber und wandten sich dann wieder dem Automaten zu.

Die Dreistigkeit der beiden Jungen, die vielleicht so alt waren wie Jennifer, machte Leo auf einmal ungeheuer wütend. Viel wütender als der offensichtlich geplante Diebstahl. Wieso laufen sie nicht weg, dachte sie, ich habe sie gerade dabei ertappt, wie sie einen Automaten knacken, aber sie tun so, als sei ich gar nicht vorhanden – für sie bin ich wohl eine wehrlose Frau, die es nicht wagen würde, sich einzumischen. Sie zog ihr Handy aus der Tasche und sagte laut: »Ich rufe jetzt die Polizei.«

Die beiden Jungen blickten flüchtig von ihrer Tätigkeit auf, und erst als sie anfing, eine Nummer einzutippen, steckte der eine langsam das Werkzeug unter seine Jacke. Dann schlenderten sie ein paar Schritte die Straße hinunter, einer der Jugendlichen drehte sich um, streckte ihr seinen Mittelfinger entgegen und trat gegen eine Mülltonne, deren Inhalt sich auf der Straße verteilte.

Leo hatte das Gefühl, als würde sie in einem Sumpf aus Habgier, Haß und Rücksichtslosigkeit versinken. Was würde sie bewirken können, wie würde sie sich zur Wehr setzen können, wenn es ihr kaum gelang, zwei Halbwüchsige von einem Zigarettenautomaten zu vertreiben? Sie steckte das Handy wieder in die Tasche, ohne die Polizei zu benachrichtigen.

Ihre Hände zitterten immer noch, während sie in ihr Auto stieg und den Motor anließ. Als sie den Scheinwerfer einschaltete, sah sie, daß etwas hinter dem Scheibenwischer steckte. Ein langer, dünner Gegenstand. Sie starrte durch die Scheibe und versuchte zu erkennen, was es war. Es war ein Zweig mit kleinen Blüten und Dornen. Ihre Erleichterung war so groß, daß ihr Tränen in die Augen traten. Sie sah noch einmal genauer hin. Die runden Blüten waren rot, wahrscheinlich stammte der Zweig von einem Rotdornbusch.

Der Motor des Wagens lief immer noch. Sie legte den Leerlauf ein, kurbelte die Scheibe ein Stück herunter und versuchte, den Zweig ins Wageninnere zu ziehen. Aussteigen wollte sie auf keinen Fall.

Die Dornen schnitten ihr in den Finger, und als sie den Zweig auf den Beifahrersitz legte, fiel ein Tropfen Blut aufs Polster. Sie achtete nicht darauf, sondern legte den ersten Gang ein und fuhr los.

Immer wieder sah sie in den Rückspiegel, aber es folgte ihr niemand, und in der mondhellen Nacht gab es nichts, wovor sie sich hätte fürchten müssen. Bis auf den Rotdornzweig auf dem Beifahrersitz. Wer hatte ihn unter den Scheibenwischer gesteckt? Ein Verehrer – oder ihr Verfolger? Unten am Parkhaus hatte sie Rot- und Weißdornbüsche gesehen. Vielleicht hatte er dort den Zweig ganz spontan abgebrochen, um ihr einen Gruß zu senden.

Als sie in die Straße zu ihrem Haus einbog, sah sie, daß in der unteren Etage Licht brannte, dank der Zeitschaltuhr, die sie sich vor ein paar Tagen endlich angeschafft hatte. Sie schloß die Haustür auf, und der Hund sprang an ihr hoch und begrüßte sie, als käme sie aus dem Urlaub zurück.

In der Küche ging sie zum Kühlschrank und holte ein großes Stück Käse heraus. Dann wischte sie die Hundehaare vom Tisch und nahm die beste Flasche Rotwein, die sie finden konnte, aus dem Regal. Sie setzte sich, gab Schakal die Hälfte vom Käse ab und leerte die Flasche Rotwein. Als sie eine Stunde später ins Bett ging, hatte sie keine Probleme, tief und traumlos zu schlafen.

29

Der Anruf von Peter Hellberg kam für Leo unerwartet, und sie erschrak, als sie seine Stimme hörte. Er hatte sich nach seiner ersten Behandlung nicht mehr bei ihr gemeldet. Sie mußte sich eingestehen, daß sie eigentlich erleichtert gewesen war, nichts mehr von ihm zu hören, denn sie hätte seine Anwesenheit nur schwer ertragen. Peter Hellberg erzählte, daß die Schmerzen in seinem Knie sich zwar vorübergehend gebessert hätten, jetzt aber zurückgekehrt seien. Er bat um eine weitere Behandlung und wollte wissen, ob Leo wohl dafür zu ihm nach Hause kommen könne.

Leo war überrascht. Es kam selten vor, daß sie Patienten zu Hause behandelte, und auch nur dann, wenn es die Umstände erforderlich machten. Und bei Peter Hellberg sah sie keinen Grund, der ihn daran hindern konnte, in ihre Praxis zu kommen.

»Gibt es einen bestimmten Grund für Ihre Bitte?«

Der Mann am anderen Ende der Leitung zögerte. Leo wollte schon wieder das Wort ergreifen, als er schließlich antwortete.

»Ich möchte Ihnen ein paar Fotografien zeigen. Von meiner Tochter. Und ein paar Sachen, die sie in ihrem Zimmer hatte. Ich möchte mit Ihnen darüber reden. Aber Sie müssen natürlich nicht kommen.«

Leo spürte, wie sich eine dünne Schweißschicht auf

ihrem Rücken bildete. Sie wollte nicht in dieses Haus voller Trauer und Schmerz. Aber als Ärztin hatte sie die Pflicht zu helfen.

»Ich komme zu Ihnen.«

Zwei Tage später fuhr Leo am frühen Nachmittag nach Beckum. Mit gemischten Gefühlen hielt sie vor dem Haus der Hellbergs. Die Betonmischmaschine stand nicht mehr neben der Garage, und es sah so aus, als sei wieder ein neuer Anbau entstanden. Die Rolläden waren zwar hochgezogen, doch jetzt wurde die Sicht durch dichte weiße Gardinen versperrt.

Leo ging zur Haustür und klingelte. Sie konnte hören, wie das schrille Geräusch durchs ganze Haus drang. Peter Hellberg brauchte lange, um die Tür zu öffnen. Obwohl sie auf einiges gefaßt gewesen war, erschrak sie über sein Gesicht, in dem sich die Haut über den Knochen spannte, und über den unsteten Blick seiner geröteten Augen. Sie wollte ihm die Hand geben, aber er schien sie nicht zu sehen. Er drehte sich einfach um, und sie folgte ihm ins Haus.

Leo hatte das Gefühl, schon einmal hier gewesen zu sein, so sehr ähnelte die Einrichtung derjenigen in ihrer Vorstellung. Hellberg bot ihr einen Platz an, und sie setzte sich auf einen goldfarbenen Veloursessel, der Teil einer raumfüllenden Sitzgruppe war. Es gab kaum eine freie Fläche in diesem Zimmer, dessen Wände mit dunkelbraunen Schränken zugestellt waren. Auf dem Glastisch lagen eine gehäkelte Decke und mehrere Fotoalben.

Peter Hellberg hatte sich in den Sessel neben sie gesetzt. Leo konnte riechen, daß er sich lange nicht mehr gewaschen hatte. Er griff nach einem der Alben und schlug es auf. Leo sah ein Mädchen mit einem runden Gesicht und einer Brille im Garten mit einem Hund spielen, und dann etwas älter, in einem weißen Kommunionskleid, ernsthaft in die Kamera blickend. Schließlich die Abiturfeier. Das Mädchen, jetzt ohne Brille, hatte mit ihrem Vater getanzt, und man sah ihm den Stolz ins Gesicht geschrieben.

»Patricia hat ein sehr gutes Abitur gemacht. Sie wollte Diplom-Ingenieurin werden. Ich bin Maschinenbaumeister, wissen Sie? Sie hat die Begabung von mir geerbt, aber sie konnte besser lernen als ich. Mathematik war ihr Lieblingsfach.«

Leo nickte. Die Luft in dem zugestellten Raum schien schon jetzt verbraucht zu sein, und sie fing an zu schwitzen. Sie fragte sich, was ihr Peter Hellberg wirklich erzählen wollte.

Schließlich legte er das Album beiseite. »Können wir mit der Behandlung beginnen?«

Leo holte ihre Medizintasche und bat ihren Patienten, sich auf das Sofa zu legen. Die passenden Nadeln lagen griffbereit in ihrer Tasche, und es dauerte nur wenige Minuten, bis sie die Punkte entlang der Shao-Yang-Achse genadelt hatte.

Während der Patient mit geschlossenen Augen dalag, ging Leo ans Fenster. Sie mußte die dichte Gardine ein Stück zur Seite schieben, um hinausschauen zu können. Die Veilchen in den Betonschalen waren verblüht. Auf der Straße fuhr langsam ein Auto vorbei, und Leo hatte das Gefühl, als sehe der Fahrer zu ihr hinüber. Schnell ließ sie die Gardine los. Sie lauschte. Im Haus war es still. Hellbergs Frau schien nicht da zu sein. Leo wußte, daß sie als Buchhalterin in einer Schreinerei arbeitete, vielleicht war sie noch dort.

Leo setzte sich wieder an den Glastisch und griff zu einem der Fotoalben. Familien- und Urlaubsbilder quollen ihr entgegen, und sie legte es rasch wieder aus der

Hand. Der Widerspruch zwischen der ausgemergelten Gestalt auf dem Sofa und dem ernsten, gutaussehenden Mann auf den Fotos tat ihr weh. Hellberg lag immer noch mit geschlossenen Augen auf dem Sofa. Sein Brustkorb hob und senkte sich kaum merklich. Sein Profil mit der Raubvogelnase hob sich scharf gegen die weiße Gardine im Hintergrund ab. Es war ein ähnliches Profil ... Leo wandte den Blick ab. Alle männlichen Gesichter schienen sie an das Geisterbild ihres Verfolgers zu erinnern.

Welche Gedanken mochten Peter Hellberg durch den Kopf gehen? Leo hatte noch das Foto vor Augen, auf dem er mit seiner Tochter getanzt hatte, den Stolz in seinem Blick. Aber irgendwann zu dieser Zeit mußte etwas schiefgelaufen sein. Es hatte Streitereien gegeben, Patricia hatte so schnell wie möglich ihr Elternhaus verlassen wollen. Ihre Eltern hatten sie erst ein paar Monate nach ihrem Verschwinden als vermißt gemeldet. Auch sie hatten geglaubt, ihre Tochter habe mit ihrer Drohung ernst gemacht und den Kontakt zu ihnen abgebrochen.

Doch warum hätte Patricia so etwas sollen? Was war der Grund für die heftigen Auseinandersetzungen gewesen? Patricia war nicht nach Holland zu ihrer Freundin gefahren, jemand hatte sie brutal daran gehindert. Wer wollte verhindern, daß sie ihrem Elternhaus den Rücken kehrte und ihr Glück in einem anderen Land suchte?

Leo sah auf die Uhr. In fünf Minuten würde sie die Nadeln entfernen. Sie hatte das Gefühl, in dem stickigen Raum keine Luft mehr zu bekommen. Es war ein Fehler gewesen, hierher zu kommen. Einen Moment lang war sie versucht, ihren Koffer zu nehmen und einfach das Haus zu verlassen. Brachte ein Vater seine Tochter um, weil sie im Streit ihr Elternhaus verlassen wollte? Nein, das war nicht vorstellbar.

Als hätte er eine innere Uhr, öffnete Peter Hellberg die Augen, sobald die Therapiezeit abgelaufen war. Leo zog rasch die Nadeln. Sie schwieg, mied den Blickkontakt zu ihrem Patienten und wollte dieses vollgestopfte Zimmer so schnell wie möglich verlassen. Plötzlich fühlte sie Peter Hellbergs Hand auf ihrem Arm. Seine hageren Finger krallten sich in ihr Fleisch. Ich habe es gewußt, hämmerte es in ihrem Kopf, er ist ein Psychopath, tief verstört vom Tod seiner Tochter, er fühlt nichts mehr, er weiß nichts mehr von den Gefühlen anderer ...

»Ich muß Ihnen noch etwas zeigen, wenn Sie einen Moment Zeit haben.« Peter Hellberg hatte ihren Arm losgelassen und sich vom Sofa erhoben. Er öffnete eine der dunkelbraunen Schranktüren und holte einen Schuhkarton heraus. »Ich habe ihn hier unten hingestellt. Ich wollte nicht, daß er oben in Pats Zimmer gefunden wird. Von der Polizei«, fügte er hinzu. Er nahm den Deckel ab und stellte den Karton auf den Tisch. Leo riß sich zusammen und sah hinein. Uhren und einige Schmuckstücke waren darin. Sie sahen teuer aus.

»Sie hat die Uhren gestohlen. Für ihn. Damit er sie verkaufen konnte.« Peter Hellberg sprach laut und deutlich.

»Für Andrea?«

»Ja. Für dieses Schwein, für diesen Verbrecher. Und sie hat nicht nur Uhren gestohlen. Sie hat ihm auch meine Waffen gebracht, aus dem Keller. Sie wußte, wo der Schlüssel ist.« Der Mann verstummte abrupt. Es war, als würde er alles, was er dazu noch hätte sagen können, gewaltsam unterdrücken. Seine Augen irrten über Leo hinweg und durchs Zimmer, als suchten sie vergeblich nach einem Punkt, an dem sie sich festhalten konnten.

Leo griff nach ihrer Medizintasche und erhob sich. »Ich nehme an, Sie haben das alles auch der Polizei erzählt.«

Peter Hellberg stand jetzt vor der Wohnzimmertür. »Meine Tochter ist keine Diebin. Er hat sie verführt. Ein reicher, arroganter Rotzlöffel, ein Hohlkopf, ein Schmarotzer und Blutsauger. Die Polizei soll nicht glauben, daß meine Tochter eine Diebin ist.« Er hat dem Kommissar nichts gesagt, dachte Leo, nichts davon, daß Patricia Hellweg ihrem Vater die Waffen aus seiner Sammlung stahl, um sie Andrea Merschmann zu geben. Auch die Waffe, mit der sie umgebracht wurde?

Leo hielt den Griff ihrer Medizintasche so fest umklammert, daß ihre Fingergelenke schmerzten. Peter Hellberg stand bewegungslos vor der Tür und hielt den Deckel des Kartons umklammert. Er hatte ihre Anwesenheit vergessen. So unauffällig wie möglich ging sie um ihn herum und öffnete die Wohnzimmertür. Im Flur war es dämmrig. Mit klopfendem Herzen faßte sie an die Klinke der Haustür und betete, daß sie nicht abgeschlossen sein möge. Die Tür ging auf, und sie rannte durch den Vorgarten zu ihrem Auto. Als sie den Motor angelassen hatte, warf sie noch einen Blick auf das Haus der Hellbergs. Durch die Gardinen schimmerte Licht. Alles war ruhig.

Unten im Ort herrschte das alltägliche Treiben, Autos fuhren auf der Suche nach einem Parkplatz die Hauptstraße entlang, Menschen gingen in den Geschäften ein und aus. Leo versuchte, den Eindruck von Enge, Verzweiflung und Haß abzuschütteln, den sie von ihrem Besuch bei Peter Hellberg mitgenommen hatte. Sie sah junge Mütter mit ihren Kinderwagen und drei junge Mädchen, Freundinnen von Jennifer, die auf der Mauer vor der Apotheke saßen und ihr zuwinkten. Mühsam hob sie die Hand zum Gruß.

Peter Hellberg hatte Andrea Merschmann gehaßt. Er gab ihm die Schuld am Tod seiner Tochter. Damit hatte er das beste Motiv dieser Welt, er hatte seine Tochter gerächt.

Mit fliegenden Fingern schloß sie das Gartentor und die Haustür auf. Sie stürzte sich im Wohnzimmer aufs Telefon, doch die Leitung war tot. Auf dem Anrufbeantworter war kein Gespräch aufgezeichnet, was bedeutete, daß die Leitung wahrscheinlich schon eine ganze Weile unterbrochen war. Es war nicht das erste Mal, das so etwas passierte, und sie fluchte laut. Sie holte ihr Handy aus der Handtasche und wählte. Das Besetztzeichen ertönte.

Mit dem Handy in der Hand lief sie durchs Haus, prüfte die geschlossenen Fenster, sah in alle Räume. Ihre Versuche, den Kommissar zu erreichen, blieben weiter erfolglos. Schließlich verließ sie das Haus. Sie würde nach Lüdenscheid fahren, sie konnte jetzt nicht hierbleiben und abwarten, sie mußte handeln.

Sie saß schon im Auto, als ihr Blick auf Schakal fiel, der seine spitze Schnauze durch das Gartentor steckte. Sie folgte einem plötzlichen Impuls, stieg aus und ließ den Hund in den Kofferraum springen. Heute wollte sie ihn nicht allein lassen. Außerdem wußte sie nicht, wie lange ihr Aufenthalt im Polizeipräsidium dauern würde.

30

Schon beim Betreten des Gebäudes bemerkte sie die veränderte Atmosphäre. Sie meldete ihren Besuch wie immer an der Pforte, und der Beamte bedeutete ihr, im Eingangsbereich zu warten. Hauptkommissar Plate sei irgendwo im Haus unterwegs, aber er würde ihm Leos Ankunft mitteilen. Um Leo herum herrschte Unruhe. Sie hörte das Läuten von Telefonen, das aus den geöffneten Türen drang, Gespräche und kurze Anweisungen, deren Inhalte sie nicht verstand. Es dauerte eine Viertelstunde, bis der Kommissar erschien. Er sah aus, als habe er mehrere Nächte nicht geschlafen. Sein Händedruck war jedoch genauso kräftig wie sonst auch.

»Ich versuche seit Stunden, Sie zu erreichen. Warum melden Sie sich nicht?«

»Meine Telefonleitung ist manchmal unterbrochen, ich weiß nicht, warum.« Dann mußte sie zugeben, daß sie das Handy zwar mitgenommen, aber nicht eingeschaltet hatte. »Ich war bei einem Patienten«, sagte sie. »Bei Peter Hellberg. Und darum bin ich jetzt auch hier.« Der Kommissar sah sie an. Dann nahm er ihren Arm. »Kommen Sie, wir gehen in mein Büro.«

Leos aufgescheuchte Nerven beruhigten sich etwas beim Anblick der Kaffeemaschine, die die vertrauten brodelnden und zischenden Geräusche von sich gab. Wortlos hantierte Kommissar Plate mit den Kaffeetassen herum, und Leo setzte sich unaufgefordert.

»Gut, daß Sie hier sind. Ich habe schon zwei Beamte zu Ihnen nach Balve geschickt, zu Ihrem Schutz.«

»Zu meinem Schutz?« Leo kannte die Antwort bereits. Der Kommissar wußte, wer der Höhlenmörder war.

»Sie waren bei Peter Hellberg? Wie lange ist das her?« Kommissar Plate griff zum Telefon.

»Er ist es, nicht wahr?«

»Ja. Aber wir haben ihn noch nicht. Wann haben Sie das Haus verlassen?«

»Vor ungefähr eineinhalb Stunden. Soll das heißen, daß er geflohen ist?«

»Er muß das Haus kurz nach Ihnen verlassen haben. Wir haben seine Frau oben im Schlafzimmer gefunden. Sie ist jetzt im Krankenhaus, wahrscheinlich hat sie Schlaftabletten genommen.« Der Kommissar sprach laute und für Leo unverständliche Anweisungen ins Telefon. Dann wandte er sich ihr wieder zu.

»Ich bitte Sie, zunächst hier im Präsidium zu bleiben. Wir werden ihn kriegen, aber es kann sein, daß es noch ein paar Stunden dauert. Er kennt sich aus hier in der Gegend. Sie können zu Kommissar Keitel ins Büro gehen, er wird Sie weiter informieren.« Plate griff wieder zum Telefonhörer, und Leo verließ das Büro. Sie hatte es gewußt. Aber sie hatte es nicht wahrhaben wollen, oben in dem erdrükkenden Haus in Beckum.

Aber Hellbergs Tochter, dachte Leo, seine Tochter, das kann nicht sein.

Keitel hatte seine Weste ausgezogen und die Hemdsärmel aufgekrempelt. Ansonsten sah er im Gegensatz zu seinen Kollegen ausgeruht und zufrieden aus. Sein Büro war aufgeräumt und die beiden Fenster weit geöffnet. Kühle Luft wehte hinein und verströmte eine Ahnung des kommenden Herbstes. Kommissar Keitel stand auf und gab ihr die Hand. Dann bot er ihr einen Stuhl an und erkundigte sich nach ihrem Befinden. Sein schwäbischer Dialekt hatte eine beruhigende Wirkung auf Leo.

»Wenn ich Sie nicht störe, würde ich gerne mit Ihnen über Peter Hellberg sprechen«, sagte Leo.

»Sie stören nicht. Meine Arbeit ist erst einmal getan. Jetzt ist das Einsatzkommando an der Reihe. Was möchten Sie wissen?«

»Hat Peter Hellberg seine Tochter umgebracht?«

»Nein. Wir glauben, daß Andrea Merschmann Patricia umgebracht hat. Wahrscheinlich war es eine Tat im Affekt, vielleicht sogar ein Unfall, bestimmt kein geplanter Mord.«

Leo dachte sofort an das letzte Gespräch mit Peter Hellberg. »Andrea hat Waffen von Patricia bekommen, die sie ihrem Vater gestohlen hatte.«

»Und mit einer dieser Waffen ist sie getötet worden«, ergänzte der Profiler. »Wir haben den letzten Tag von Patricia rekonstruiert. Sie wollte sich mit Andrea treffen, am Stauteich unterhalb der Luisenhütte, wahrscheinlich sollte dort die Waffe übergeben werden. Aber irgend etwas ging schief. Vielleicht wußten beide nicht, daß die Waffe geladen war. Warum sollte sie auch geladen sein? Doch sie war es. Und ein Schuß tötete Patricia.«

»Aber Andrea hat die Leiche im Teich versenkt. Wenn er unschuldig war, hätte er auch zur Polizei gehen können.«

»Was hätte er denn erzählen sollen? Ein tödlicher Schuß aus einer Pistole, die Patricia ihrem Vater gestohlen hatte? Peter Hellberg hätte sofort gewußt, daß er auch im Besitz der anderen Waffen war, die seine Tochter aus dem Haus geschafft hatte. Und Andrea hatte noch andere Enthüllungen zu fürchten – seine Hehlergeschäfte, seine homosexuellen Kontakte, seine Erpressungen, von denen wir inzwischen wissen.«

»Und wie hat die Polizei von den gestohlenen Waffen erfahren?«

»Von Robert Merschmann. Er hat uns zwei alte Pistolen gebracht, die im Zimmer seines Sohnes versteckt waren. Sie gehörten Peter Hellberg. Der allerdings behauptete, nichts von deren Verschwinden bemerkt zu haben.«

»Und Andrea hat Patricia Hellberg ganz sicher nicht vorsätzlich umgebracht?«

»Das werden wir wahrscheinlich nie genau wissen. Aber warum sollte er das tun? Er hatte nur Vorteile von dieser Verbindung. Und es ist mehr als fraglich, ob er ein Mädchen umgebracht hätte, weil es ihn, mal angenommen, wegen seiner Hehlergeschäfte oder seines wilden Sexuallebens erpressen wollte. Zumindest aus psychologischer Sicht ist das sehr unwahrscheinlich.«

Leo nickte. Vielleicht war es tatsächlich ein Unfall gewesen. Aber woher hatte Hellberg von ihrem Tod gewußt?

»Die Leiche von Patricia ist doch erst ein paar Monate *nach* der Ermordung von Andrea entdeckt worden. Peter Hellberg konnte also gar nicht wissen, daß seine Tochter tot war, als er Andrea umbrachte«, wandte Leo ein.

Der Profiler stand auf, trat ans Fenster und sah einen Moment hinaus, bevor er antwortete. »Peter Hellberg wollte seine Tochter rächen. Er war davon überzeugt, daß Andrea sie auf dem Gewissen hatte: Entweder hatte er sie durch sein Verhalten in den Tod getrieben, oder er hatte sie eigenhändig umgebracht. Fest stand, daß Patricia in Andrea verliebt war, sie hat ihm Briefe geschrieben – Herr Merschmann hat sie uns gegeben. Aber er wollte nichts von ihr wissen. Bis sie auf die Idee kam, ihm die Waffen ihres Vaters zu schenken. Peter Hellberg wußte das, er hatte sie beobachtet, und er haßte Andrea dafür, daß seine Tochter seinetwegen leiden mußte.«

»Aber er wußte nicht, daß sie tot war.«

»Doch. Er wußte es schon lange, bevor die Leiche seiner Tochter im Teich gefunden wurde. Er hatte Nachforschungen angestellt, war nach Amsterdam gefahren und hatte dort keine Spur von Patricia gefunden. Er hatte ihre Tagebücher und ihre Briefe gelesen. Irgendwann muß ihm klar geworden sein, daß seine Tochter tot war. Das hat ihn endgültig aus der Bahn geworfen. Und er war sicher, den Schuldigen zu kennen.« Der Profiler ging im Zimmer auf und ab, während er weiterredete.

»Wahrscheinlich hat Peter Hellberg die Rolle im Theaterstück nur deshalb angenommen, um in Andreas Nähe zu sein. Er wollte ihn beobachten und kennenlernen. Dann hat er ihn zur Rede gestellt. Er hat ihn beschuldigt, seine Tochter getötet zu haben.«

»Und wie hat Andrea reagiert?«

»Ich nehme an, daß er die Verzweiflung des Vaters nicht zur Kenntnis genommen hat. Sie war ihm lästig. Vielleicht hat er ihm sogar gesagt, daß seine Tochter tot ist. Daß es ein Unfall war. Sie waren unter sich, es gab keine Zeugen für dieses Gespräch. Daß er die Leiche des Mädchens im Teich versenkt hat, das wird er ihm nicht erzählt haben. Diese Nacht wollte er aus seinem Gedächtnis streichen.«

Leo fiel etwas ein: »Was ist mit der Jacke, die ich gefunden habe?«

»Sie gehörte Patricia. Andrea muß sie irgendwann, vielleicht noch in der gleichen Nacht, dort versteckt haben. Es war wohl nicht so leicht, die Tote im Wasser zu versenken, wahrscheinlich hat die Jacke bei diesem Vorhaben gestört. Es sammelte sich Luft in ihr, und sie hielt die Leiche über Wasser.« Kommissar Keitel setzte sich wieder hinter seinen Schreibtisch und holte ein in rotes Leder gebundenes Buch aus der Schublade.

»Dies ist das Tagebuch von Patricia Hellberg. Ich bin ihr sehr dankbar, daß sie es geschrieben hat.« Er legte eine Hand auf das rote Leder. »Es erzählt auch einiges über ihren Vater. Und wir haben mit der Mutter gesprochen. Peter Hellberg paßt sehr gut in unser Täterprofil. Er war ein guter Vater. Aber in den letzten Jahren ist eine Veränderung mit ihm vorgegangen, die das harmonische Familienleben zerstörte. Er wurde wortkarg und verschlossen. Im Keller des Hauses hatte er sich eine Werkstatt eingerichtet, wo er sich oft aufhielt. Er übernahm immer mehr

Aufgaben und Pflichten in verschiedenen Vereinen. Diese Aufgaben habe er verbissen und perfekt erledigt, hat seine Frau es ausgedrückt. Nachdem Patricia verschwunden war, kam er nur noch zu den Mahlzeiten aus seinem Keller. Frau Hellberg hat gelitten und geschwiegen.«

»Aber warum?« Leo verstand die Wandlung von Peter Hellberg nicht, die schon lange vor dem Tod seiner Tochter begonnen haben mußte.

»Ich denke, er fühlte sich nutzlos. Er wurde nicht mehr gebraucht. Weder in seinem Betrieb noch zu Hause. Das war sozusagen die Grundlage für alles andere.«

»Aber es ist keine Erklärung für den Mord an Andrea. Er hätte doch zur Polizei gehen können.«

»Warten Sie. Es gibt eine Erklärung. Hellberg ist ein Fanatiker, der glaubt, einen Auftrag erfüllen zu müssen. Er will die Menschheit retten. Vor Menschen, die so sind wie Andrea Merschmann. Rücksichtslos, egoistisch, nur auf ihren Vorteil bedacht. Seine Tochter ist so einem Menschen zum Opfer gefallen. Dieses Ereignis ließ den Damm brechen, mit dem er bis dahin seinen Haß zurückgehalten hatte. Und er wollte sich nicht darauf verlassen, daß sich Andrea vor einem Gericht verantworten mußte, denn er traute der Justiz nicht.«

»Und der Konrektor? Gehörte der auch zu dieser Kategorie von rücksichtlosen Egoisten?«

»Peter Hellberg muß das so gesehen haben. Seine älteste Tochter hat erzählt, ihr Vater habe schon vor Monaten einen furchtbaren Wutanfall bekommen. Er habe etwas geschrien wie: *Dieses Pack! Sie machen uns fertig, sie machen uns fertig!*«

»Was hat er damit gemeint?«

»Seine Tochter wußte es nicht. Wir werden ihn fragen müssen, hoffentlich bald.«

»Und die Überfälle auf Beate und mich und die Zettel mit den seltsamen Botschaften?« fragte Leo.

»Er wußte nicht, auf welcher Seite Sie stehen – auf der guten oder auf der bösen. Er hat Sie beobachtet. Bei Beate Engelmann war es ähnlich, sie ist Ihre Freundin – und wahrscheinlich hat sich eine günstige Gelegenheit für einen Überfall ergeben. Dann hat er das Pferd Ihrer Nichte zum Scheuen gebracht – auch hier eine Möglichkeit, sich wieder in Erinnerung zu rufen. Er fühlt sich wie ein Missionar, der gegen das Chaos in dieser Welt ankämpfen muß. Er kann es nicht aushalten, wenn Menschen sich außerhalb der Norm bewegen. Er ist ein Mensch, der äußerste Sicherheit braucht, um leben zu können. Alles Neue, alles Ungeordnete macht ihn krank.«

»Und der Konrektor? Er paßt nicht in dieses Schema.«

»Er hat ihn ermordet, das steht fest. Wir haben den Wagen seiner Tochter in Iserlohn auf Spuren untersucht und haben festgestellt, daß der Tote mit diesem Fahrzeug transportiert worden sein muß.« Der Kommissar war wieder aufgestanden. »Peter Hellberg wird uns erzählen müssen, warum er Clemens Schulte umgebracht hat.«

Sie schwiegen, und man hörte vor dem Büro das Läuten der Telefone und Türenschlagen.

»Hauptkommissar Plate leitet den Einsatz«, sagte der Profiler. »Es sind mehrere Gruppen der Sonderkommission unterwegs. Sie werden ihn schnappen, es ist eine Frage von Stunden.«

Leo erinnerte sich, daß der Hauptkommissar fast die gleichen Worte benutzt hatte. »Oder«, fügte der Profiler hinzu »Peter Hellberg stellt sich selber der Polizei. Ich glaube nicht, daß er fähig ist, wie ein gejagtes Tier zu leben.«

Keitel sah Leo nachdenklich an. »Sie sollten auf keinen Fall jetzt nach Balve zurückfahren.« Er griff zum Telefon, und Leo hörte, daß er mit Kommissar Plate sprach. Dann eröffnete er ihr, daß sie den heutigen Abend, eventuell auch die heutige Nacht, in einem Lüdenscheider Hotel verbringen werde.

»Ich kann zu meinen Schwiegereltern gehen«, wandte Leo ein. »Wenn Peter Hellberg Sie hier in Lüdenscheid suchen sollte, dann zuerst dort«, erwiderte der Profiler. Dann schrieb er die Adresse des Hotels auf und übergab sie ihr mit der Bitte, möglichst direkt dorthin zu fahren und ihr Handy griffbereit zu halten.

»Haben Sie keine Angst, wir kriegen ihn«, wiederholte Kommissar Keitel, als er sich von Leo verabschiedete.

31

Das Hotelzimmer war pastellfarben gestrichen und sparsam mit den nötigsten Möbelstücken ausgestattet.

Leo trat auf den engen Balkon hinaus. Der Ausblick war beeindruckend. Man konnte weit über die Häuser der Stadt sehen, bis zum schmalen Band der Autobahn im Süden und den dunklen Wäldern am Horizont. Die Dämmerung lag über der Stadt, und die ganze Szenerie erschien Leo irgendwie unwirklich.

Direkt unterhalb des Hotels, nur durch die Parkstraße getrennt, konnte sie das Ehrenmal sehen. Der »Erwachende Krieger« lag einsam auf seinem Sockel. Sie mußte daran denken, daß sie damals Hauptkommissar Plate nichts über ihre Begegnung mit dem Unbekannten erzählt hatte. Aber diese Episode spielte jetzt wohl keine Rolle mehr.

Sie ging zurück ins Zimmer und setzte sich auf das breite Doppelbett. Schakal hatte sie mit nach oben genommen, und er saß nun vor ihr, als warte er auf eine Erklärung. Sie redete mit ihm und streichelte ihn.

»Wir werden bald wieder lange Spaziergänge machen. Und wir brauchen keine Angst mehr zu haben.« Der Hund klopfte mit dem Schwanz auf den Boden. Leo schaltete den Fernseher ein. Es gab nichts, was sie tun konnte, außer abzuwarten. Wo mochte Peter Hellberg sein? War er mit dem Auto geflohen? Woher hatte er gewußt, daß die Polizei auf dem Weg zu ihm war? Sie starrte verständnislos auf dem flimmernden Bildschirm, während ihre Gedanken ebenso flimmernd durch den Kopf rasten.

Allmählich verstand sie die Zuversicht der Fahnder – Peter Hellberg würde nicht weit fliehen können. Er brauchte seine vertraute Umgebung. Es war ihm nicht möglich, sich in unbekanntes Gelände vorzuwagen, denn er wollte seinen Auftrag hier erfüllen und nirgendwo sonst. Im Grunde wollte er nicht fliehen. Jetzt, da man ihn als Täter entdeckt hatte, würde er reden wollen. Seine verschlüsselten Botschaften konnte er nun der ganzen Welt erklären.

Sie trat noch einmal ans Fenster und sah auf die Bäume hinunter, die schon die ersten Herbstfarben zeigten. Grün hatte sich in Rot verwandelt, ein kleines Wunder der Natur. Grün und Rot, dieser Kontrast, der sie plötzlich schmerzhaft an einen toten Körper erinnerte, der auf einem grünen Tüllrock gelegen hatte.

Sie zog Schuhe und Hose aus und legte sich ins Bett. Der Hund hatte sich neben ihr auf dem Boden ausgestreckt und schlief bereits. Der Fernseher lief ohne Ton und vermittelte ihr ein Gefühl von Normalität, das sie beruhigte.

Leos Kopf war wie mit Watte gefüllt, und sie brauchte eine Weile, bis sie das Läuten des Telefons registrierte. Sie war eingeschlafen und wußte zunächst nicht, wo sie war. Dann sah sie das stumme Fernsehbild, und es fiel ihr wieder ein. Sie nahm den Hörer ab.

»Frau Doktor Piepenstock?«

Leos erster Gedanke war, daß ein Kriminalbeamter am Apparat war, um ihr mitzuteilen, daß man den Mörder gefaßt habe.

Die Stimme wiederholte ihren Namen, diesmal lauter.

»Ja, ich bin am Apparat.«

»Hier ist Peter Hellberg.«

Die Watte in ihrem Kopf verdichtete sich zu einem Klumpen und blockierte sämtliche Gedanken.

»Hallo, haben Sie mich verstanden?« Der Mann sprach laut und langsam.

»Ja, ich habe verstanden.« Leos Herz klopfte schneller.

»Ich will mit Ihnen reden.«

»Wo sind Sie?«

»Ganz in Ihrer Nähe. Sehen Sie aus dem Fenster. Aber bleiben Sie am Telefon.«

Leos Knie waren butterweich, als sie sich mit dem Telefon in der Hand dem Fenster näherte. Sie stellte sich hinter den halb zugezogenen Vorhang und sah hinaus in die Nacht. Die Straße unterhalb des Hotels war schwach beleuchtet und menschenleer. Sie umklammerte den Telefonhörer. Wie konnte sie die Polizei benachrichtigen, ohne das Gespräch zu unterbrechen? Dann hörte sie wieder Peter Hellbergs Stimme.

»Können Sie mich sehen? Ich stehe direkt unter Ihnen. Am Denkmal.«

Leos Augen gewöhnten sich langsam an die Dunkelheit. Das Denkmal wurde von zwei Scheinwerfern angestrahlt, die ein diffuses Licht verbreiteten.

»Ich sehe Sie.«

»Gut. Ich möchte Ihnen etwas zeigen.«

Leo sah, wie die Gestalt einen Arm in die Höhe hielt. In der Hand befand sich ein Gegenstand, den sie vom Fenster aus nicht erkennen konnte.

»Ich habe eine von meinen Pistolen mitgebracht.« Es rauschte in der Leitung. »Es wird einen Toten mehr geben. Hier an dieser Stelle – gefallen fürs Vaterland. Gefallen im Dienste der Menschheit. Und Sie sind meine Zeugin.«

Leo fror, ihre nackten Füße waren eiskalt. Gefallen fürs Vaterland: ein fanatischer Weltverbesserer, ein verzweifelter Mörder.

»Wie haben Sie mich hier gefunden?«

»Ihr Auto. Es steht oben auf dem Parkplatz. Man kann es vom Stadtpark aus sehen. Ich bin noch einmal durch den Park gegangen. Zum Abschied, bevor ich mich der Polizei stellen wollte. Aber dann habe ich es mir anders überlegt.« Er schwieg, und sie hörte seinen Atem.

»Warum stellen Sie sich nicht? Sie können alles erklären, es ist Ihnen doch wichtig zu erklären, warum Sie die Taten begangen haben.« Leo hörte ein Geräusch, das ein Husten, aber auch ein Lachen sein konnte. Hellberg war ein Wahnsinniger.

»Es tut mir leid, daß ich Ihnen ein paar Mal zu nahe gekommen bin«, sagte die Stimme im Hörer. »Hier zum Beispiel, an dieser Stelle. Ich hatte mich etwas verkleidet.« Ein kurzes Husten folgte.

»Warum haben Sie mich verfolgt?« Leo hatte sich halb auf die Fensterbank gesetzt und den Vorhang um sich geschlungen. Trotzdem hörte das Zittern nicht auf. Aber sie wollte ihren Platz am Fenster nicht aufgeben, denn nur so hatte sie den Mann weiter im Blick. Ihr war der schreckliche Gedanke gekommen, er könne seinen Platz am Kriegerdenkmal verlassen und sich zu ihr ins Hotel schleichen.

»Ich mußte Sie beobachten. Ich mußte Ihren Lebenswandel kennenlernen.«

»Meinen Lebenswandel? Warum?«

»Ich mußte wissen, ob Sie auch zu diesem *Pack* gehören.« Die Stimme wurde hart, dann hörte sie nur noch ein Rauschen in der Leitung. Die Gestalt am Fuß des Denkmals war verschwunden. Leo bewegte sich rasch zum Nachttisch. Sie stellte das Telefon aufs Bett und legte das Kopfkissen auf den Hörer. Dann griff sie zum Handy und rief Plate an. Sie mußte die Zähne fest zusammenbeißen, damit sie nicht aufeinanderschlugen.

Der Kommissar meldete sich sofort. »Er ist hier vor dem Hotel«, flüsterte Leo. »Er hat eine Pistole. Er hat mich angerufen.«

»Wir kommen. Reden Sie weiter mit ihm. Schließen Sie die Tür ab. Keine Angst.« Kommissar Plate sprach langsamer und lauter als sonst.

Leo warf das Handy aufs Bett und riß gleichzeitig das Kopfkissen vom Telefon. Aus dem Apparat drang ein knirschendes Geräusch.

»Herr Hellberg?« Sie schrie fast ins Telefon. »Herr Hellberg?«

»Da sind Sie ja wieder, Frau Doktor. Ich dachte schon, Sie wollten unser Gespräch beenden.« Wieder das merkwürdige Lachen.

»Ich habe mir nur eine Jacke angezogen«, sagte Leo schnell. »Sie haben von dem *Pack* gesprochen. Was meinen Sie damit?«

»Verbrecher, die meine ich damit. Diese habgierigen

Schweine haben meine Tochter umgebracht. Wissen Sie nicht, daß es nur noch um Geld geht in dieser Welt? Dafür tun sie alles. Diese Schweine, dieses Pack. Dieser arrogante kleine Schwule mit seinem reichen Herrn Vater. Der sich auch immer alles genommen hat, was er haben wollte.« Er holte hörbar Luft. »Wie Arnold Piepenstock, Frau Doktor, wie Ihr Schwiegervater. Aber ich durfte gehen, mich wollten sie nicht mehr, die reichen Fabrikanten mit ihrer faulen Brut.« Leo schluckte. Der Name ihres Schwiegervaters in diesem Zusammenhang erschütterte sie.

»Andrea hat meine Tochter auf dem Gewissen. Sie war nicht mehr das Mädchen, das ich großgezogen habe. Sie hat für ihn gestohlen. Dieses Schwein hat Kinder zu Dieben gemacht und Männer und Frauen zu Ehebrechern. Was, glauben Sie, hätte er in den nächsten fünfzig Jahren getrieben? Es war meine Pflicht, ihn zu töten. Alle sehen weg. Es gibt niemanden, der dieses Pack aufhalten will. Nur mich. Nur mich.«

Leo starrte hinaus in die Dunkelheit und versuchte, Peter Hellbergs Gestalt irgendwo zu entdecken. Wo blieb der Kommissar? »Warum haben Sie den Konrektor umgebracht? Gehörte er auch zu dem *Pack*?«

»Dieser scheinheilige Verräter.« Peter Hellberg verlor allmählich die Kontrolle über seine Stimme. »Ich dachte, er würde mir helfen. Aber er wollte mich verraten.« Sie hörte ein Geräusch, das klang, als ob Metall auf Stein geschlagen würde.

»Wobei sollte er Ihnen helfen?«

»Die Ordnung wiederherzustellen. Die Räuber zu verjagen, die unsere Welt zerstören wollen. Er wußte, was Andrea an seiner Schule trieb. Aber er hat ihn nicht daran gehindert. Es war ihm egal. Er war ein Feigling. Er hätte meine Tochter retten können. Er hätte sie retten können.«

Die Stimme überschlug sich. »Aber er wollte nicht mit mir reden. Auch nicht, als Andrea tot war. Er hat mir nicht einmal zugehört.«

Leo starrte aus dem Fenster, Peter Hellbergs Gestalt vor dem Denkmal war verschwunden. Wo war er?

Die Stimme redete weiter: »Es ist eine Verschwörung. Eine Verschwörung der Habgierigen. Chaos und Geld – davon wird die Welt regiert.«

»Herr Hellberg«, Leo unterdrückte die Panik in ihrer Stimme, »wo sind Sie?«

»Ich bin hier. Ich treffe meine Vorbereitungen.«

Leo stand mitten im Zimmer und beobachtete die Türklinke. Wo blieb bloß die Polizei?

»Vorbereitungen – wofür?«

»Sie werden es hören. Bleiben Sie am Apparat.«

Im Hörer rauschte es leise. Dann hörte sie ein Geräusch, das wie das Aufeinanderschlagen von Steinen klang. Ihr fiel die Waffe ein, die Peter Hellberg bei sich trug. War es das Klicken des Abzughebels? Hörte sich so die Vorbereitung eines Schusses an? Sie hielt den Hörer ans Ohr gepreßt, während sie weiter wie gebannt auf die Tür starrte. Dann sprang sie zur Seite. Er konnte einen Schuß auch durch die Tür abgeben.

Dann geschah alles auf einmal. Sie hörte laute Rufe, auf der Straße flammten Scheinwerfer auf. Im gleißenden Licht sah sie Männer hin- und herlaufen. Sie hörte Geschrei. Zwei Schüsse fielen.

Leo wandte sich vom Fenster ab. Langsam ließ sie sich aufs Bett sinken. Der Hund lag immer noch an der gleichen Stelle, seine Hinterläufe zuckten im Schlaf. Selbst die Schüsse hatten ihn nicht geweckt. Sie ließ ihren Arm über die Bettkante fallen und berührte seinen Hals und das flauschige Fell hinter seinen Ohren.

Nach einer Weile fuhren die Streifenwagen wieder weg. Die Lichter erloschen, die lauten Rufe verstummten.

Leo deckte sich mit beiden Oberbetten zu. Dann nahm sie das Handy in die Hand und zog die Knie bis ans Kinn. Sie zitterte am ganzen Leib. Vermutlich hätte sie hinunter in die Hotelhalle gehen sollen, aber es ging nicht. Der Alptraum war vorbei. Mehr wollte sie nicht wissen, nicht in diesem Moment.

Leo hatte das Gefühl, schon ewig wie erstarrt unter der Bettdecke zu liegen, als jemand an die Tür klopfte. Langsam streckte sie die Beine aus und schob die Decke hinunter.

Das Klopfen wiederholte sich, und Kommissar Plate rief: »Machen Sie bitte auf, es ist alles in Ordnung!« Leo schleifte eine ihrer Decken mit zur Tür und öffnete.

»Sie sehen ein bißchen ramponiert aus«, meinte der Kommissar und trat ins Zimmer. »Aber sonst geht es Ihnen gut, hoffe ich.« Er lächelte sie an und sah blaß, aber erleichtert aus.

Sie schwankte in ihrer Decke zum Bett zurück und betrachtete den Hauptkommissar. Das Hemd unter seiner Lederjacke hatte schwarze Flecken auf der Brust, an seiner Hose klebten Erde und Gras.

»Aber Sie sehen aus wie aus dem Ei gepellt.«

Der Hauptkommissar seufzte und setzte sich neben sie auf die Bettkante. Er blickte auf seine verdreckten Schuhe hinunter.

»Es gab ein ziemlich wildes Handgemenge. Wir mußten ihm die Pistole wegnehmen. Gott sei Dank hatte sie Ladehemmungen. Das ist der Vorteil bei antiken Pistolen.«

»Und die Schüsse?« fragte Leo

»Die gingen in die Luft, zur Warnung. Aber Hellberg hätte trotzdem geschossen – wenn es funktioniert hätte.«

»Ist er verletzt?« fragte Leo und verkroch sich in ihrer Decke.

»Nein. Er hatte Glück.« Leo war nicht so sicher, ob Peter Hellberg das auch so sah.

Der Kommissar war ans Fenster getreten und blickte hinaus. »Sie hatten eine gute Aussicht hier.«

»Ja«, sagte Leo, »leider.«

»Sie sollten nach Hause fahren und sich wieder ins Bett legen«, sagte der Kommissar. Er ging zur Tür und lächelte ihr noch einmal zu. »Vielen Dank übrigens. Sie waren sehr mutig.«

32

Der Sommer war vorüber. Die Turmspitze der katholischen Kirche wurde von einem Schleier verhüllt, der nicht mehr der helle sommerliche Morgendunst war, sondern grauer Herbstnebel.

Leo merkte den Wechsel der Jahreszeiten vor allem daran, daß sie morgens nicht mehr barfuß durch den Garten gehen konnte. An diesem Morgen wanderte sie mit Gummistiefeln und im Bademantel über den Rasen. Es roch nach fallenden Blättern. Die Bäume schienen über Nacht ihr letztes Grün in Gelb und Rot verwandelt zu haben. Nur die Fichten in ihrem Garten waren so grün wie immer. Leo blieb sinnend stehen. Im nächsten Frühjahr mußten sie gefällt werden, bevor sie ihr die Sonne stahlen. Ihr taten die Bäume leid, vielleicht konnte man ja nur die

Spitzen kappen – obwohl dieser Anblick nicht besonders schön war. Aber man würde sehen, sie hatte noch den langen Winter vor sich, um eine Entscheidung zu treffen.

Etwas fröstelnd setzte sie sich in den Liegestuhl auf der Terrasse und trank ihren Milchkaffee. Sie hatte lange und tief geschlafen, war nicht mitten in der Nacht aufgewacht, um sich schlaflos und mit klopfendem Herzen im Bett herumzuwälzen. Ihre Kopfschmerzen waren verschwunden. Das Unterbewußtsein hatte ihren Körper endlich aus seiner ständigen Alarmbereitschaft erlöst.

Als die Kaffeetasse leer war, ging sie mit schlappenden Gummistiefeln einmal rund ums Haus. Zuerst mußten die Fensterrahmen gestrichen und das Dach ausgebessert werden. Irgendwann konnte sie auch vor den Rissen in der Fassade nicht mehr die Augen verschließen. Sie würde sich darum kümmern.

Vor dem Blumenbeet an der Terrasse, auf dem immer noch die Astern blühten, blieb sie stehen. Immer noch sah sie einen grauweißen Hundekörper dort liegen. *Nehmen sie Ihren Hund an die Leine.*

Schakal war schon vor ihr in die Küche gelaufen und stand schwanzwedelnd vor seinem leeren Futternapf. »Spaghetti?« fragte sie, und der Hund hörte auf mit dem Schwanz zu wedeln.

»Na gut, war ja nur ein Scherz.« Sie ging an den Schrank und holte eine große Dose teures Hundefutter heraus, die sie vollständig in Schakals Napf leerte. Ihre Vorratskammer war voller Lebensmittel, das Resultat eines ausführlichen Einkaufbummels durch sämtliche Geschäfte des Ortes.

Während der Hund laut schmatzend fraß, ging Leo ins Wohnzimmer und steckte das Telefonkabel, daß sie gestern herausgezogen hatte, wieder in die Anschlußbuchse.

Allmählich war sie wieder bereit, mit der Welt in Kontakt zu treten. Und als hätte die Welt darauf gewartet, klingelte Minuten später das Telefon. Sie ahnte, wer am Apparat war.

»Wo waren Sie denn?« fragte Kommissar Plate. »Ich habe schon ein paar Mal versucht, Sie anzurufen.«

»Hier. Ich mußte mich erholen. Jetzt geht es mir gut.«

»Ich möchte Ihnen etwas erzählen. Haben Sie heute nachmittag Zeit?«

»Haben Sie mit Peter Hellberg gesprochen?«

»Ja. Ich komme nach Balve, wenn Sie möchten.«

Leo spürte ein sanftes Gefühl des Wohlbehagens.

»Ja, ich möchte.«

Und sie verabredeten sich um vier Uhr bei Leo zu Hause.

Der Hauptkommissar war pünktlich. Leonie hatte schon Kaffee gekocht, und sie tranken ihn schnell, um danach einen Spaziergang zu machen. Draußen kämpften Wolken und Sonne um die Vorherrschaft am Himmel. Sie gingen die Straße zum Wald hinauf. Als sie das letzte Haus hinter sich gelassen hatten, begann der Hauptkommissar zu reden.

»Peter Hellberg hat ein umfassendes Geständnis abgelegt. Der Mord an Andrea war lange geplant. Hellberg hat die Tatwaffe tatsächlich so oft wie möglich getragen und nur auf eine günstige Gelegenheit gewartet. Er hat Andrea zur Rede gestellt, nachdem er die Tagebücher seiner verschwundenen Tochter gelesen hatte. Andrea hat ihn einfach stehenlassen. Seit dieser Zeit hat Peter Hellberg Andrea beobachtet und war schließlich davon überzeugt, daß dieser nicht nur die Waffen von seiner Tochter bekommen hatte, sondern noch jede Menge mehr auf dem Kerbholz hatte.« Hauptkommissar Plate sah mit ausdruckslosem Gesicht über das Tal.

»Dort drüben, vor der alten Hochofenanlage, haben sie sich getroffen«, sagte der Kommissar. »Hellberg hat Andrea immer wieder beschuldigt, seine Tochter umgebracht zu haben. Und Andrea hat versucht ihm zu erklären, es sei ein Unfall gewesen, er sei nicht schuld am Tod seiner Tochter.

Wir können annehmen, daß Andrea beim Treffen mit Patricia so schnell wie möglich an die Pistole kommen will, Patricia aber schlägt vor, einen Spaziergang zu machen. Widerwillig kommt Andrea mit. Sie wandern am Stauteich entlang. Patricia will sich ans Ufer setzen, es ist eine warme Nacht. Sie hat die Pistole mitgenommen, unter ihrer Jeansjacke versteckt. Andrea hört sich gelangweilt die Geschichten an, die Patricia ihm erzählt – daß sie für einige Monate nach Amsterdam gehen will, daß er sie jederzeit besuchen kann, und daß sie ihn sehr mag. Schließlich wird er ungeduldig und fordert Patricia auf, ihm die Pistole zu geben. Sie holt sie unter der Jacke hervor.« Sie waren an einer Bank angekommen und setzten sich.

»Vielleicht will Patricia einen Liebesbeweis von ihm, bevor sie ihm die Waffe gibt«, fährt Plate fort. »Andrea wehrt sie ab, und sie erkennt plötzlich, daß all ihre Anstrengungen umsonst waren. Vielleicht richtet sie auch die Pistole auf ihn, halb im Spaß. Es kommt zu einem Handgemenge, und ein Schuß fällt. Patricia ist tot, Andrea gerät in Panik. Er beschließt, die Leiche im See zu versenken, sucht große Steine und steckt sie in Hose und T-Shirt der Toten. Die Jeansjacke hat er ihr ausgezogen. Er glaubt, sie könne sich im Wasser von der Toten lösen und im See gefunden werden. Er wird sie später mitnehmen und verstecken. Dann zieht er die Tote hinter sich her ins tiefere Wasser. Auch die Pistole versenkt er im Teich.«

Die späte Nachmittagssonne war durch die Wolken gedrungen und goß ihr goldenes Licht verschwenderisch über die Hügel des Sauerlandes. Die rötlichen Felsen des Steinbruchs hinter der Wocklumer Reitanlage glühten auf.

»Aber die Nacht war für Andrea noch nicht zu Ende«, fuhr der Kommissar fort. »Seine Kleidung war durchnäßt, vielleicht auch blutig. Er lief durch die Wälder zurück nach Hause, vielleicht hatte er auch das Auto seines Vaters dabei, er besaß zwar keinen Führerschein, aber fahren konnte er sicher.«

Kommissar Plate legte seinen Arm auf die Rücklehne der Bank und streifte dabei Leos Haare. Leo sah im Geist Andrea Merschmann vor sich, der in der Nacht durch die Wälder lief. Was mochte er gedacht und gefühlt haben? Hatte er Bedauern und Entsetzen gespürt, oder war es ihm nur darum gegangen, seine eigene Haut zu retten? Er hatte nicht ahnen können, daß ihn eine furchtbare Strafe erwartete. Nicht von einem Richter, sondern von der Hand eines verzweifelten und verwirrten Vaters.

Die Bank lag im Schatten, und es war kühl geworden. Der gegenüberliegende Berghang wurde von der untergehenden Sonne in eine helle und eine dunkle Hälfte zerschnitten. Sie standen auf und gingen weiter den Weg entlang. Links von ihnen erstreckte sich das Waldgebiet des Baumberges. Die Fichten bildeten eine dunkle Wand.

»Der Konrektor?« fragte Leo.

»Eine Tat im Affekt. Hellberg suchte einen Verbündeten im Kampf gegen das Böse in der Welt, aber Clemens Schulte zeigte sich gleichgültig. Er muß Hellberg beschimpft und beleidigt haben, als sie sich im Requisitenraum des Theatervereins trafen. Es war nicht das erste Zusammentreffen der beiden. Hellberg hatte den Konrektor schon zu Hause aufgesucht, um ihn zu bitten, die Verhältnisse an seiner Schule zu ordnen und die Schuldigen zu bestrafen. Hellberg hat ausgesagt, seine Anspannung sei plötzlich unerträglich geworden. Dann habe er den Toten auf dem Boden liegen sehen. Er dachte daran, daß der Verdacht wieder auf die Mitglieder des Theatervereins fallen würde, und beschloß, die Leiche zu entfernen. Hellberg hat die Leiche zum Auto geschleppt, er war zufällig mit dem Kombi seiner Tochter gekommen. Dann ist er zunächst ziellos durch die Gegend gefahren. Bis er auf die Idee gekommen ist, den Toten in die Reckenhöhle zu bringen.«

»Warum in die Reckenhöhle?«

»Während seiner Irrfahrt hatte er auf einmal die Idee, ein Zeichen zu setzen. Er wollte, daß die beiden Morde miteinander in Zusammenhang gebracht werden. Es sollte eine Warnung sein für die anderen, die an der Verschwörung beteiligt waren. Sie erinnern sich: *Wieder einer weniger* stand auf dem Zettel, den wir bei der Leiche gefunden haben. Der zweite Grund ist, daß Hellberg die Reckenhöhle gut kennt, er hat den Wärter vertreten, wenn dieser im Urlaub war. Daher wußte er, daß es kein Problem war, die simplen Schlösser an den Türen zu knacken. Er hat auf dem Parkplatz vor dem Ausgang der Höhle gehalten, die Tür gewaltsam geöffnet und die Leiche zur ›Kapelle‹ geschleppt, wo er sie dann so theatralisch drapiert hat, wie wir sie gefunden haben.«

»Er ist krank«, sagte Leo.

»Aber er weigert sich, mit einem Psychologen zu sprechen. Er sagt, er ist für alles verantwortlich, was er getan hat.«

»Er wollte, daß ich seinen Tod mit ansehe«, sagte Leo.

Der Hauptkommissar nickte. »Auch da wollte er noch ein Zeichen setzen. Darauf sollte übrigens auch die Ansichtskarte hinweisen: *Es ist bald vorbei.* Hellberg meinte damit sein eigenes Leben. Er spielte schon lange mit dem Gedanken, sich umzubringen. Seit er wußte, daß seine Tochter tot ist.«

Leo dachte an ihre beiden Begegnungen mit Peter Hellberg. Er war ihr Patient gewesen. Plötzlich hatte sie Schuldgefühle. Hätte sie nicht seinen Zustand erkennen müssen?

»Er schreibt übrigens an einer Erklärung für seine Taten. Und er möchte, daß sie veröffentlicht wird.«

»Da hat er wahrscheinlich gute Chancen«, sagte Leo. »Die Medien stürzen sich doch sicher auf so etwas.«

»Da täuschen Sie sich. Sie stürzen sich auf den Höhlenmörder Peter Hellberg. Aber von seinen Phantasien über eine Weltverschwörung der Habgierigen wollen sie nichts wissen. Für sie ist er ein psychopathischer Mörder, ein Verrückter mit wirren Vorstellungen von den Ereignissen auf der Welt.« Die Stimme des Kommissars klang auf einmal müde.

»Und für Sie ist er das nicht?«

»Doch«, sagte der Hauptkommissar nach einer Weile. »Vermutlich schon.«

Der Waldweg endete vor der Gaststätte oberhalb von Balve. Als sie näherkamen, sahen sie, daß die Gartenstühle zusammengeklappt an den Tischen lehnten. Buntes Laub hatte sich malerisch darüber verteilt.

»Ende der Saison«, murmelte Leo.

Sie kehrten dem stillen Haus den Rücken und gingen zurück durch den Wald, der nach Pilzen und frisch geschlagenem Holz roch.

Susanne Mischke

Der Mondscheinliebhaber

Roman. 255 Seiten. Serie Piper

Das Leben ist zu kurz, um schlechten Sex zu haben, sagt sich die Malerin Valentine, als sich im ehelichen Schlafzimmer nichts Aufregendes mehr tut, und stöckelt hinüber zum neuen Nachbarn Ludwig: Philosoph, Gesundheitsapostel, arbeitsscheu und unzuverlässig, aber ausgestattet mit wunderbaren blauen Augen und einer göttlichen Figur. Klar, daß diese Liaison Valentines Gatte Frank nicht lange verborgen bleibt. Doch der widmet sich unverdrossen seiner Leidenschaft, kocht Ente mit Trüffel, Lamm in Kräuterkruste, Mousse au Chocolat. Plant er etwas? Bald lernt Valentine, daß der Mensch des Menschen Feind ist und die größte Bestie in einem selber steckt. Als plötzlich eine Leiche auf der Terrasse ihres Geliebten liegt, kommt nicht nur Valentines kreative Ader, sondern auch ihr Sinn fürs Praktische voll zur Geltung …

05/1013/01/L

Elfie Donnelly

Kein einziges Wort

Roman. 187 Seiten. Serie Piper

Stella Norden, die attraktive Wiener Bestattungsunternehmerin aus der norddeutschen Provinz, widmet sich nach Unfalltod von Mann und Sohn ganz ihrem Beruf – und dem Tango. Diese Leidenschaft verbindet die scheue Schöne mit dem rundlichen Kommissar Strecker, zweimal in der Woche. Als der Tanz zum Tango mortale wird und aus der Gruppe die lebenslustige und immer flirtende Dorothea Griester tot aufgefunden wird, beginnt für Stella ein Wettlauf gegen die Zeit, denn nur sie glaubt, daß es kein Unfall war … Ein packender Krimi über die Frage: Beendet der Tod die Schuld?

05/1339/01/R

SERIE PIPER

Jodi Picoult

Die einzige Wahrheit

Roman. Aus dem Amerikanischen von Ulrike Wasel und Klaus Timmermann. 464 Seiten. Serie Piper

Die kleine Amish-Gemeinde mitten in der idyllischen Landschaft von Lancaster County wird von einem schrecklichen Fund erschüttert. In einer Scheune liegt ein totes Neugeborenes. Alles deutet darauf hin, daß die unverheiratete Katie die Mutter des Kindes ist. Als sie unter Mordverdacht gestellt wird, ist das junge Mädchen völlig verzweifelt. Sie hatte doch nur zu Gott gebetet, sie von diesem hilflosen Bündel zu befreien. Ellie, eine entfernte Verwandte und Staranwältin, übernimmt die Verteidigung. Auch sie steht an einem Wendepunkt ihres Lebens. Ein meisterhaft psychologischer Thriller um Treue, Verrat und die Freundschaft zweier ungewöhnlicher Frauen.

05/1363/01/L

Kerstin Ekman

Am schwarzen Wasser

Roman. Aus dem Schwedischen von Hedwig M. Binder. 462 Seiten. Serie Piper

Mutig faßt die junge Hebamme Hillevi Klarin den Entschluß, ihrem heimlichen Verlobten Edvard nach Nordschweden zu folgen, wo er eine Pfarrstelle in einer kleinen Gemeinde antreten soll. In der kargen Landschaft der schwarzen Seen und dunklen Wälder scheint die Zeit stehengeblieben zu sein: Die alten Mythen und der Aberglaube der Menschen sind noch lebendig. Aber wird Edvard sie überhaupt zur Frau nehmen, wie Hillevi es sich erträumt? Eine spannungsreiche Erzählung von Schuld und Vergebung und vom Kampf zwischen Vernunft und Leidenschaft.

05/1376/01/R